OBRAS ANATOLE FRANCE

1- TAÍS — Anatole France
2- HISTÓRIA CÔMICA — Anatole France
3- A REVOLTA DOS ANJOS — Anatole France
4- O LÍRIO VERMELHO — Anatole France
5- HISTÓRIA CONTEMPORÂNEA:
    1. O OLMO DA ALAMEDA
    2. O MANEQUIM DE VIME
    3. O ANEL DE AMETISTA
    4. MONSIEUR BERGERET EM PARIS — Anatole France
6- A ILHA DOS PINGÜINS — Anatole France
7- O POÇO DE SANTA CLARA — Anatole France
8- PIERRE NOZIÈRE — Anatole France
9- A CHURRASCARIA DA RAINHA PALMÍPEDE — Anatole France

O Lírio Vermelho

OBRAS ANATOLE FRANCE

VOL. 4

Capa
JOSÉ LUÍS EUGÊNIO

Sobre tela de
PIERRE - AUGUSTE RENOIR

Tradução

Marques Rebelo

EDITORA ITATIAIA
BELO HORIZONTE
Rua São Geraldo, 53 — Floresta — Cep. 30150-070
Tel.: 3212-4600 — Fax: 3224-5151
e-mail: vilaricaeditora@uol.com.br
Home page: www.villarica.com.br

Anatole France

O Lírio Vermelho

EDITORA ITATIAIA
Belo Horizonte

FICHA CATALOGRÁFICA

F815 l.Pr	France, Anatole O Lírio Vermelho / Anatole France; tradução de Marques Rebelo. — Belo Horizonte: Itatiaia, 2008. 184 p. — (Obras de Anatole France, 4) Título original: Le lys rouge. 1.Literatura Francesa. I. Rebelo, Marques. II.Título. III.Título: Le lys rouge. IV.Série. CDU 821.133.1 ISBN: 978-85-319-0784-5

2008

Direitos de Propriedade Literária adquiridos pela
EDITORA ITATIAIA
Belo Horizonte

IMPRESSO NO BRAZIL
PRINTED IN BRAZIL

ÍNDICE

Capítulo I	9
Capítulo II	22
Capítulo III	28
Capítulo IV	38
Capítulo V	46
Capítulo VI	54
Capítulo VII	57
Capítulo VIII	63
Capítulo IX	65
Capítulo X	69
Capítulo XI	79
Capítulo XII	81
Capítulo XIII	87
Capítulo XIV	91
Capítulo XV	93
Capítulo XVI	95
Capítulo XVII	100
Capítulo XVIII	102
Capítulo XIX	104
Capítulo XX	109
Capítulo XXI	110
Capítulo XXII	118
Capítulo XXIII	124
Capítulo XXIV	129
Capítulo XXV	132
Capítulo XXVI	135
Capítulo XXVII	140
Capítulo XXVIII	143
Capítulo XXIX	149
Capítulo XXX	153
Capítulo XXXI	156
Capítulo XXXII	164
Capítulo XXXIII	172
Capítulo XXXIV	176

O Lírio Vermelho

CAPÍTULO I

Rodou os olhos pelas poltronas reunidas diante do fogão, pela mesa de chá, que rebrilhava na sombra, pelos grandes feixes pálidos das flores que emergiam dos jarros da China. Passou a mão por entre os ramos floridos das rosas de Gueldres, para lhes fazer cintilar as esferas prateadas. Depois mirou-se no espelho, com grave atenção.

Conservava-se de lado, com o pescoço vergado sobre a espádua para contemplar o jato de sua forma fina na bainha de cetim preto, em volta da qual flutuava uma leve túnica, semeada de pérolas, em que tremeluziam reflexos sombrios. Aproximou-se, curiosa de conhecer a sua fisionomia desse dia. O espelho transmitiu-lhe com serenidade o olhar, como se aquela gentil mulher, que ela examinava com agrado, vivesse sem alegria aguda e sem tristeza profunda.

Nas paredes da vasta sala deserta e silenciosa, as figuras das tapeçarias, vagas como sombras, empalideciam nos seus jogos antigos, como graças moribundas. Assim também, as estatuetas de terracota assentadas sobre colunetas, os grupos de velho Saxe e as pinturas de Sèvres, expostas nas vitrinas, falavam de coisas passadas. Sobre um pedestal ornado de bronzes preciosos, o busto de mármore de alguma princesa real, disfarçada de Diana, de feições picantes e seio agressivo, ressaía das roupagens esvoaçantes, enquanto no teto uma Noite, polvilhada como uma marquesa e cercada de Cupidos, espargia flores. Tudo repousava, e apenas se ouvia o crepitar do fogo e o ligeiro sussurrar das pérolas na gaze.

Afastando-se do espelho foi levantar o canto da cortina e viu pela janela, através das árvores negras do cais, sob uma luz baça, o Sena arrastando as suas ondulações amareladas. O tédio do céu e da água refletiam-se nas suas pupilas vagamente cinzentas. Passava o barco a vapor, a *Andorinha*, desembocando de um arco da ponte da Alma, humildes passageiros de Grenele e Bilancourt. O seu olhar seguiu-lhe o rumo na corrente lodosa. Deixou depois cair a cortina e, sentando-se no seu canto habitual do canapé, sob os molhos das flores, pegou num livro ao alcance da mão, sobre a mesa. Na capa de tela palha brilhava um título em ouro: *Isolda, a Loura,* por Vivian Bell. Era uma coleção de versos franceses, compostos por uma inglesa e impressos em Londres. Abriu-o e leu ao acaso:

Quand la cloche, faisant comme qui chante et prie,
Dit, dans le ciel ému: "Je vous salue, Marie";
La Vierge, en visitant les pommiers du verger,
Frissonne d'avoir vu venir le messager
Qui lui présente, un lys rouge et tel qu'on désire
Mourir de son parfum sitôt qu'on le respire.
La Vierge au jardin clos, dans la douceur du soir
Sent l'âme lui monter aux lèvres, et croit voir
Couler sa vie ainsi qu'un ruisseau qui s'épanche
En limpide filet de as poitrine blanche.

Ia lendo, indiferente, distraída, enquanto esperava as visitas, pensando menos na poesia que na poetisa, essa miss Bell que era talvez a mais simpática das suas amigas, e a quem raramente via, que, a cada um dos seus encontros tão esparsos, beijava-a bruscamente na face com a boca em bico, chamando-lhe "darling", e chilreando como um pássaro; que, sem beleza, mas atraente, quase um pouco ridícula, mas de uma gentileza perfeita, vivia em Fiesole como uma esteta e uma filósofa, enquanto a Inglaterra a celebrava como a sua poetisa mais amada. À semelhança de Vernon Lee e de Mary Robinson, apaixonara-se pela vida e pela arte toscanas; e antes mesmo de terminar o seu *Tristão*, cuja primeira parte inspirara sonhadoras aquarelas a Burne-Jones, fazia versos provençais e franceses, sobre motes italianos. Enviara à "darling" o seu *Isolda, a Loura,* com uma carta, convidando-a a passar um mês na sua casa de Fiesole. A carta dizia assim: "Venha e verá as mais belas coisas do mundo, coisas que mais belas ficarão ainda com a sua presença."

E "darling" dizia consigo mesma que não iria, que não poderia deixar Paris. Mas não lhe era indiferente a idéia de tornar a ver miss Bell e a Itália. Enquanto folheava o livro deteve-se por acaso neste verso:

Amour et gentil coeur sont une même chose.

E perguntou a si mesma, com leve e doce ironia, se miss Bell já tinha amado e o que podiam ter sido os seus amores. A poetisa tinha em Fiesole um galanteador, o príncipe Albertinelli. Homem de grande beleza, parecia no entanto, um pouco espesso e vulgar para agradar totalmente à uma esteta que punha na ânsia de amar o misticismo de uma Anunciação.

— Bons dias, Teresa! Estou caindo de fraqueza.

Era a princesa Seniavine, airosa nas peles que pareciam aderir-lhe à carne morena e silvestre. Sentou-se bruscamente e, com a sua voz rude mas acariciante, onde havia a um tempo qualquer coisa de viril e de alado:

— Atravessei o Bosque esta manhã, a pé, com o general Larivière. Encontrei-o na aléia dos Potins e fi-lo ir até a ponte de Argenteuil, onde ele quis a todo o custo comprar ao guarda do Bosque, para me oferecer, uma pega domesticada, que faz exercício com uma pequena espingarda. Estou cansadíssima.
— Mas, porque arrastou o general até à ponte de Argenteuil?
— Porque sofre de gota.
Teresa encolheu os ombros, sorriu:
— Desperdiça a sua maldade. É uma dissipadora.
— Queria talvez a minha amiga que eu economizasse a minha bondade e a minha maldade pensando em alguma colocação séria?
E bebeu um cálice de vinho de Tocai.
Precedido pelo ruído fragoroso da sua respiração, o general Larivière aproximou-se num passo pesado, beijou a mão de ambas, e sentou-se entre elas, com o ar imbecil e satisfeito, o olhar oblíquo, rindo por todas as rugas das faces.
— Como vai o senhor Martin-Bellème? Sempre ocupado?
Teresa pensava que ele devia estar na Câmara dos Deputados e que talvez estivesse fazendo um discurso.
A princesa Seniavine, que comia sanduíches de caviar, perguntou a Mme. Martin porque não fora na véspera à casa de Mme. Meillan. Tinha-se representado uma comédia.
— Uma peça escandinava. Teve sucesso?
— Creio que sim. Eu estava na saleta verde, por baixo do retrato do duque de Orléans. O senhor Le Menil prestou-me um desses serviços que não se esquecem. Salvou-me do Sr. Garain.
O general, que tinha a prática dos anuários e armazenava na enorme cabeça todas as indicações úteis, apurou os ouvidos àquele nome.
— Garain, perguntou ele, o ministro que fazia parte do gabinete por ocasião do exílio dos príncipes?
— Exatamente. Parece que eu lhe agradava excessivamente. Falava-me das ansiedades do seu coração e fitava-me com uma ternura aterradora. De vez em quando, contemplava suspirando o retrato do duque de Orléans. Disse-lhe: "O Sr. Garain está equivocado. Minha cunhada é que é orleanista. Eu não o sou absolutamente." Nesse momento, o Sr. Le Menil veio convidar-me para ir ao bufê. Fez-me muitos cumprimentos... sobre os meus cabelos. Disse-me também que não há nada mais belo do que os bosques, no inverno. Falou-me de lobos e de lobinhos. Libertou-me.
O general que não gostava de gente nova, disse que tinha encontrado Le Menil na véspera, galopando a toda a brida pelo Bosque.

Declarou que os da velha guarda eram os únicos que mantinham as boas tradições da equitação, e que os homens do mundo tinham hoje a mania de montar como os jóqueis.

— Com a esgrima dá-se o mesmo. Antigamente...

A princesa Seniavine interrompeu, rápida:

— General, veja como Mme. Martin está bonita. É sempre encantadora, mas agora ainda mais do que nunca. É porque se aborrece. Não há nada que lhe faça tanto bem como o aborrecimento. Veja só: a fronte taciturna, o olhar vago, a boca dolorosa. Uma vítima!

Ergueu-se de um salto, beijou Teresa ruidosamente, e desapareceu, deixando o general atordoado.

Mme. Martin-Bellème suplicou-lhe que não ligasse importância ao que dizia aquela doida.

O general voltou a si do pasmo e perguntou:

— E os seus poetas?

Custava-lhe perdoar a Mme. Martin a sua simpatia pelos homens de letras que não eram da sociedade.

— Sim, os seus poetas? Que é feito desse Sr. Choulette que vinha visitá-la com um cachenê vermelho?

— Os meus poetas me esquecem, me abandonam. Não se pode contar com ninguém. Nem com os homens, nem mesmo com as coisas. A vida é uma eterna traição. A única que não me esquece, é a boa miss Bell. Escreveu-me de Florença e mandou-me o seu livro.

— Miss Bell é aquela senhora ainda nova, que tem uns cabelos amarelos frisados que lhe dão o ar de um cãozinho de luxo?

Calculou de memória e resolveu que miss Bell devia ter então trinta anos.

Uma senhora de idade, ostentando com modesta dignidade a sua coroa de cabelos brancos, e um homenzinho vivo, de olhar fino, entraram um atrás do outro: Mme. Marmet e o Sr. Paul Vence. Logo a seguir, muito espigado de monóculo no olho, apareceu o Sr. Daniel Salomon, o árbitro da elegância. O general esquivou-se.

Falou-se do romance da semana. A anfitriã tinha encontrado o autor em alguns jantares, um homem ainda jovem e muito amável. Paul Vence achava o livro enfadonho.

— Oh! suspirou Mme. Martin, todos os livros são enfadonhos. Mas, os homens são ainda piores que os livros. E mais exigentes.

Mme. Marmet informou que seu marido, dono de muitíssimo bom-gosto literário, conservara até à morte o horror ao naturalismo.

Viúva de um membro da Academia das Inscrições, apresentava-se na sociedade com a sua viuvez ilustre; delicada e modesta, de resto, com o seu vestido e os seus belos cabelos brancos. Mme. Martin disse a Daniel Salomon que desejava consultá-lo sobre um grupo de crianças.

— É um Saint-Cloud. Diga-me que tal o acha. Dê-me também a sua opinião, senhor Vence, se não despreza estas banalidades.

Daniel Salomon fitou Paul Vence através do monóculo, com altivez enfastiada.

Paul Vence correu os olhos em volta da sala.

— Tem aqui belas coisas, minha senhora, e não é só isso. É que não há aqui senão coisas belas e todas nos seus verdadeiros lugares.

Ela não ocultou o prazer de o ouvir falar daquele modo. Considerava Paul Vence o único homem absolutamente inteligente, entre todos os que a visitavam. Apreciava-o antes mesmo dos seus livros lhe terem dado a celebridade. A má saúde, o mau-humor, o trabalho assíduo afastavam-no da vida mundana. Este homenzinho bilioso não era muito amável. No entanto, Mme. Martin o atraía. Por seu lado, ela tinha no mais alto apreço a sua profunda ironia, o seu orgulho selvagem, o seu talento fortalecido no isolamento, e admirava-o sinceramente como um ótimo escritor, autor de belos ensaios sobre as artes e os costumes.

O salão foi-se enchendo pouco a pouco de uma multidão brilhante. No grande círculo das cadeiras estava agora Mme. de Vresson, sobre quem corriam terríveis histórias e que depois de vinte anos de escândalos mal abafados, conservava olhos de criança num rosto virginal; a velha Mme. de Morlaine, que expelia aos gritos os seus ditos de espírito, viva, estouvada, agitando as suas monstruosas formas como uma nadadora cercada de bexigas de porco; Mme. Raymond, a esposa do acadêmico; Mme. Garain, a mulher do antigo ministro. Três outras senhoras ainda; e, de pé, apoiado à pedra do fogão, o Sr. Berthier d'Eyzelles, redator do Jornal dos Debates, deputado que alisava as suíças brancas todo empavonado com os elogios que Mme. de Morlaine lhe gritava:

— O seu artigo sobre o bimentalismo é uma pérola, uma jóia! O fim, então, é um verdadeiro encanto!

De pé, no fundo do salão, alguns jovens *club-men*, muito graves, confabulavam uns com os outros:

— Que teria ele feito para conseguir o botão nas caçadas do príncipe?

— Ele, nada. A mulher é que fez tudo.

Tinham a sua filosofia. Um deles não acreditava nas promessas dos homens.

— Há certos tipos que não suporto: parecem, à primeira vista, trazer o coração nas mãos e na boca. Se a gente se apresenta num clube, prometem logo votar uma bola branca como a neve! Vem a votação. Crac! Uma bola preta como uma trufa! A vida é uma pouca-vergonha, quando começo a pensar nestas coisas!

— Então, o melhor é não pensares, disse um terceiro.

Daniel Salomon, que se juntara ao grupo, cochichava-lhes, na sua voz austera, segredos de alcova. E a cada revelação estranha sobre

Mme. Raymond, sobre Mme. Berthier d'Eyzelles ou sobre a princesa Seniavine, acrescentava com negligência:

— Como toda a gente sabe!

Depois, pouco a pouco, a turba dos visitantes se escoou. Apenas tinham ficado Mme. Marmet e Paul Vence.

Este aproximou-se da condessa Martin e perguntou-lhe:

— Quando quer que lhe apresente Dechartre?

Era a segunda vez que lhe propunha isso. Ela, porém, que não gostava de ver caras novas, respondeu com desinteresse:

— O seu escultor? Quando quiser. Vi dele, no Campo de Marte, alguns medalhões que achei muito bons. Mas trabalha pouco. É um amador, não é verdade?

— É um requintado. Não precisa trabalhar para viver. Acaricia as suas figuras com gestos de namorado. Mas não se iluda com isso; sabe e sente: seria um mestre, se não vivesse só. Conheço-o desde menino. Imaginam-no rancoroso e rabugento. É porém, um apaixonado e um tímido. O que lhe falta, o que lhe faltará sempre, para atingir o apogeu da sua arte, é a simplicidade de espírito. Inquieta-se, atormenta-se e estraga as suas mais belas impressões. A meu ver, era menos apto para a estatuária do que para a poesia ou para a filosofia. Tem uma vasta erudição — há de ficar surpreendida com a variedade dos seus conhecimentos.

Mme. Marmet, sempre benévola, aprovou. Era simpatizar com eles. Escutava muito e falava pouco. Muito complacente, fazia valer a sua complacência tornando-a desejada. Ou porque gostasse verdadeiramente de Mme. Martin, ou por saber manifestar em todas as casas onde ia, os sinais duma discreta preferência, aquecia-se, feliz, como uma avó, ao canto do fogão de puro estilo Luiz XVI, que convinha à sua beleza de velha dama indulgente. Faltava apenas o cãozinho.

— Como vai o Tobi? perguntou-lhe Mme. Martin. Conhece o Tobi, Sr. Vence? É todo preto, tem os pêlos compridos como sedas e uma carinha encantadora.

Mme. Marmet gozava os elogios feitos a Tobi, quando um velho corado e louro de cabelos em anéis, míope quase cego sob os óculos de ouro, de pernas curtas, topando contra os móveis, fazendo cumprimentos diante das cadeiras vazias, indo de encontro aos espelhos, alongou o comprido nariz para Mme. Marmet, que o olhou indignada.

Era o Sr. Schmoll, da Academia das Inscrições. Todo ele sorria, reverencioso e alegre, tecendo madrigais à condessa Martin, com a hereditária voz, rude e espessa, com que os seus antepassados judeus perseguiam os credores, os campônios da Alsácia, da Polônia e da Criméia. Arrastava pesadamente as frases. Filólogo de renome, membro do Instituto de França, conhecia todas as línguas, exceto o francês.

E Mme. Martin divertia-se com aquelas galanterias pesadas e enferrujadas como ferros velhos, por entre as quais caíam, por vezes, flores secas de mitologia. O Sr. Schmoll era admirador de poetas e de mulheres e tinha espírito.

Mme. Marmet fingiu que não o conhecia e retirou-se sem corresponder ao seu cumprimento.

Quando por fim esgotou os madrigais, o Sr. Schmoll tornou-se taciturno e lamentável. Gemeu abundantemente. Derramou sobre si mesmo os mais agudos queixumes. Não tinha nem as condecorações nem as sinecuras que devia ter, e o Estado não amparava condignamente a ele, a Mme. Schmoll e as suas cinco filhas. Lamentou-se com certa nobreza. Um pouco da alma de Ezequiel e de Jeremias sobrevivia nele.

Por desgraça, ao arrastar sobre a mesa os olhos enlunetados de ouro, descobriu o livro de Vivian Bell.

— Ah, *Isolda a Loura,* exclamou amargamente; a senhora lê este livro? Pois saiba que Mlle. Vivian Bell me roubou uma inscrição, e que, ainda por cima, teve o atrevimento de a alterar, pondo-a em verso! Está na página 102 do livro:

— *Ne pleure pas, toi que j'aimais:*
Ce qui n'est plus ne fut jamais.
— *Laisse couler ma douleur sombre;*
Une ombre peut pleurer une ombre.

Está vendo, minha senhora? O último verso é a tradução literal de uma inscrição funerária que eu fui o primeiro a publicar e a ilustrar. Há tempos, um dia em que jantei em sua casa, sentado ao lado de Bell, citei-lhe essa frase, que lhe agradou imensamente. A seu pedido, no dia seguinte, traduzi em francês a inscrição inteira, que lhe mandei. E aí está como eu venho encontrá-la, truncada e, desfigurada, neste volume de versos, com este título: *Na via sacra!...* A via sacra sou eu!

E, no seu mau humor, jocoso, repetiu:

— Eu é que sou a via sacra, minha senhora.

O que o contrariava no íntimo, é que a poetisa não o tivesse citado a propósito da inscrição. Gostaria de ver o seu nome no alto da poesia, nos versos, nas rimas. Queria ver sempre o seu nome em toda a parte. Procurava-o, nos jornais que lhe traziam os bolsos sempre atulhados. Mas no fundo não era rancoroso. Não queria mal a miss Bell por aquilo. Concordou de boa mente que era uma excelente pessoa e que, como poetisa, fazia a maior honra à Inglaterra.

Quando partiu, a condessa Martin perguntou muito ingenuamente a Paul Vence se sabia por que motivo a boa Mme. Marmet, tão benévola habitualmente, acolhera o Sr. Schmoll com tanta fúria e mudez. Ele mostrou-se surpreendido de que ela não o soubesse.

— Nunca sei de nada.

— Mas a disputa entre Joseph Schmoll e Louis Marmet, que por tanto tempo retumbou no Instituto, ficou famosa. E só terminou com a morte de Marmet, a quem seu implacável confrade perseguiu até o cemitério do Père-Lachaise. No dia em que foi enterrado esse pobre Marmet, caía neve fundida. Estávamos todos molhados e gelados até os ossos. À beira da cova, na bruma, ao vento, sobre a lama, Schmoll leu, abrigado pelo seu guarda-chuva, um discurso cheio de jovial crueldade e de piedade triunfante, que em seguida levou aos jornais, num dos carros do cortejo. Um amigo desastrado deu-o para ler à Mme. Marmet, que caiu desmaiada. Pois é possível que nunca tivesse ouvido falar nessa disputa sábia e feroz?... A causa foi o idioma etrusco. Marmet fez dele o seu único estudo. Até lhe chamavam Marmet, o Etrusco. Nem ele nem ninguém, entretanto, conhecia uma só palavra dessa língua perdida até ao último vestígio. Schmoll dizia continuamente a Marmet: "O meu caro confrade sabe que não sabe nada de etrusco; e é por isso mesmo que é um sábio honesto e digno." Ressentido com estes louvores cruéis, Marmet decidiu-se a aprender um pouco de etrusco. Leu aos seus confrades das Inscrições uma memória sobre o emprego das flexões no idioma dos antigos toscanos.

Mme. Martin perguntou o que era uma flexão.

— Oh! minha senhora, se começo a lhe dar esclarecimentos, vamos embrulhar tudo. Basta que saiba que, nessa memória, o pobre Marmet citava textos latinos mas que os citava todos às avessas. Ora Schmoll é um latinista de grande valor e, depois de Mommsen, o primeiro epigrafista do mundo. Censurou ao seu jovem confrade (Marmet não tinha ainda cinquenta anos) que lesse tão bem o etrusco e tão mal o latim. Desde então, Marmet nunca mais teve descanso. A cada sessão, era troçado com uma ferocidade alegre e de tal maneira metido a ridículo que, apesar de toda a sua calma, acabou por se zangar. Schmoll não é rancoroso. É uma das virtudes da sua raça. Não quer mal àqueles a quem maltrata. Um dia, ao subir a escadaria do Instituto, em companhia de Renan e de Oppert, encontrou Marmet e estendeu-lhe a mão. Marmet negou-lhe a sua e disse: "Não o conheço." — "Toma-me por uma inscrição latina?" replicou Schmoll. É em parte a essa frase que Marmet deve a sua morte. Compreende agora por que razão a viúva que guarda piedosamente a sua memória, vê o seu inimigo com olhos tão horrorizados.

— E eu que os fiz jantar juntos, um ao lado do outro!

— Não foi imoral, decerto, mas foi cruel!

— Vou talvez chocá-lo, mas se tivesse de fazer absolutamente a minha escolha, preferia fazer uma coisa imoral a fazer uma coisa cruel.

Um homem ainda novo, alto, magro, de rosto moreno cortado por um longo bigode, entrou, cumprimentando com uma agilidade brusca:

— Creio que o Sr. Vence já conhece o Sr. Le Ménil.

Tinham-se, com efeito, encontrado já em casa de Mme. Martin e viam-se às vezes, na sala de armas, onde Le Ménil era assíduo. Ainda na véspera, tinham estado juntos em casa de Mme. Meillan.

Eis aí uma casa onde a gente se aborrece, disse Paul Vence.

— E, no entanto, lá se recebem acadêmicos, disse Le Ménil. Sem lhes exagerar o valor, formam em todo o caso uma elite.

Mme. Martin sorriu:

— Nós sabemos que em casa de Mme. Meillan o Sr. Le Ménil se preocupa mais com as senhoras do que com os acadêmicos. Acompanhou ao bufê, por exemplo, a princesa Seniavine e lhe falou de lobos.

— Como? de lobos?

— De lobos, de lobas, de lobinhos e dos bosques escurecidos pelo inverno. Aqui entre nós, acho que, para uma mulher tão bonita, é uma conversa um pouco ousada demais.

Paul Vence levantou-se.

— Quando me permitir, minha senhora, lhe trarei o meu amigo Dechartre. Tem um grande desejo de conhecê-la e espero que não lhe desagradará. Tem movimento e vida no espírito. É cheio de idéias.

Mme. Martin deteve-o.

— Oh! eu não peço tanto. As pessoas naturais, que se mostram tais como são, raro me enfadam e às vezes chegam a me divertir.

Quando Paul Vence saiu, Le Ménil ouviu diminuir o rumor dos passos na antecâmara e das portas que se fechavam; e chegando-se a ela, disse-lhe:

— Amanhã às três horas na *nossa casa,* sim?

— Então, ainda me ama?

Ele insistiu para que ela respondesse, enquanto estavam sós; um pouco para o enervar, ela replicou que era tarde, que não esperava mais visitas, e que a única pessoa que ainda poderia entrar, era seu marido.

A voz dele tornou-se suplicante. Então, sem se fazer mais rogada, ela disse:

— Queres? Escuta: tenho o dia de amanhã todo livre. Espera-me na rua Spontini às três horas. Iremos depois dar um grande passeio.

Agradeceu-lhe com o olhar. E depois de retomar o seu lugar diante dela, do outro lado do fogão, perguntou-lhe quem era esse Dechartre que queria que lhe fosse apresentado.

— Não sou eu que quero que mo apresentem. Mas querem mo apresentar. É um escultor.

Mostrou-se ressentido por ela ter necessidade de ver caras novas.

— Um escultor? Os escultores são, em geral, um pouco rudes.

— Oh! esse parece que trabalha tão pouco! Mas, se o contraria que eu o receba, não o receberei.

— Contrariar-me-ia que outros lhe tomassem uma parte do tempo. que me concede.

— Não tem motivo para se queixar de que eu seja muito mundana. Nem sequer fui ontem à casa de Mme. Meillan.

— Tem razão para lá aparecer o menos possível: não é casa que lhe convenha.

Explicou. Todas as senhoras que iam lá, tinham tido alguma aventura conhecida, de que se falava. Além disso, Mme. Meillan favorecia as intrigas. Deu alguns exemplos como prova do que dizia.

Ela, entretanto, com as mãos estendidas sobre os braços da poltrona num adorável descanso, a cabeça pendida, olhava o fogo que agonizava. Parecia que todo o pensamento se evolava dela, sem deixar um vestígio, sequer no seu rosto um pouco triste ou no corpo enlanguescido, mais desejável que nunca nesse sono da alma. Conservou por algum tempo aquela imobilidade profunda, que ajuntava à atração da carne o encanto das coisas criadas pela arte.

Ele perguntou-lhe em que pensava. Libertando-se a custo da melancólica magia das brasas e das cinzas, ela disse:

— Se quiser, iremos amanhã aos bairros distantes, a esses bairros estranhos onde só se vê gente pobre. Gosto tanto das velhas ruas miseráveis...

Ele prometeu satisfazer-lhe o desejo, embora deixando ver que o julgava absurdo. Aqueles passeios a que ela, às vezes, o arrastava, aborreciam-no, e pareciam-lhe mesmo perigosos: podiam ser vistos.

— E já que conseguimos passar até hoje sem que falassem de nós...

Ela balançou a cabeça.

— Pensa que nunca se falou de nós? Quer saibam, quer não, sempre se fala. Nem tudo se sabe, mas tudo se diz.

E recaiu na sua meditação. Ele pensou que ela estivesse descontente, aborrecida por qualquer motivo que não confessava.

Curvou-se sobre os seus lindos olhos vagos, que refletiam os clarões do fogo. Ela tranqüilizou-o:

— Não sei se falam de mim. E que me incomoda isso? Nada tem importância.

Despediu-se dela. E foi jantar no clube, onde o esperava o seu amigo Caumont, de passagem em Paris. Ela seguiu-o com um olhar em que se revelava uma simpatia serena. E pôs-se em seguida a ler de novo nas cinzas.

* * *

O que ela lia nas cinzas eram os dias da sua infância, o castelo em que passava os longos e tristes verões, os bosques aparados, o parque úmido e sombrio, o tanque onde dormia a água esverdeada, as ninfas de mármore sob os castanheiros e o banco em que chorara e desejara morrer. Ainda hoje ignorava a causa desses desesperos juvenis, quando o despertar ardente da imaginação e o trabalho misterioso da carne a lançavam numa prostração cheia de desejos e receios. Em criança, a vida inspirava-lhe, ao mesmo tempo, desejo e medo. E agora sabia que viver não vale nem tanta inquietação nem tanta esperança, e que a vida não passa afinal de uma coisa vulgar. Assim a devia esperar. Porque não o tinha assim previsto? E pensava:

— Via minha mãe. Era uma boa alma, simples e feliz. O destino que eu sonhava, era completamente outro. Porque? Em volta de mim sentia o gosto insípido da vida, e esperava o futuro como um ar impregnado de sal e de aromas. Porque? Que queria e que esperava eu? Já não possuía bem a consciência da tristeza de tudo?

Nascera rica, no gritante esplendor de uma fortuna demasiado recente. Filha daquele Montessuy, que, tendo começado como um pequeno empregado num banco parisiense, fundou e dirigiu dois grandes estabelecimentos de crédito, para sustentar os quais manifestou, nas mais difíceis circunstâncias, os recursos de um espírito fecundo, a invencível força de caráter e misto incomparável de astúcia e honestidade, que lhe permitiram tratar de igual, com o Governo, ela fora crescendo no histórico castelo de Joinville, comprado, restaurado e mobiliado magnificamente por seu pai, que, ao fim de seis anos, tornara-o comparável, em esplendor, com o seu parque e os seus grandes tanques, ao de Vaux-le-Vicomte. Montessuy tirava da vida tudo quanto ela podia oferecer. Ateu instintivo e poderoso, queria todos os bens da carne e todas as coisas desejáveis que este mundo produz. Na galeria e nos salões de Joinville, acumulou quadros de mestres e mármores preciosos. Aos cinqüenta anos, possuía as mais belas mulheres do teatro e algumas mulheres, da alta sociedade, a quem aumentou o luxo. Gozava de tudo o que há de melhor com a brutalidade do seu temperamento e a finura do seu espírito.

Entretanto, a pobre Mme. Montessuy, econômica e cuidadosa, definhava em Joinville, com o seu ar doentio e pobre, em face das doze cariátides gigantescas que, sobre os seus balaustres de ouro, sustentavam o teto em que Lebrun pintara os Titãs fulminados por Júpiter. Foi no leito de ferro que mandara pôr ao lado do seu grande leito solene, que ela morreu numa noite, de tristeza e de esgotamento, não tendo jamais amado sobre a terra senão o seu marido e a sua saleta forrada de damasco vermelho da rua de Maubeuge.

Nunca tivera intimidade com a filha, que instintivamente, sentia muito diferente dela, demasiado livre de espírito e ousada de coração, animada, apesar da sua meiguice e bondade, pelo sangue forte de Montessuy, por aquele ardor de alma e de carne que tanto a tinham feito sofrer, e que mais facilmente perdoava no marido que na filha.

Mas Montessuy reconhecia e amava bem em Teresa a sua verdadeira filha. Como todos os grandes carnívoros tinha horas de alegria encantadora. Apesar de passar a vida quase sempre fora, conseguia almoçar quase todos os dias com ela, e a levava muitas vezes consigo nos seus passeios. Tinha a intuição dos objetos de arte e do vestuário feminino. Ao primeiro olhar via e remediava nas toaletes da filha as faltas reveladoras do gosto triste e comum de Mme. Montessuy. Educava, formava a sua Teresa. Brutal e voluptuoso, sabia diverti-la, atraí-la. O seu instinto e o seu apetite de conquistas inspiravam-no, mesmo para com ela. Ávido sempre de ganhar, ganhava também a própria filha. Conquistava-a à mãe. E ela o admirava e adorava.

Na sua meditação, revia-o no fundo do passado, como a única alegria da sua infância. A sua persuasão era ainda a de que não havia no mundo um homem tão amável como seu pai.

Ao entrar na vida, perdeu logo a esperança de encontrar em outro uma natureza tão rica, uma igual plenitude de forças ativas e pensantes. Esse desânimo acompanhou-a não na escolha de um marido, como depois, talvez, numa escolha mais livre e secreta.

O marido não fora ela, verdadeiramente, quem o escolhera. Não sabia: deixara-se casar por seu pai que, já então viúvo, embaraçado com o encargo tão delicado de uma filha, no meio de uma existência atarefada e vertiginosa, tinha querido, segundo o costume, proceder depressa e bem. Considerou as vantagens exteriores, as conveniências, os seguros oitenta anos de nobreza imperial que pesavam na pessoa do conde Martin, além da glória hereditária de uma família que dera ministros ao governo de Julho e ao império liberal. E nem sequer lhe veio à idéia o que sua filha poderia encontrar no casamento.

O que o lisonjeava, era que este lhe satisfizesse os desejos de luxo, a alegria de ser e de parecer uma das primeiras, essa grandeza comum e forte, essa altivez vulgar, esse domínio material que, para ele, constituíam o melhor da vida, não tendo, de resto, idéias muito precisas sobre a felicidade de uma mulher honesta neste mundo, mas perfeitamente certo de que sua filha nunca deixaria de o ser. No seu íntimo, este ponto, que nunca aprofundara, era uma certeza primária.

Ao pensar nessa confiança absurda e natural, que tão pouco combinava com as experiências e as idéias de Montessuy sobre as mulheres, a condessa Martin sorriu com uma ironia melancólica. E admirava ainda mais seu pai, por ver como ele preferia ignorar o que podia ser-lhe desagradável.

Afinal não a casara mal, considerando o casamento segundo o modo de ver dos ociosos. Seu marido valia tanto como outro qualquer. Tornara-se mesmo muito suportável. De tudo o que ia lendo nas cinzas, à luz velada dos candeeiros, de todas as suas recordações, a da vida em comum era a mais apagada. Notava alguns indícios isolados, de uma precisão penosa, algumas imagens absurdas, uma vaga impressão de fastio. Esse tempo passara depressa e sem deixar vestígio. Decorridos seis anos, nem mesmo se lembrava muito bem de como reconquistara a sua liberdade, tão pronta e fácil fora essa conquista, com aquele marido frio, doente, egoísta e polido, com aquele homem ressequido, amarelecido nos negócios e na política, trabalhador, ambicioso, medíocre. Não apreciava as mulheres senão por vaidade, e nunca chegara a amar a sua. A separação fora franca, completa. E desde então, vivendo como estranhos, sentiam-se tacitamente gratos pela sua mútua independência, e ela seria mesmo sinceramente sua amiga, se não o achasse tão esperto e dissimulado em obter-lhe a assinatura, quando precisava de dinheiro para as empresas em que punha mais ostentação, do que avidez. À parte isso, esse homem com quem jantava, conversava todos os dias, morava e viajava, nada representava e nenhuma significação tinha para ela.

Toda curvada, com o rosto apoiado na mão, diante do fogo apagado, como uma curiosa que consultasse um oráculo, enquanto evocava esses anos de solidão, reviu a figura do marquês de Ré. E reviu-a tão nítida, tão precisa que ficou surpreendida. Apresentado por seu pai, que o elogiara, o marquês de Ré apareceu-lhe aureolado pelos seus trinta anos de triunfos íntimos e de glórias mundanas. As suas aventuras formavam-lhe um longo cortejo. Seduzira três gerações de mulheres e deixara no coração de todas elas as recordações mais imperecíveis. A graça viril, a elegância discreta e o hábito de agradar prolongavam-lhe a mocidade além do limite normal. Manifestou uma especial atenção pela jovem condessa Martin. As homenagens desse conhecedor lisonjeavam-na. Nesse momento ainda as recordava com prazer. Tinha uma palestra cativante. Interessou-a; ela deu-lhe a compreender isso e desde então, ele prometeu a si próprio, com a sua heróica frivolidade, terminar dignamente uma existência feliz pela posse daquela mulher nova e encantadora, que visivelmente o achava a seu gosto. Para conquistá-la, empregou toda a sua astúcia. Mas ela escapou-se-lhe com a maior facilidade.

Dois anos mais tarde, entregava-se a Roberto Le Ménil, que a desejara intimamente, com todo o ardor da sua mocidade e toda a simplicidade da sua alma. Dizia consigo; "Entreguei-me a ele, porque ele me amava." Era a verdade. A verdade era também que um instinto surdo e forte a impelira e que ela obedecera às forças obscuras do seu ser. Mas isso não era dela; o que era bem dela e da sua consciência era o ter desejado, consentido um sentimento verdadeiro. Cedera logo que se vira amada até o sofrimento. Dera-se imediatamente, com simplicidade. Ele pensou que ela se entregava levianamente. Enganava-se. O que ela sentira fora o abatimento perante o irreparável e essa espécie de vergonha de ter de ocultar, subitamente, alguma coisa. Tudo quanto ouvira segredar sobre as mulheres que têm amantes, veio de novo sussurrar-lhe nos ouvidos vibrantes. Mas, fina e altiva, teve com o seu gosto perfeito o cuidado de ocultar o preço da dádiva que fazia e de não pronunciar uma palavra que pudesse prendê-lo contra a vontade. Nunca ele suspeitou sequer dessa indisposição moral, que, aliás, durou apenas alguns dias, até dar lugar a uma tranqüilidade perfeita. Três anos passados, ela aprovava-se a si mesma por essa conduta inocente e natural. Como não prejudicava ninguém, não tinha de que se acusar. Estava satisfeita. Aquela ligação era ainda o que havia de melhor na sua vida. Amava e era amada. Não sentira certamente a embriaguez sonhada. Mas existe essa embriaguez? O homem a quem amava era bom e leal, muito admirado pelas mulheres, muito estimado na sociedade, passando por desdenhoso e de gosto difícil e manifestando por ela um sentimento sincero. O prazer que lhe dava e a alegria de lhe parecer bela ligavam-na a ele. Quanto a ele, se não lhe tornava a vida constantemente deliciosa, fazia-a no entanto mais fácil de ser suportada e até mesmo agradável por momentos.

O que ela não adivinhara no isolamento, apesar da advertência das inquietações vagas e das tristezas sem motivo, a sua natureza íntima, o seu temperamento, a sua verdadeira vocação, ele lhas revelara. Conheceu-se, ao conhecê-lo. Foi uma surpresa feliz. As suas simpatias não vinham nem do espírito nem da alma. O que sentia por ele era uma simples e definida estima, que não se apagaria rapidamente.

E, nesse mesmo momento, alegrava-se à idéia de ir encontrá-lo no dia seguinte, no pequeno aposento da rua Spontini, onde se encontravam há três anos. E foi com um movimento de cabeça um pouco violento, com um encolher de ombros mais brusco do que seria de esperar em uma dama delicada, que, sozinha diante do fogo já apagado, ela disse consigo: "O que eu preciso é de amar!"

CAPÍTULO II

Começava já a escurecer, quando saíram do pequeno aposento da rua Spontini. Roberto Le Ménil fez sinal a um carro que passava e, lançando um olhar inquieto ao cavalo e ao cocheiro, entrou com Teresa na carruagem. Um colado ao outro, iam rolando entre sombras vagas, rasgadas por bruscos clarões, para a cidade fantasma, não levando na alma senão impressões suaves e amortecidas como as claridades que vinham banhar-se na névoa dos vidros das portinholas. Para além de si mesmos, tudo lhes parecia confuso e impreciso, e sentiam na alma um vazio delicioso. A carruagem tinha chegado ao cais dos Agostinhos, perto da Ponte Nova.

Desceram. Um frio seco avivava o triste crepúsculo de janeiro. Teresa respirou alegremente através do véu o vento que, atravessando o rio, varria do chão endurecido uma poeira acre e branca como sal. Sentia-se feliz por caminhar assim livre, entre coisas desconhecidas. Achava delicioso ver aquela paisagem de pedra, envolta na tênue e profunda claridade do ar; avançar com o seu passo rápido e firme, ao longo do cais onde as árvores desdobravam o tule negro dos ramos sobre o horizonte escurecido pelos fumos da cidade; contemplar, debruçada no parapeito, o curso estreito do Sena rolando as águas trágicas; saborear aquela tristeza do rio sem margens, sem salgueiros nem faias. No alto do céu, cintilavam já as primeiras estrelas.

— Tem-se a impressão que o vento vai apagá-las, pensou ela.

Notou também como luziam. Não julgava que fosse sinal de chuva, como pensava a gente do campo. Observara mesmo, ao contrário, que geralmente a cintilação das estrelas anunciava bom tempo.

Nas proximidades da Ponte Pequena, encontraram à direita lojas de ferragens, iluminadas por candeeiros. Correu para elas, examinou o pó e a ferrugem das vitrinas. Com o seu instinto de colecionadora em vibração, dobrou a esquina da rua e aventurou-se até uma barraca em alpendre, de cujas traves úmidas pendiam panos escuros. Por trás dos vidros sujos, uma vela alumiava caçarolas, jarras de porcelana, um clarinete e uma grinalda de noiva.

Ele não compreendia o prazer que aquilo lhe dava.

— Vai encher-se de bichos. Que pode interessá-la aí dentro?

— Tudo. Penso na pobre noiva cuja grinalda aí está debaixo de uma redoma. As bodas foram em um restaurante da Porta Mailot. Havia um guarda republicano no cortejo. Eles aparecem em quase todos os casamentos que se vêem no Bosque, ao sábado. Não o comovem também, meu amigo, todas essas pobres criaturas ridículas e miseráveis, que entram por fim na grandeza do passado?

Entre as xícaras de Horinhas, esbeiçadas e desiguais, descobriu uma pequena faca cujo cabo de marfim representava uma mulher chata e esguia, penteada à Maintenon. Comprou-a por quase nada. O que a encantava, era possuir já o garfo igual. Le Ménil confessou que não entendia nada de bric-à-brac. Mas a sua tia de Lannoix era uma grande conhecedora. Em Caen, os vendedores de antigüidades só falavam dela. Tinha restaurado e mobiliado a sua casa com todo o estilo. Era a antiga residência de campo de João Le Ménil, Conselheiro do Supremo Tribunal de Rouen, em 1779. Essa casa, que já existia antes dele, era mencionada em uma escritura de 1690, com o nome de casa da garrafa. Numa sala do primeiro andar encontravam-se ainda, no fundo dos armários brancos, de grades, os livros reunidos por João Le Ménil. Sua tia de Lannoix, dizia ele, tinha querido pô-los em ordem. Mas vira que eram obras ligeiras, cheias de gravuras tão livres, que os tinha queimado.

— Então, sua tia é tola! disse Teresa. Há muito que as coisas que ele lhe contava de Mme. de Lannoix a impacientavam. Le Ménil tinha na província mãe, irmãs, tias, uma numerosa família, que Teresa não conhecia e que a irritava.Ele falava dela com admiração, o que a deixava de mau-humor. As freqüentes visitas que ele fazia à família, e de que trazia, a seu ver, um cheiro a mofo, idéias e sentimentos estreitos, impacientavamna. E, por seu lado, ele chocava-se e sofria com aquela antipatia.

Calou-se. A vista de uma taberna, cujos vidros flamejavam através das grades, trouxe-lhe de repente à lembrança o poeta Choulette, que passava por se embriagar. Perguntou a Teresa, com um pouco de irritação, se ainda via Choulette, que lhe fazia visitas em Macfarlane, com um cachenê vermelho por cima das orelhas.

Contrariou-a que ele falasse do poeta do mesmo modo que o general Larivière. Não lhe confessou que desde o outono a tornara a procurar com a negligência e a sem cerimônia de um homem ocupado, caprichoso e sem hábitos mundanos.

— Tem espírito, fantasia, e é original, disse ela. Gosto dele.

E como ele a acusasse de ter um gosto estranho, respondeu com vivacidade:

— Não tenho um gosto, tenho vários gostos. Creio que nem todos lhe devem parecer censuráveis.

Não a censurava. Apenas receava que se prejudicasse, acolhendo um boêmio de cinqüenta anos, que não podia ser recebido em uma casa respeitável.

Ela protestou:

— Choulette não pode ser recebido em uma casa respeitável? Então não sabe que ele vai passar, todos os anos, um mês na Vendéia, em casa da marquesa de Rieu?... Sim, da marquesa de Rieu, a católica, realista, a velha *chouane,* como ela se chama a si mesma. Mas, visto que Choulette o interessa, ouça a sua última aventura. Ei-la, tal como Paul Vence me contou. Compreendo-a melhor nesta rua, onde há camisolas e vasos de flores nas janelas. Este inverno, em uma tarde de chuva, Choulette encontrou, numa loja de bebidas em uma rua cujo nome esqueci, mas que deve na miséria parecer-se com esta, uma pobre criatura, desgraçada e feia, a quem amou pela sua humildade. Chama-se Maria. E esse nome nem sequer é o seu; foi o que encontrou pregado na porta da água-furtada onde veio morar. Choulette comoveu-se com tal perfeição na pobreza e na infâmia. Chamou-a sua irmã e beijou-lhe as mãos. Desde então, não a deixa. Leva-a pessoalmente e de lenço no pescoço pelos cafés do bairro latino, onde os estudantes ricos lêem as revistas. Diz-lhe coisas cheias de doçura. Ambos choram. Bebem, e quando ficam os dois embriagados, batem um no outro. Ama-a. Chama-a a puríssima, sua cruz e sua salvação. Como andava descalça, deu-lhe uma meada de lã e agulhas para fazer meias. É ele próprio quem preguia os sapatos dessa desgraçada com taxas enormes. Ensina-lhe versos muito fáceis de entender. Receia alterar-lhe a beleza moral arrancando-a à vergonha em que vive com simplicidade tão perfeita e uma penúria tão admirável.

Le Ménil encolheu os ombros.

— Mas é um doido, esse Choulette, e vejo que o senhor Paul Vence lhe conta lindas histórias! Não sou austero, certamente; mas há imoralidades que me repugnam.

Iam indo ao acaso. Ela ficou pensativa:

— Sim, eu sei, a moral, o dever!... Mas o dever, é difícil descobri-lo. Afirmo-lhe que, quase sempre, não sei, verdadeiramente, onde é que ele está. É como o ouriço da miss, em Joinville: passávamos a noite a procurá-lo debaixo dos móveis; e quando o achávamos, íamo-nos deitar.

Segundo o seu modo de ver, havia muito de verdadeiro no que ela dizia, e mesmo muito mais do que pensava. Quando estava só, refletia bem nisso tudo.

— Às vezes, chego mesmo a sentir remorso de não ter ficado no exército. Adivinho o que vai dizer: que é uma carreira que embrutece. Sem dúvida, mas a gente sabe exatamente o que tem a fazer, e isso, na vida, é muito. Acho que a existência de meu tio, o general de La Briche, é uma belíssima existência, cheia de honra e muito agradável. Mas, agora que o país inteiro se afoga no exército, já não há oficiais nem soldados. Isso me dá idéia de uma estação num domingo, em que os empregados empurram para as carruagens os viajantes aturdidos. O meu tio de La Briche conhecia pessoalmente todos os oficiais e todos os soldados da sua brigada. Guarda ainda todos os nomes num grande quadro, na sala de jantar. De tempos a tempos relê-os para se distrair. Hoje em dia, como quer que um oficial possa conhecer os seus subordinados?

Ela não o ouvia. Olhava na esquina da rua Gralande uma vendedora de batatas fritas que, abrigada por trás de um caixilho envidraçado, com o rosto no meio da grande sombra, todo iluminado pelo fogo das brasas, mergulhando a escumadeira na fritura cantante, tirava os dourados pedaços com que enchia um cartucho de papel amarelo, onde brilhavam estilhas de palhas, enquanto uma rapariga ruiva, atenta, estendia uma moeda de dez cêntimos na mão avermelhada.

Quando a rapariga levou o seu cartucho, Teresa descobriu, com animação, que tinha fome, e quis por força saborear também aquelas batatas fritas.

Ele resistiu a princípio.

— Não se sabe como isso é feito.

Mas não teve outro remédio, por fim, senão pedir à vendedora um cartucho de dez cêntimos, bem polvilhado de sal.

Enquanto, com o véu suspenso sobre o nariz, ela ia mordendo os crescentes de ouro, ele foi guiando-a pelas ruelas desertas, longe dos bicos de gás.

Encontraram-se assim novamente no cais, diante da massa negra da catedral, que se erguia para além do braço estreito do rio. Suspensa sobre a crista rendilhada da igreja, a lua prateava o telhado.

— Nossa Senhora de Paris! exclamou Teresa. Veja como ela é maciça como um elefante e fina como um inseto. A lua empoleira-se nela, fita-a com uma malícia de macaco. Esta não se parece com a lua rústica de Joinville. Em Joinville, tenho um caminho que é meu, um caminho batido, com a lua ao fundo. Não vem todas as noites; mas nunca deixa de voltar fielmente, cheia, corada, familiar. É uma vizinha de aldeia, uma dama dos arredores. Vou sempre muito séria ao seu encontro, por delicadeza e por amizade; mas esta lua de Paris não convida a ter-se relações com ela. Não é uma pessoa de boa companhia. O que ela tem visto, desde que se anda a roçar pelos telhados!

Ele sorriu com ternura:

— Oh! O teu caminho onde passeavas sozinha e de que me disseste que gostavas, por ter o céu no fundo, nem muito alto, nem longe de mais, estou a vê-lo daqui, como se estivesse lá!

Fora na quinta de Joinville, convidado por Montessuy para uma caçada, que ele a vira pela primeira vez e começara a amá-la, a desejá-la. Fora ali, uma tarde, na orla do pequeno bosque, que ele lhe confessara o seu amor, enquanto ela o escutava, em silêncio, com a boca dolorosa e os olhos vagos.

Aquela lembrança do pequeno caminho onde passeava sozinha, nas noites de outono, comoveu-o, perturbou-o, fê-lo reviver as encantadas horas dos primeiros desejos e das inquietas esperanças. Procurou-lhe a mão no regaço e sob as peles macias apertou o punho delgado.

Uma rapariga, com violetas numa grade de ramos de pinheiro, ao ver os namorados, veio oferecer-lhes as flores. Ele comprou um ramo de dez cêntimos e ofereceu-o a Teresa.

Ao dirigir-se para a catedral, ela pensava:
— É um animal enorme, um animal do apocalipse...
No outro extremo da ponte, uma enrugada florista barbuda, cinzenta de cãs e de pó, perseguiu-os com o cesto carregado de mimosas rosas de Nice. Teresa, que naquele momento tinha as violetas na mão, e procurava pô-las no seio, respondeu alegremente ao oferecimento da velha:
— Obrigada, já tenho o que preciso.
— Bem se vê que é nova! gritou-lhe em tom canalha a velha, ao afastar-se.
Teresa compreendeu quase logo, e nos lábios e no olhar despontou-lhe um pequeno sorriso. Passavam na sombra do adro, diante das figuras de pedra, enfileiradas nos vãos, com cetros e coroas.
— Entremos, disse ela.
Ele não tinha vontade. Sentia-se confusamente constrangido, quase receoso, ao aparecer com ela numa igreja. Afirmou que estava fechada. Assim pensava e desejava. Mas ela empurrou a porta e entrou na imensa igreja, onde as árvores inanimadas das colunas subiam para as altas trevas. Ao fundo, avançavam círios diante de fantasmas de padres, sob os derradeiros gemidos dos órgãos que emudeciam. Estremeceu no silêncio e disse:
— A tristeza das igrejas, à noite, emociona-me; sinto nelas a grandeza do nada.
— Temos, no entanto, de acreditar em alguma coisa, respondeu ele. Se não houvesse Deus, se nossa alma não fosse imortal, seria muito triste.
Ela permaneceu por muito tempo, imóvel, sob os panos de sombra que pendiam das abóbadas; depois, respondeu:
— Meu pobre amigo, já não sabemos o que fazer desta vida tão curta, e ainda quer outra que não acabe nunca!

* * *

Na carruagem que os reconduziu, ele declarou alegremente que tinha passado um belo dia. Beijou-a, contente dela e de si. Mas ela não partilhava daquele bom humor. Era o que acontecia quase sempre. Os últimos instantes que passavam juntos, eram para ela turvados pelo pressentimento de que não diria, ao partir, a palavra que deveria dizer. Despedia-se, geralmente, de uma maneira brusca, como se as coisas não tivessem nele prolongamentos. Em cada uma dessas separações, ela sofria o sentimento confuso de uma ruptura. Isso fazia-a sofrer antecipadamente e enervava-a.
Sob as árvores do Cours-la-Reine, tomou-lhe a mão e beijou-lha umas poucas vezes.

— Não acha, Teresa, que é bem raro um amor como o nosso?
— Raro, não sei; mas acredito que me ama.
— E você?
— Eu também o amo.
— E amar-me-á sempre?
— Quem o poderá saber?

E, vendo que o rosto dele se sombreava:
— Estaria mais descansado com uma mulher que lhe jurasse amá-lo só a si, toda a vida?

Ele continuava inquieto, com um ar de desgosto. Para tranqüilizá-lo completamente, mostrou-se boa:
— Você bem sabe que não sou leviana. Não sou uma dissipadora, como a princesa Seniavine.

Quase ao fim do Cours-la-Reine, despediram-se, sob as árvores. Ele conservou a carruagem, a fim de seguir para a rua Royale. Ia jantar no clube e, em seguida, iria ao teatro. Não tinha tempo a perder.

Teresa encaminhou-se para casa, a pé. Em frente da colina do Trocadero, resplandecente como um adereço de diamantes, lembrou-se da florista da Ponte Pequena. Aquelas palavras, no vento negro: "Bem se vê que é nova!" voltaram-lhe à memória, não já zombeteiras e licenciosas, mas inquietantes e tristes. "Bem se vê que é nova!". Sim, era nova, era amada e aborrecia-se.

CAPÍTULO III

O centro da mesa continha um maciço de flores no seu largo círculo de bronze dourado, onde as águias abriam as asas entre estrelas e abelhas, sob as grandes asas formadas por cornucópias. Aos lados, Vitórias aladas sustentavam os flamejantes ramos dos candelabros. Esse centro de mesa, de estilo Império, fora presente de Napoleão, em 1812, ao conde Martin de l'Aisne, avô do atual conde Martin-Bellème. Martin de l'Aisne, deputado ao Corpo Legislativo em 1809, foi nomeado no ano seguinte membro da Comissão das Finanças, cujos trabalhos assíduos e secretos convinham ao seu espírito laborioso e tímido. Apesar de liberal por origem e por tendência, agradou ao Imperador pela sua aplicação e por uma estrita honestidade que sabia não se mostrar importuna.

Durante dois anos, choveram sobre ele as maiores venturas. Em 1813, fez parte da maioria moderada que aprovou o relatório em que Lainé, dando lições tardias ao Império cambaleante, censurava ao mesmo tempo o poder e o infortúnio. A 1º de janeiro de 1814, acompanhou os seus colegas às Tulherias. O imperador fez-lhes uma recepção terrível.

Foi uma carga cerrada sobre as suas fileiras. Violento e sombrio, no furor da sua força presente e da sua queda próxima, fulminou-os com a sua cólera e o seu desprezo.

Ia de um lado para outro, através das filas consternadas, quando, de repente, agarrou ao acaso o conde Martin pelos ombros e o sacudiu e empurrou, exclamando: "Um trono, são quatro pedaços de madeira cobertos de veludo? Não! Um trono é um homem, e este homem sou eu! Quiseram sujar-me com lama. E não encontraram melhor ocasião para me fazerem censuras do que esta, em que cem mil cossacos nos invadem a fronteira? Esse seu senhor Lainé é um mau homem. A roupa suja lava-se em família." E enquanto a sua fúria se expandia, sublime e trivial, torcia na mão a gola bordada do deputado do Aisne. "O povo conhece-me. Aos senhores é que ele não conhece. O eleito da nação sou eu. Os senhores não são mais que os obscuros delegados de um departamento." Predisse-lhes a sorte dos girondinos. O tilintar das suas esporas acompanhava-lhe o estridor da voz. O conde Martin ficou trêmulo e gago para o resto da vida, e foi tremendo que, agachado na sua casa de Laon, chamou os Bourbons, depois da derrota do Imperador. Em vão as duas restaurações, o governo de julho e o segundo Império, lhe cobriram de cruzes e de honras o peito sempre oprimido. Elevado às mais altas funções, carregado de honras por três reis e um imperador, sentiu constantemente sobre o ombro a mão do Corso. Morreu senador de Napoleão III, deixando um filho agitado pela tremura hereditária.

Este filho casara-se com Mlle. Bellème, filha do primeiro presidente do Tribunal de Bourges, e, justamente, com as glórias políticas de uma família que dera três ministros à monarquia moderada. Os Bellème, gente de toga sob o reinado de Luiz XV, realçaram as origens jacobinas dos Martin. O segundo conde Martin fez parte de todas as assembléias até à sua morte, em 1881. Carlos Martin-Bellème, seu filho, ocupou, sem grande trabalho, o seu lugar na Câmara. Tendo-se casado com Mlle. Teresa Montessuy, cujo dote veio apoiar-lhe as ambições políticas, destacou-se discretamente entre os quatro ou cinco membros da burguesia titulada e rica que, aliados à democracia e à República, foram recebidos sem grande desagrado pelos republicanos históricos, a quem a aristocracia dos nomes lisonjeava e a mediocridade dos espíritos tranqüilizava.

Na sala de jantar, onde se adivinhava aqui e ali, sobre as portas, no meio das sombras, o pêlo mosqueado dos cães de Oudry, diante do centro de bronze semeado de estrelas e de abelhas de ouro, entre as duas vitórias sustentando as luzes, o conde Martin-Bellème fazia as honras da sua mesa com a boa graça um pouco taciturna, a palidez triste, antigamente designada no Eliseu para representar, junto a uma grande corte do Norte, a França isolada e retraída. De vez em quando, dirigia algumas palavras descoradas, para a direita, a Mme. Garain, esposa do antigo ministro da Justiça; para a esquerda, à princesa Seniavine que, carregada de diamantes, se aborrecia horrivelmente. Em frente dele, do outro lado das flores, a condessa Martin, entre o general Larivière, e M. Schmoll, da Academia das Inscrições, acariciava com as brisas do leque as espáduas finas e puras. Nos dois semicírculos em que a mesa se prolongava, sucediam-se o Sr. Montessuy, robusto, corado e de olhos azuis, uma jovem prima, Mme. Bellème de Saint-Nom, atrapalhada com os seus longos braços magros, o pintor Duvicquet, Daniel Salomon, Paul Vence, o deputado Garain, Bellème de Saint-Nom, um senador desconhecido, e Dechartre, que, pela primeira vez, fora convidado para jantar. A conversa, a princípio tênue e miúda, animou-se e ampliou-se num murmúrio confuso, sobre o qual se elevou a voz de Garain:

— Toda a idéia falsa é perigosa. Quem pensa que os utopistas não são prejudiciais, engana-se: fazem um mal tremendo. As utopias mais inofensivas na aparência exercem na realidade uma influência prejudicial. Tendem a inspirar o desprezo da realidade.

— É talvez porque a realidade não é bela, disse Paul Vence.

O ex-guarda dos selos afirmou que era um partidário de todos os progressos realizáveis. E, sem mesmo lembrar que fora ele quem pedira, sob o Império, a supressão dos exércitos permanentes e, em 1880, a separação da Igreja e do Estado, declarou que, fiel ao seu programa permaneceria no seu posto de dedicado servidor da democracia. A sua divisa, dizia ele, era: "Ordem e Progresso." No íntimo, estava verdadeiramente convencido de ter sido ele mesmo quem a inventara.

Montessuy replicou, com a sua rude franqueza:

— Ora, seja sincero, senhor Garain. Confesse que não há mais nada a reformar, e que o que mais se pode ainda fazer hoje, é mudar a cor dos selos postais. Boas ou más, as coisas são o que devem ser. Sim, insistiu, as coisas são o que devem ser. Mas vão mudando constantemente. Desde 1870, a situação industrial e financeira do país passou por quatro ou cinco revoluções, que os economistas não tinham previsto e que ainda hoje não compreendem. Na sociedade, como na natureza, as transformações operam-se internamente.

Em matéria de governo, as suas maneiras de ver eram curtas e nítidas. Fortemente ligado ao presente e preocupando-se pouco com o futuro, não tinha grande medo dos socialistas. Sem se inquietar se o sol e o capital se extinguiriam um dia, ia-os gozando. Segundo ele, o que era preciso era deixar correr. Só os imbecis resistiam à corrente, e só os doidos lhe passavam adiante. Mas o conde Martin, triste por natureza, tinha sombrios pressentimentos. Anunciava catástrofes em termos velados.

As suas palavras hesitantes foram através das flores do centro, emocionar Schmoll, que começou a gemer e a profetizar. Explicou que os povos cristãos eram incapazes, só por si mesmos, de libertar-se completamente da barbárie, e que, sem os judeus e os árabes, a Europa estaria ainda mergulhada, como no tempo das cruzadas, na ignorância, na miséria e na crueldade.

— A Idade Média, disse ele, só está terminada nos compêndios de história, que se dão aos estudantes para lhes encher o espírito de falsidades. Na realidade, os bárbaros continuam sendo os bárbaros. A missão de Israel é educar as nações. Foi Israel quem, na Idade Média, trouxe à Europa a sabedoria da Ásia. O socialismo aterra-os. É um mal cristão, como o monarquismo. E a anarquia? Não reconhecem nela a velha lepra dos albigenses? Só os judeus, que instruíram e policiaram a Europa, podem hoje salvá-la do mal evangélico que a devora. Mas já faltaram ao seu dever. Fizeram-se cristãos entre os cristãos. E Deus os castiga, permitindo que os exilem e que os despojem. O anti-semitismo faz progressos assustadores por toda a parte. Na Rússia, os meus correligionários são perseguidos como animais selvagens. Na França, os empregos civis e militares são negados aos judeus. Não têm entrada nos grêmios aristocráticos. Meu sobrinho, Isaac Coblentz, teve de renunciar à carreira diplomática, depois de ter feito brilhantemente o seu curso. As mulheres de alguns dos meus colegas, quando Mme. Schmoll as visita, põem sempre à vista, com ostentação, folhas anti-semíticas. E não sabem que o ministro da Instrução Pública me negou a cruz de comendador que lhe pedi? Vejam que ingratidão! Vejam que aberração! O anti-semitismo, ouçam bem, é a morte da civilização européia.

O homemzinho tinha uma franqueza verdadeiramente superior a toda arte. Grotesco e terrível, emocionava os convidados com a sua sinceridade. Mme. Martin, que o achava interessantíssimo, felicitou-o.

— Ao menos, o senhor Schmoll defende os seus correligionários. Não é como uma linda judia das minhas relações que ao ler num jornal a notícia de que ela recebia em sua casa a elite da sociedade israelita, começou a gritar por toda a parte que a tinham insultado.

— Estou certo de que ignora como a moral judaica é bela e superior à outras morais. Conhece a parábola dos Três Anéis?

Esta pergunta perdeu-se no rumor que se discutiam a política estrangeira, as exposições de pintura, os escândalos elegantes e os discursos acadêmicos. Falou-se do novo romance e da próxima peça. Era uma comédia em que Napoleão tinha um papel episódico.

A conversa fixou-se em Napoleão, já algumas vezes representado no teatro e de novo estudado em livros muito lidos, alvo de curiosidade, personagem em moda, não mais à maneira de um heroi popular, de um semi-deus emplumado da Pátria, como nos dias em que Norvins e Béranger, Charlet e Raffet lhe compunham a legenda, mas como um personagem curioso, um tipo interessante na sua intimidade viva, uma figura cujo estilo agradava aos artistas, cujo movimento atraía os curiosos.

Garain, cuja fortuna política se baseava no ódio ao Império, julgava sinceramente que esse retrocesso do gosto nacional não passava de um absurdo capricho. Não via nele perigo algum que pudesse alarmá-lo. Nele, o medo explodia com uma instantaneidade feroz.

Naquele momento, estava inteiramente sossegado, porque não falou em proibir as representações, em apreender as obras, em prender os autores ou em reprimir coisa alguma. Calmo e severo, apenas via em Napoleão o guia de Taine, que deu um ponta-pé na barriga de Volney.

Cada qual queria definir o verdadeiro Napoleão. O conde Martin, diante do centro de mesa imperial e das Vitórias aladas, falou com comedimento de Napoleão, organizador e administrador, e colocou-o a uma grande altura como presidente do Conselho de Estado, onde a sua palavra esclarecia os pontos mais obscuros.

Garain afirmou que nessas famigeradas sessões, Napoleão, sob o pretexto de tomar uma pitada, pedia aos conselheiros as suas caixas de rapé ornadas de miniaturas e cravejadas de diamantes, que nunca mais se tornavam a ver. Por fim, ninguém trazia ao Conselho o seu rapé a não ser em caixas de chifre. Quem lhe contara a anedota fora o filho de Monier, em pessoa.

Montessuy admirava em Napoleão o espírito de ordem.

— Gostava das coisas bem feitas. É um gosto que já ninguém possui.

O pintor Duvicquet, que tinha idéias de pintor, sentia-se embaraçado. Não encontrava na máscara fúnebre trazida de Santa Helena, os caracteres daquela face bela e potente que as medalhas e os bustos consagraram. Toda a gente podia convencer-se disso mesmo, agora que o bronze dessa máscara, limpo da poeira dos sótãos, se via suspenso nas lojas de todos os antiquários, no meio de águias e de esfinges de madeira dourada. E, a meu ver, se o verdadeiro rosto de Napoleão não era napoleônico, podia muito bem ser que a verdadeira alma de Napoleão não fosse também napoleônica. Era talvez a de um bom burguês: alguns já o tinham dito, e ele inclinava-se a acreditá-lo. De resto, Duvicquet, que se orgulhava de ter feito os retratos do século, sabia que os homens célebres nunca se assemelham à idéia que deles se faz. Daniel Salomon observou que a máscara de que falava Duvicquet, a moldagem tomada sobre o rosto inanimado do Imperador e trazida para a Europa pelo doutor Antommarchi fora, pela primeira vez, fundida em bronze e editada por subscrição, sob o reinado de Luiz-Filipe, em 1833, e que logo inspirara desconfiança e surpresa. Suspeitou-se de que esse italiano, boticário de comédia, bisbilhoteiro e famélico, tinha zombado do público. Os discípulos do doutor Gall, cujo sistema estava então muito em uso, consideravam a máscara como suspeita. Não achavam nela as bossas do gênio e, examinada segundo as teorias do mestre, a conformação da fronte nada apresentava de notável.

— É que, precisamente Napoleão não é notável senão por ter dado um ponta-pé na barriga de Volney e por ter roubado caixas de rapé cravejadas de diamantes. É o senhor Garain quem o afirma, disse a princesa Seniavine.

— E não está mesmo bem averiguado se ele deu o ponta-pé, ajuntou Mme. Martin.

— Como tudo se sabe afinal! continuou alegremente a princesa. Napoleão não fez nada; nem sequer deu um ponta-pé em Volney, e tinha uma cabeça de cretino.

O general Larivière sentiu que devia atacar por sua vez, e lançou esta frase:

— A campanha de Napoleão, de 1813, é muito contestada.

O general pensava somente em agradar a Garain, e mais nada; entretanto, com certo esforço, conseguiu formular uma sentença sintética:

— Napoleão cometeu erros; na sua posição, não devia cometê-los.

E calou-se, muito vermelho.

Mme. Martin perguntou:

— E o senhor Vence, que pensa de Napoleão?

— Tenho muito pouca simpatia pelos "figurões de espada" e os conquistadores se me afiguram, muito simplesmente, doidos furiosos. Apesar de tudo, essa figura do Imperador interessa-me, como interessa ao público. Acho que há nela caráter e vida. Não conheço poema ou romance de aventuras que se compare ao Memorial, que no entanto é escrito de uma maneira ridícula. O que penso de Napoleão, visto que deseja sabê-lo, é que, feito para a glória, aparece-nos nela com a simplicidade brilhante de herói de epopéia. Um herói deve ser humano. Napoleão foi humano.

— Oh! oh! exclamaram alguns.

Mas Paul Vence prosseguiu:

— É violento e leviano: e portanto profundamente humano. Quero dizer, semelhante a todos nós. Quis com uma força singular tudo quanto o comum dos homens admira e deseja. Teve ilusões, que transmitiu aos povos. Foi isso a sua força, a sua fraqueza, a sua beleza. Acreditava na glória. Sobre a vida e sobre o mundo pensava mais ou menos o mesmo que pensava um dos seus granadeiros. Conservou sempre essa gravidade infantil que se satisfaz com sabres e tambores e essa espécie de inocência que cria os bons militares. Amava sinceramente a força. Foi o homem dos homens, a carne da carne humana. Não teve um pensamento que não fosse uma ação, e todas as suas ações foram grandes e comuns. É essa grandeza vulgar que faz os heróis. E Napoleão é o herói perfeito. O seu cérebro não foi nunca além do alcance da sua mão, daquela mão pequena e bonita que esmagou o mundo. Nem um só momento pensou em qualquer coisa a que não pudesse chegar.

— Então, na sua maneira de ver, não é um gênio intelectual. Sou da sua opinião, disse Garain.

— Certamente, continuou Paul Vence, o que ele tinha, era gênio que sabe evolucionar à vontade no circo civil e militar do mundo. Mas faltava-lhe o gênio especulativo. Esse gênio é outro par de mangas, como diz Buffon. Possuímos a compilação dos seus escritos e das suas palavras. O estilo possui movimento e imagem. E nessa aglomeração de pensamentos não se encontra uma curiosidade filosófica, um conceito do incognoscível, nem a mais leve inquietação do mistério que envolve o destino. Em Santa-Helena, quando fala em Deus e na alma, parece um estudante de quatorze anos. Atirada ao mundo, a sua alma encontrou-se à medida do mundo e abarcou-o todo. Nada dessa alma foi se perder no infinito. Poeta, não conheceu senão a poesia da ação. Limitou à terra o seu sonho potente da vida. Na sua banalidade terrível e tocante, acreditou que um grande homem pode ser grande, e essa infantilidade acompanhou-o sempre com os anos e o infortúnio. A sua mocidade, ou antes a sua sublime adolescência, durou tanto como ele, porque os dias da sua vida não se tinham juntado uns aos outros para formar uma maturação consciente. É o estado prodigioso dos homens de ação. Estão todos inteiramente no momento que vivem e o seu gênio condensa-se num ponto. Renovam-se sempre e não se prolongam. As horas da sua existência não se ligam umas às outras por uma cadeia de meditações graves e desinteressadas. Não continuam a viver; sucedem-se numa seqüência de atos. Assim, falta-lhes a vida interior. Esse defeito é particularmente sensível em Napoleão, que nunca viveu no íntimo de si mesmo. Daí essa leviandade de caráter, que lhe fez suportar facilmente o enorme peso dos seus males e das suas faltas. A sua alma sempre nova renascia cada manhã. Teve mais que outro qualquer a capacidade de distração. No primeiro dia em que viu nascer o sol sobre o fúnebre rochedo de Santa-Helena, saltou do leito a assobiar uma canção. Era a paz de uma alma superior à fortuna, era sobretudo a leviandade de um espírito pronto a renascer. Vivia externamente.

Garain, que não admirava muito aquela forma engenhosa de espírito e de falar, quis abreviar a conclusão:

— Em uma palavra, havia alguma coisa de monstro nesse homem.

— Os monstros, não existem, replicou Paul Vence. E Os homens que passam por monstros inspiram horror. Napoleão foi amado por todo um povo. A sua força foi fazer erguer sob os seus passos o amor dos homens. A alegria dos seus soldados era morrer por ele.

A condessa Martin manifestou desejos de ouvir a opinião de Dechartre. Mas ele esquivou-se, com uma espécie de terror:

— Conhece a parábola dos Três Anéis, inspiração sublime dum judeu português? perguntou Schmoll.

Felicitando Paul Vence pelo seu brilhante paradoxo, Garain lamentou, no entanto, que o espírito se exercesse assim à custa da moral e da justiça.

— Há um princípio, disse ele: é que os homens devem ser julgados pelas suas ações.

— E as mulheres? perguntou bruscamente a princesa Seniavine. Também as julga pelas suas ações? E como é que sabe o que elas fazem?

O barulho das vozes misturava-se ao tinido claro dos talheres. Um ar quente, adensado de vapores, enchia a sala. As rosas, vergadas, desfolhavam-se sobre a toalha. Os pensamentos subiam ao cérebro mais ardentes.

O general Larivière fez devaneios.

— Quando já não puder mais, disse ele à sua vizinha, irei viver em Tours, e cultivar flores.

E gabou-se de ser um bom jardineiro. Tinham dado o seu nome a uma rosa. Ficara muito lisonjeado com isso.

Schmoll tornou a perguntar se conheciam a parábola dos três Anéis.

Entretanto, a princesa contestava o deputado.

— Então, o senhor Garain não sabe que se fazem coisas idênticas por motivos muito diferentes?

Montessuy aprovou-a.

— É bem verdade, como diz, minha senhora, que as ações nada provam. Esse modo de pensar é frisante num episódio da vida de Don Juan, que não foi conhecido de Molière nem de Mozart, e que é revelado por uma lenda inglesa, cujo conhecimento devo ao meu amigo James Sovell, de Londres. Por ela se verifica que o grande conquistador perdeu o seu tempo com três mulheres. Uma era uma burguesa, que amava seu marido; outra, uma religiosa, que não consentiu em violar os seus votos. A terceira, que durante muito tempo levara uma vida de libertinagem, tornou-se por fim tão feia, que entrou como criada de servir numa espelunca. Depois de tudo quanto fizera e vira, o amor já não lhe significava mais nada. Essas mulheres tiveram a mesma conduta por motivos diversos. Uma ação não prova nada. A soma das ações, o seu peso, a sua quantidade é que constituem o valor de um ser humano.

— Há certas ações, disse Mme. Martin, que têm o nosso aspecto, o nosso rosto — são como nossas filhas. Outras não se parecem nada conosco.

Levantou-se e tomou o braço do general.

Ao entrar no salão, acompanhada por Garain, a princesa disse:
— Teresa tem razão... Há outras que não se parecem nada conosco. São como pretinhas que a gente teve enquanto dormia.

As ninfas das tapeçarias sorriam esterilmente, na sua frescura desbotada, para visitas que não as viam.

Mme. Martin serviu o café com a sua jovem prima, Mme. Bellème de Saint-Nom. Felicitou Paul Vence pelo que tinha dito à mesa.

— Falou de Napoleão com uma liberdade de espírito que é bem rara nas conversas que ouço. Tenho notado que as crianças mais bonitas, quando estão com pieguice, têm o ar de Napoleão, na tarde de Waterloo. Fez-me sentir as razões profundas dessa semelhança.

Depois, voltando-se para Dechartre:
— E o senhor, admira Napoleão?
— Eu, minha senhora, não gosto da Revolução. E Napoleão é a Revolução com um penacho.
— Porque é que o senhor Dechartre não disse isso durante o jantar? Pelo que vejo, só gosta de mostrar espírito às escondidas.

O conde Martin-Bellème levou os homens para a sala de fumar. Paul Vence ficou só com as senhoras. A princesa Seniavine perguntou-lhe se tinha terminado o seu romance e qual era o assunto. Era um estudo em que se procurava atingir a verdade formada por uma série lógica de verossimilhanças que, ligadas entre si, chegam à evidência.

Dessa maneira, disse ele, o romance adquire uma força moral que a história, na sua pesada frivolidade, nunca pode ter.

Ela quis saber se era um livro destinado às mulheres. Ele afirmou que não.

— Faz mal em não escrever para as mulheres, senhor Vence. É tudo que um homem superior pode fazer para elas.

E como ele quisesse saber porque ela dizia isso:
— É por verificar que todas as mulheres inteligentes se ligam a imbecis, respondeu ela.
— Que as aborrecem.
— Sem dúvida! Mas os homens superiores, ainda as aborreceriam mais. Têm mais recursos para o conseguir... Mas diga-me o assunto do seu romance.
— Interessa-a muito?
— Nada me interessa.
— Então, aqui tem: é um estudo de costumes populares, a história de um operário sóbrio e casto, belo como uma moça, com uma alma virgem, uma alma fechada. É cinzelador e trabalha bem. À noite, ao lado da mãe, a quem ama, estuda. Lê livros: — no seu espírito, simples e nu, as idéias penetram como balas numa parede. Não sofre necessidades.

Não tem as paixões nem os vícios que nos prendem à vida. É solitário e puro. Dotado de virtudes fortes, torna-se orgulhoso. Vive entre brutos miseráveis. Vê sofrer. Tem espírito de dedicação, sem ter o de humanidade; possui uma caridade fria que se chama altruísmo. Não é humano, porque não é sensual.

— Ah! É preciso ser sensual para ser humano?

— Certamente. A piedade está localizada nas entranhas, como a ternura sobre a pele. Não é inteligente bastante até ao ponto de duvidar. É crente. Acredita no que leu. E leu que, para estabelecer a felicidade universal, bastava destruir a sociedade. A sede do martírio devora-o. Uma manhã, depois de beijar sua mãe sai; vai pôr-se à espreita de um deputado socialista e ao vê-lo aproximar-se, atira-se a ele e enterra-lhe um cinzel no ventre, gritando: "Viva a anarquia!" Prendem-no, identificam-no, fotografam-no, interrogam-no, julgam-no, condenam-no à morte e guilhotinam-no. Eis o meu romance.

— Não há de ser muito divertido, disse a princesa. Mas a culpa não é sua: Os seus anarquistas são tão tímidos e moderados como os demais franceses. Os russos, quando se metem nisso, têm mais audácia e fantasia.

A condessa Martin veio perguntar a Paul Vence se conhecia um sujeito muito amável, que não dizia uma palavra e andava em volta dela, com olhos de cão perdido. Fora seu marido quem o convidara. Não sabia nem o seu nome, nem nada.

Paul Vence apenas podia dizer que se tratava de um senador. Vira-o um dia, por acaso, no Luxemburgo, na galeria que serve de biblioteca.

— Tinha ido lá para ver a cúpula onde Delacroix pintou, num bosque de mirtos azulados, os heróis e os sábios da Antigüidade. Tinha aquele ar pobre e mísero; aquecia-se. Cheirava a pano molhado. Conversava com velhos colegas, e, esfregando as mãos dizia: "Para mim, o que prova que a República é o melhor dos governos, é que, em 1817, pôde fuzilar numa semana, sessenta mil rebeldes sem se tornar impopular. Depois de tal repressão, qualquer outro regime se tornaria impossível."

— Mas é um mau homem, disse Mme. Martin. E eu que tive pena dele, ao vê-lo tão tímido e encolhido!

Mme. Garain, com o queixo molemente apoiado no seio, cochilava na paz da sua alma de dona de casa, e sonhava com o seu pomar, numa colina do Loire, onde os orfeões vinham saudá-la.

José Schmoll e o general Larivière saíram do *fumoir,* com o olhar ainda avivado pelas histórias brejeiras que tinham contado uns aos outros. O general sentou-se entre a princesa Seniavine e Mme. Martin.

— Encontrei esta manhã, no bosque, a baronesa Naburg, que montava um cavalo soberbo. Perguntou-me: "Que faz o general para ter sempre bons cavalos?" Respondi-lhe: "Para ter bons cavalos, minha senhora, basta possuir muito dinheiro ou muita manha."

Ficara tão contente com o seu dito, que o repetiu duas vezes, piscando o olho.

Paul Vence aproximou-se da condessa Martin:

— Já sei o nome do senador: chama-se Loyer, é vice-presidente de um grupo e autor de um livro de propaganda intitulado: *O crime de 2 de dezembro*.

O general continuou:

— Fazia um tempo medonho. Meti-me debaixo do alpendre. Le Ménil já estava lá também. Sentia-me mal-humorado. Ele ria-se de mim às escondidas, bem o vi. Imagina que, por ser general, devo gostar do vento, da geada e da neve. É absurdo! Disse-me que não desgostava do mau tempo, e que na próxima semana iria a caça da raposa com outros amigos.

Houve um silêncio; o general continuou:

— Desejo-lhe que se divirta, mas não o invejo. A caça à raposa não é agradável.

— Mas é útil, disse Montessuy.

O general encolheu os ombros.

— A raposa só é perigosa para os galinheiros na primavera, quando anda de cria.

— A raposa, replicou Montessuy, prefere as tocas de coelhos aos galinheiros. É um caçador furtivo muito fino, que dá menos prejuízo aos proprietários das quintas do que aos caçadores. Sei disso à minha própria custa.

Teresa, distraída, sem ouvir a princesa que lhe falava, pensava consigo:

— Nem sequer me avisou que partia!

— Em que está pensando?

— Em nada de interessante.

CAPÍTULO IV

No pequeno quarto escuro, silencioso, abafado por cortinados, reposteiros, almofadas, peles de urso e tapetes do Oriente, as espadas faiscavam, aos reflexos do fogo aceso, sobre o cretone das paredes, entre os cartões de tiro e os ouropéis fanados dos cotilons de três invernos. Em cima da cômoda de pau-rosa, reluzia uma taça de prata, prêmio conferido por alguma sociedade de esporte. Sobre as placas de porcelana pintada da jardineira, lilases brancos emergiam de um buzio de cristal, onde espiralavam volubilis de cobre dourado: e, por toda a parte, luzes palpitavam na sombra quente. Teresa e Roberto, com os olhos habituados à escuridão, moviam-se à vontade entre os objetos familiares. Ele acendeu um cigarro, enquanto ela entrançava os cabelos, de pé, com as costas para o fogo, diante do espelho onde mal se via. Mas não queria candeeiro nem velas. Apanhava os grampos na pequena taça de vidro da Boêmia que estava sobre a mesa, ao alcance da mão, havia três anos. Ele via-a passar rapidamente os dedos de luz por entre os regatos de ouro intenso dos cabelos, enquanto o rosto endurecido e bronzeado pela sombra tomava uma expressão misteriosa, quase inquietante. Não falava.

— Já não estás muito contrariada, não é meu amor? perguntou ele.

E como insistisse para que dissesse alguma coisa, ela respondeu:

— Que quer que lhe diga, meu caro? Não posso repetir-lhe o que lhe disse ao chegar. Acho estranho que seja o general Lariviére quem me informe dos seus projetos.

Ele sabia muito bem que ela não lhe perdoara ainda, e que permanecia junto dele contrariada e retraída, sem o abandono que habitualmente a fazia tão deliciosa. Mas fingiu acreditar que aquilo não passava de um amuo momentâneo.

— Mas já te expliquei tudo, minha querida. Torno a te dizer e a te repetir que, quando encontrei Larivière, acabava de receber uma carta de Caumont, lembrando-me a minha promessa de ir, em sua companhia, caçar raposas na mata, e respondi-lhe na volta do correio. Esperava te avisar hoje mesmo. Sinto que o general Larivière tenha chegado antes de mim; mas isso não tem importância.

Com os braços erguidos sobre a cabeça, ela voltou para ele um olhar tranqüilo, que ele não compreendeu.

— Então parte?

— Na próxima semana, terça ou quarta-feira. A minha ausência será de uns dez dias, no máximo.

Ela ajeitava o gorro de lontra guarnecido de um ramo de flores de carvalho.

— É uma coisa que não se pode adiar?

— Oh! não; daqui a um mês a pele de raposa não vale mais nada. E, além disso, Caumont convidou bons camaradas, que ficariam tristes se eu não fosse também.

Fixando o gorro na cabeça, com um comprido alfinete, franziu as sobrancelhas.

— É muito interessante essa caçada?

— Muitíssimo, porque a raposa tem manhas que ninguém calcula. A inteligência desses animais é verdadeiramente admirável. Observei, à noite, raposas que andavam caçando coelhos. Tinham organizado uma batida em regra. Asseguro-lhe que não é fácil fazer uma raposa sair da sua toca. Essas caçadas são muito alegres. Caumont tem uma excelente adega. Pela minha parte, não é isso o que me importa, mas em geral é muito apreciada. Acreditará que um dos seus criados veio dizer-lhe que um bruxo lhe ensinara um meio de apanhar a raposa, dizendo certas palavras mágicas? Não será essa a arma que eu empregarei, e desde já me comprometo a trazer-lhe meia dúzia de belas peles.

— Para fazer o que?

— Magníficos tapetes.

—Ah!... E demora-se oito dias?

— Talvez menos. Como fica perto de Sémanville, irei passar dois dias com minha tia em Lannoix. Está à minha espera. No ano passado, nesta época, reunira um grupo muito interessante. Estavam lá suas duas filhas e suas três sobrinhas, com os maridos; são todas cinco bonitas, alegres, encantadoras e irrepreensíveis. No começo do próximo mês, certamente os encontrarei juntos, para a festa de minha tia, e tenciono demorar-me dois dias em Sémanville.

— Pode demorar-se lá o tempo que quiser. Não quero de modo algum que encurte, por minha causa, um divertimento tão agradável.

— E você?

— Não se preocupe comigo.

O fogo esmorecia. A sombra ia se adensando entre eles. Num tom de divagação, como uma vaga expectativa, ela disse:

— É verdade que nunca é muito prudente deixar uma mulher só...

Ele se aproximou dela, procurando distinguir o seu olhar na obscuridade, e pegou-lhe na mão.

—Ama-me?

— Oh! acredite que não amo a mais ninguém... Mas...

— Que quer dizer?

— Nada. Penso... penso que ficaremos separados todo o verão, que no inverno passa com sua família e em casa dos seus amigos a metade do tempo, e que, para nos vermos tão pouco, o melhor seria talvez deixarmos de nos ver inteiramente.

Acendeu as velas. O seu rosto apareceu na luz, incisivo e franco. Ele a olhava com uma confiança que vinha menos da fatuidade comum a todos os amantes, que de sua necessidade íntima de probidade normal. Acreditava nela por um preconceito de educação forte e de inteligência simples.

— Sabe que a amo e sei que me ama, Teresa. Porque quer assim me torturar? Mostra, às vezes, indiferença, rispidez, verdadeiramente penosas.

Ela fez um brusco movimento de cabeça e disse:

— Que quer? Sou difícil e obstinada. Está no meu sangue. Herdei isso de meu pai. Conhece Joinville: viu a nossa casa, os tetos de Lebrun, as tapeçarias feitas em Maincy para Fouquet, viu os jardins desenhados sobre os planos de Le Nôtre, parques, os bosques, — disse-me já que não conhecia melhores em França; mas o que não viu foi o escritório de meu pai: uma mesa de pinho e um armário de mogno. É dali que sai tudo, meu amigo. Em cima da mesa, diante do armário, meu pai fez as suas contas durante quarenta anos, primeiro num pequeno quarto da praça da Bastilha, depois no aposento da rua de Maubeuge, onde nasci. Não éramos ainda muito ricos nesse tempo. Vi a mobília de damasco vermelho da nossa primeira sala de visitas, de que mamãe tanto gostava. Sou uma filha de "parvenu" ou de conquistador, o que vem a dar no mesmo. Somos interesseiros. Meu pai quis ganhar dinheiro, possuir o que se paga, isto é, tudo. Eu quero ganhar e adquirir... o que? nem eu sei... a felicidade que tenho... ou que não tenho... Sou ambiciosa a meu modo, ambiciosa de sonho, de ilusões. Oh! sei muito bem que nada disto vale o sacrifício que exige, mas é justamente esse sacrifício que importa, porque, para mim, esse sacrifício sou eu mesma, é a minha própria vida. Quero gozar até ao íntimo, tudo o que amo, ou o que penso que amo. Não quero perder. Sou como meu pai: reclamo o que me devem. E depois...

Baixou a voz:

— E depois, sou uma sensual. Aí está, meu caro. Sei que não lhe agrada o que digo neste momento. Que quer?... não procurasse me prender.

Essas vivacidades de linguagem, a que ele já estava habituado, estragavam-lhe o prazer. Mas não o inquietavam. Só dava importância ao que ela fazia, não ao que dizia, porque as palavras, sobretudo as de uma mulher, não lhe pareciam dignas dela... Como era de poucas falas, estava muito longe de imaginar que as palavras também pudessem ser atos.

Por muito que a amasse, ou talvez por a amar com intensidade e confiança, pensava que devia resistir a caprichos que considerava absurdos. Como lhe dava sempre resultado, manifestava a sua autoridade quando não a aborrecia; pensava ingenuamente que podia fazê-lo sempre.

— Você sabe muito bem que lhe quero ser agradável em tudo; por isso não seja caprichosa comigo.

— E porque não? Se me deixei prender... ou se me entreguei a você, não foi decerto por reflexão nem por dever. Foi por... capricho.

Ele olhou-a, surpreendido e meio triste.

— Não lhe agrada a expressão? Suponhamos que fosse por amor. O que é verdade é que aconteceu porque era essa a minha vontade e por ver que me amava. Mas o amor deve ser um prazer, e se ele não me dá a satisfação do que você chama os meus caprichos, e do que é o meu desejo, a minha vida, o meu amor enfim, não o quero — antes viver só. O senhor é extraordinário! Os meus caprichos! Pois há alguma coisa na vida que não seja capricho? E a sua caça à raposa, não é apenas um capricho?

Ele respondeu com toda a sinceridade:

— Se não tivesse prometido, juro-lhe, Teresa, que sacrificaria esse pequeno prazer, com a maior satisfação.

Ela sentiu que ele dizia a verdade. Sabia quanto ele era rigoroso no cumprimento das suas menores promessas. Preso constantemente pela sua palavra, punha nas relações mundanas uma minuciosa exatidão de consciência. Percebeu que, se insistisse, conseguiria que ele não partisse. Mas era tarde — já não queria ganhar. O que desejava, agora, era o violento prazer de perder. Fingiu tomar a sério aquela razão, que achava da maior ingenuidade:

— Ah! se prometeu...

E cedeu pérfidamente.

Surpreendido a princípio, ele acabou por se felicitar intimamente por tê-la convencido. Ficou-lhe grato por não teimar, apertou-a nos braços e depôs-lhe no pescoço e nas pálpebras beijos honestos, para a recompensar. Mostrou a maior solicitude em lhe consagrar os dias que lhe restavam passar em Paris.

— Se a minha querida amiga quiser, podemos ainda nos ver três ou quatro vezes, antes da minha partida, e talvez mais. Esperá-la-ei quantas vezes quiser vir. Quer amanhã?

Ela deu a si própria a satisfação de lhe dizer que não poderia voltar no dia seguinte nem nos outros dias. Deu-lhe todas as explicações, muito serenamente. O obstáculo parecia à primeira vista insignificante: visitas a fazer, experimentar um vestido, uma festa de caridade, exposições, tapeçarias que desejava ver ou comprar, talvez. Ao examiná-las de perto, as dificuldades engrossavam e cresciam: as visitas não podiam adiar-se, não era apenas uma festa de caridade, eram três onde tinha de ir; as exposições iam fechar; as tapeçarias iam partir para a América. Enfim, era impossível voltar antes da sua partida.

Como o seu natural era respeitar as razões daquele gênero, nem se lembrou sequer de que elas não eram próprias do caráter de Teresa. Enleado naquela teia de obrigações sociais, não pôde resistir — ficou silencioso, sucumbido.

Com o braço esquerdo por cima da cabeça, ela levantou o reposteiro, pôs a mão direita sobre a chave da porta e, voltando a cabeça para o amigo que ia deixar, levemente irônica e quase trágica, entre os grandes panos cor de safira e de rubi, disse:

— Adeus, Roberto! divirta-se bem. As minhas visitas, os meus afazeres e as suas pequenas viagens não são nada. Mas a verdade é que a fatalidade se faz desses nadas. Adeus!

Saiu. Teria querido acompanhá-la, mas tinha escrúpulo de se mostrar ao seu lado na rua, forçava a fazê-lo.

Fora, Teresa sentiu-se de repente, só, só no mundo, sem alegria e sem dor. Como sempre, encaminhou-se para casa a pé. Era quase noite, o ar estava gelado, claro e sereno. Mas as avenidas por onde ia seguindo na sombra semeada de luzes, envolviam-na nessa tepidez das cidades, tão suave para os citadinos e que eles sentem até no frio do inverno. Ia indo entre as filas de casebres, de chalés e de baiucas, restos dos tempos campestres de Auteuil, que interrompiam, aqui e ali, altas casas mostrando com tédio as suas pedras de aparato. Aquelas lojas de pequenos comerciantes, aquelas janelas monótonas, não significavam coisa alguma para ela. No entanto, sentia-se sob o mistério da simpatia das coisas, e parecia-lhe que as pedras, as portas das casas, as luzes, lá no alto, por trás das vidraças, lhe eram favoráveis. Estava só; e queria sentir-se só.

Os seus passos entre as duas casas, passos que já lhe eram habituais, passos que tantas vezes fizera, pareciam-lhe hoje os últimos. Por que? Que lhe fizera sentir de novo esse dia? Apenas uma contrariedade, nem sequer uma briga. E no entanto, aquele dia tinha um sabor tênue, estranho, persistente, um gosto desconhecido, que nunca mais se apagaria. Que acontecera? Nada. E esse nada suprimia tudo. Tinha uma espécie de obscura certeza de que nunca mais voltaria àquele quarto que, havia tão pouco, ainda encerrava o que tinha de mais secreto e de mais caro na sua vida. Era uma ligação séria. Dera-se com a gravidade de uma alegria necessária. Feita para o amor e cheia de seriedade, nunca perdera, no abandono da sua pessoa, o instinto de reflexão, a necessidade de confiança, que nela eram tão fortes. Não tinha escolhido — nunca se escolhe verdadeiramente. Não se deixara tampouco arrastar ao acaso e por surpresa. Fizera o que tinha desejado, tanto quanto se faz o que se deseja nesses casos. Nada tinha a lamentar. Ele tinha sido para ela o que devia ser; não podia deixar de render essa justiça a um homem muito estimado na sociedade e que tinha quantas mulheres quisesse. Entretanto, sentia que tudo acabara, naturalmente. Pensava com uma melancolia seca: "Três anos da minha vida ligada a um bom homem que me amava e a quem amava, porque a verdade é que o amava. Sem isso, não me teria dado a ele. Não sou uma mulher perdida." Mas não podia reviver os sentimentos desse tempo, os movimentos da sua alma e da sua carne, quando se entregara. Recordava-se de circunstâncias absolutamente insignificantes: das flores de papel e dos quadros do quarto, um quarto de hotel. Lembrava-se das palavras um pouco ridículas e quase tocantes que ele dissera. Mas parecia-lhe que essa aventura acontecera com outra mulher, com uma estranha, que não estimava muito, que não compreendia bem.

E o que se passara havia pouco, as carícias que ainda sentia na carne, tudo isso já estava longe. O leito, os lilases no buzio de cristal, a pequena taça de vidro da Boêmia onde colocava os grampos do cabelo, via tudo como por uma janela, quando se passa na rua. Não sentiu amargura, nem mesmo tristeza. Nada tinha a perdoar, infelizmente. Essa ausência de uma semana não era uma traição, não era uma falta, não era nada, e era tudo. Era o fim. Sabia-o. Queria romper. Queria-o como a pedra que cai quer cair. Era um assentimento a todas as forças secretas do seu ser e da sua natureza. Dizia consigo: "Não tenho razões para amá-lo menos. E porque já não o amo? Cheguei mesmo a amá-lo? Não o sabia e era-lhe indiferente sabê-lo.

Três anos, durante os quais se entregara duas e quatro vezes por semana. Havia meses em que se tinham visto todos os dias. E era só aquilo? Mas a vida não é grande coisa. E aquilo de que a enchemos, é tão pouco!

Enfim, não tinha de que se queixar. Mais valia, entretanto, acabar. Todas as suas reflexões vinham sempre encontrar-se nesse ponto. Não era uma resolução — as resoluções se modificam. Era mais grave — era um estado da carne e do pensamento.

Chegando à praça em cujo centro se abre um tanque e a um lado da qual se eleva uma igreja em estilo rústico, deixando ver o sino numa arcada aberta para o céu, lembrou-se do ramo de violetas de dez cêntimos que êle lhe oferecera uma tarde, na Ponte Pequena, perto da Notre Dame; tinham-se amado nesse dia com mais abandono e fantasia que de costume. Aquela recordação comoveu-a. Quis evocá-la, mas não pôde. Na sua memória ficara apenas o pequeno ramalhete, pobre esqueleto de flores.

Enquanto ia assim meditando, alguns homens que passavam, iludidos pela simplicidade da sua roupa, punham-se a segui-la. Um deles fez-lhe propostas — um jantar em gabinete reservado e teatro. No íntimo, aquilo divertiu-a e distraiu-a. Não se sentia muito perturbada — era apenas uma crise. Pensou: "Como fazem as outras mulheres? E eu que me felicitava por não desperdiçar a minha vida. Pelo que ela vale a vida!"

Diante da lanterna neo-greca do Museu das Religiões, viu o solo escavado. Sobre uma vala profunda, entre os taludes de terra negra e os montes de cascalho e de lajes, havia um pontilhão, feito com uma prancha estreita e flexível. Tinha já colocado o pé sobre ela, quando viu no outro lado, diante de si, um homem parado à sua espera. Tinha-a reconhecido e cumprimentava-a. Era Dechartre. Imaginou ver, ao passar diante dele, que aquele encontro lhe era agradável; agradeceu-lhe com um sorriso. Pediu-lhe licença para a acompanhar um momento. E entraram ambos no largo espaço que o ar vivo enchia. Naquele lugar, as casas altas recuam, apagam-se e descobrem uma parte do céu.

Ele disse que a tinha reconhecido de longe pelo ritmo das suas linhas e dos seus movimentos, um ritmo que era bem dela.

Os belos movimentos, ajuntou, são a música dos olhos.

Ela respondeu que gostava muito de caminhar por prazer e por higiene.

Ele também gostava das longas caminhadas a pé, através das cidades populares e das belas paisagens. O mistério das grandes estradas tentava-o. Amava as viagens que, apesar de se terem tornado comuns e fáceis, conservavam para ele um encanto penetrante. Vira dias luminosos e noites transparentes, na Grécia, no Egito e no Bósforo. Mas fora à Itália, a que voltava sempre, como à pátria da sua alma.

— Sigo para lá na próxima semana, disse ele. Quero tornar a ver Ravena adormecida nos pinheirais negros da margem estéril. Nunca foi a Ravena? É um túmulo encantado, onde aparecem fantasmas reslumbrantes. A magia da morte flutua ali. Os mosáicos de San Vitale e os dois Santos Apolinários, com os seus anjos bárbaros e as suas imperatrizes nimbadas, fazem sentir as monstruosas delícias do Oriente. Despojado hoje das suas lâminas de prata, o túmulo de Galla Placidia é terrivel, sob a sua abóbada luminosa e sombria. Quando se olha por uma fenda do sarcófago, imagina-se ver ainda lá dentro a filha de Teodosio, sentada na sua cadeira de ouro, dura no seu vestido cheio de pedrarias e bordado de cenas do Velho Testamento, com o seu belo rosto cruel enrijecido pelos aromas e com as suas mãos de ébano imobilizadas nos joelhos. Durante treze séculos conservou aquela majestade fúnebre, até o dia em que um rapazinho, ao meter uma candeia pela abertura do túmulo, queimou o corpo com a dalmática.

Mme. Martin-Belleme perguntou o que fizera em vida essa morta tão obstinada no seu orgulho.

— Duas vezes escrava, respondeu Dechartre, foi duas vezes imperatriz.

— Era decerto bonita, disse Mme. Martin. As suas palavras me fizeram vê-la perfeitamente no seu túmulo: faz-me medo. Não tenciona ir à Veneza, senhor Dechartre? Ou já está cansado das gôndolas, dos canais cheios de palácios e dos pombos da praça de São Marcos? Confesso que, depois de ter ido três vezes lá, continuo a amar Veneza.

Ele deu-lhe razão. Também amava Veneza. Cada vez que ia lá, de escultor tornava-se pintor, e fazia estudos. O que ele mais desejaria pintar era o ar.

— Em outro lugar, disse ele, mesmo em Florença, o céu está longe, muito alto, lá ao fundo. Em Veneza, está por toda a parte. Acaricia a terra e a água, envolve com amor os dômos de chumbo e as fachadas de mármore, e espalha pérolas e cristais no espaço irisado. A beleza de Veneza são o seu céu e as suas mulheres. As venezianas, que lindas criaturas, de um talhe tão audaz, tão puro! E os corpos franzinos e leves, que se sentem cheios sob o chale preto. Restasse um osso apenas das mulheres, e encontrar-se-ia sempre nesse osso o encanto da sua estrutura deliciosa. Aos domingos, na igreja, formam grupos alegres, agitados, uma palpitação de quadris um pouco agudos, de nucas elegantes, de sorrisos floridos, de olhares iluminados. E tudo aquilo se curva com uma flexibilidade de gazelas novas, quando passa um padre, com a cabeça de Vitellius vergada sobre a casula, empunhando o cálice, precedido por dois meninos do coro.

Caminhava com um passo desigual, ao sabor das suas idéias, ora vivas, ora lentas. Ela avançava mais regularmente, passando-lhe por vezes adiante. Ao olhá-la de lado, achava-lhe o passo ágil e fino que ele preferia. E ia notando o pequeno movimento vivo que a sua enérgica cabeça dava, às vezes, aos ramos de carvalho do chapéu.

Sem pensar, saboreava o encanto daquele encontro, quase íntimo, com uma quase desconhecida.

Tinham chegado ao ponto em que a larga avenida desenrola as suas quatro filas de plátanos. Seguiam o parapeito de pedra encimado por um cortinado de buxo, que esconde afortunadamente a fealdade das construções militares que se desenrolam no plano inferior, ao longo do cais. Para a frente, adivinhava-se o rio, por esse ar lácteo que, nos dias sem neblina, dorme sobre a água. O céu era claro. As luzes da cidade confundiam-se com as estrelas. Ao sul brilhavam os três pregos de ouro do Talabarte de Orion.

— No ano passado, em Veneza, todas as manhãs, ao sair de casa, encontrava diante da porta, três degraus acima da água, uma rapariga admirável, com uma cabeça pequena, um pescoço redondo e forte, o quadril livre. Estava ali, ao sol, suja, pura como uma ânfora, bela como uma flor. Sorria. Que boca! A jóia mais preciosa na luz mais linda. Verifiquei a tempo que aquele sorriso era para um empregado de açougue colocado atrás de mim, com o cesto à cabeça.

À esquina da rua que desce para o cais, entre dois renques de canteiros, Mme. Martin diminuiu o passo.

— É verdade que as mulheres de Veneza são bonitas? perguntou.

— Sim, quase todas. Falo das mulheres do povo, das cigarreiras, das pequenas operárias das fábricas de vidro. As outras são como em toda a parte.

— As outras, quer dizer, as senhoras da sociedade; e não gosta dessas?

— Das senhoras? Oh! Algumas, são encantadoras. Mas amá-las, é tão complicado...

— Pensa assim?

Estendeu-lhe a mão e dobrou bruscamente a esquina da rua.

CAPÍTULO V

Teresa jantava nesse dia só com o marido. A mesa reduzida não ostentava o centro com as águias de ouro, nem as Vitórias aladas. Os candelabros não iluminavam, por cima das portas, os cães de Oudry. Enquanto ele falava dos casos do dia, ela absorvia-se numa melancólica meditação. Parecia-lhe que caminhava através de um nevoeiro, perdida e longe de tudo. Era um sofrimento calmo, quase suave. Através das brumas, via vagamente o pequeno quarto da rua Spontini, transportado por anjos negros a um dos cumes do Himaláia. E no tremor de uma espécie de fim do mundo, ele tinha desaparecido, muito simplesmente, calçando as luvas. Apalpou o pulso para ver se tinha febre. De repente, um choque claro de prata sobre a mesa despertou-a. E ouviu o marido dizer:

— Gavaut pronunciou hoje na Câmara um excelente discurso sobre a questão da caixa das aposentadorias. É extraordinário a que ponto as suas idéias se tornaram mais claras e como sabe chegar onde quer. Oh! tem progredido muito!

Ela não pôde deixar de sorrir:

— Mas, meu amigo, Gavaut é um pobre diabo, que nunca pensou senão em sair do bando dos esfaimados e em fazer o seu caminho. Quanto a idéias, está livre de uma meningite. E há quem possa levá-lo a sério no mundo político? O que pode acreditar é que não há uma mulher que tenha ilusões à seu respeito, nem mesmo a sua. E no entanto, para inspirar ilusões dessas não é preciso muito, acredite.

E ajuntou bruscamente:

— Sabe que miss Bell me convidou para passar um mês em sua casa, em Fiesole? Aceitei e vou partir.

Menos surpreendido que descontente, ele perguntou-lhe com quem partia.

Ela pensou e logo respondeu:

— Com Mme. Marmet.

Nada havia a dizer. Mme. Marmet era uma espécie de dama de companhia perfeitamente respeitável, e especialmente indicada para a Itália, onde o marido, Marmet, o Etrusco, fizera escavações nas necrópoles. Perguntou apenas:

— Já a preveniu? E quando pretende partir?

Ele teve o acerto de nada objetar imediatamente, reconhecendo que a oposição não faria senão arraigar um capricho sem consistência. E, receando dar corpo àquela idéia insensata, deslizou sobre o assunto:

— Certamente, as viagens são uma distração agradável. Já pensei em que poderíamos, na primavera, visitar Cáucaso, o Turquestão, a Transcaspia. Eis aí um país interessante e pouco conhecido. O general Annenhoff poria à nossa disposição carros, trens inteiros, na linha férrea que construiu. É um amigo meu — há de gostar de você. Pode nos fornecer uma escolta de cossacos. Dar-nos-á um grande ar.

Obstinava-se a querer seduzi-la pela vaidade, não podendo imaginar que a sua índole não fosse mundana, e influenciada como a sua, pelo amor-próprio. Ela respondeu negligentemente que talvez fosse uma bela viagem. Ele exaltou então as montanhas do Cáucaso, as cidades antigas, os bazares, os costumes, as armas. E acrescentou:

— Levaremos conosco alguns amigos, a princesa Seniavine, o general Larivière, e mesmo Vence ou Le Ménil.

Ela respondeu, com um risinho seco, que havia muito tempo para escolher os convidados.

Ele fez-se atento, obsequioso.

— Come tão pouco. E isso faz-lhe mal ao estômago.

Sem acreditar ainda naquela próxima viagem, começava a inquietar-se. Tinham ambos recuperado a sua liberdade, mas ele não gostava de ficar só. Não se sentia bem, senão na companhia da mulher, com toda a sua casa em ordem. E, depois, tinha resolvido oferecer dois ou três grandes jantares políticos durante a sessão parlamentar. Via o seu partido crescer. Era chegado o momento de se afirmar, de aparentar importância. Disse-lhe misteriosamente.

— É possível que se apresente uma circunstância em que precise do concurso de todos os meus amigos. Não tem seguido a marcha dos acontecimentos, Teresa?

— Não, meu amigo.

— Pois sinto. Sabe analisar e formar o seu juízo. Se seguisse a marcha dos acontecimentos, não teria deixado de notar a corrente que está orientando o país para as opiniões moderadas. O país está farto de exageros. Repudia, os homens comprometidos na política radical e nas perseguições religiosas. Urge reconstituir um ministério à maneira de Casimir Périer, com outros homens e nesse dia...

Deteve-se. Sua mulher não prestava verdadeiramente a atenção devida.

As meditações de Teresa eram tristes e sem ilusões. Parecia-lhe que aquela linda mulher que, na sombra quente do quarto fechado, mergulhava os pés nus na pele de urso, e a quem um homem dava beijos na nuca enquanto ela entrançava os cabelos diante da psichê, não era ela, não era mesmo uma mulher, a quem conhecesse intimamente ou quisesse conhecer, mas uma dama que não a interessava. Um grampo mal metido nos cabelos, um dos grampos da taça de vidro da Boêmia, caiu-lhe no pescoço. Teve um arrepio.

— Não podemos deixar de oferecer três ou quatro jantares aos nossos amigos políticos. Juntaremos os antigos radicais com as pessoas das nossas relações. É preciso convidar também algumas mulheres bonitas. Mme Bérard de la Malle, por exemplo — há já dois anos que não se tem tornado a falar dela. Que me diz?

— Mas, meu amigo, se está decidido que viajo na semana que vem...

Ficou consternado.

Foram, calados e taciturnos, para a sala, onde Paul Vence esperava. Vinha muitas vezes, à noite, familiarmente.

Ela estendeu-lhe a mão:

— Tenho um grande prazer em vê-lo. E apresento-lhe as minhas despedidas, por algum tempo. Paris está frio e sombrio. Este tempo cansa-me e entristece-me. Vou passar seis semanas em Florença, em casa de miss Bell.

O Sr. Martin-Belléme levantou os olhos para o céu.

Vence perguntou se ela não tinha ido já algumas vezes à Itália.

— Três vezes. Mas não vi nada. Desta vez, quero ver, atirar-me, impregnar-me. De Florença farei passeios pela Toscana, pela Umbria. E, para terminar, irei a Veneza.

— Faz muito bem. Veneza é o repouso do domingo, na grande semana da Itália criadora e divina.

— O seu amigo Dechartre falou-me lindamente de Veneza, do ar de Veneza, que espalha pérolas.

— Sim, em Veneza, o céu é colorista. Em Florença é espiritual. Diz um velho autor: "O céu de Florença leve e sutil, alimenta as belas idéias dos homens." Passei deliciosos dias na Toscana. E o meu grande desejo é passar ainda mais tempo lá.

— Venha me encontrar.

Ele suspirou:

— Os jornais, as revistas, a obrigação cotidiana...

O Sr. Martin-Bellème disse que não podia deixar de se inclinar diante de tais razões, e que todos os que liam os artigos e os livros do senhor Paul Vence se sentiam muito contentes com essa leitura, para desejarem que ele se descuidasse do seu trabalho.

— Oh! os meus livros!... Nunca se diz nada num livro, daquilo que se quereria dizer. Exprimirmo-nos é impossível... É verdade que sei falar com a minha pena, tão bem como outro qualquer. Mas falar, escrever, que lástima! Quando se pensa bem, como nos parecem mesquinhos todos esses sinais com que formamos as sílabas, as palavras, as frases! O que nós fazemos das idéias, das belas idéias, sob o peso desses tristes hieróglifos ao mesmo tempo comuns e bizarros? E que faz o leitor da minha página escrita? Uma série de sons falsos e de contra-sensos. Ler, ouvir e traduzir. Há sem dúvida bonitas traduções, mas nenhuma delas é fiel. Que me importa que os meus livros sejam admirados, se afinal o que toda a gente admira é o que lá pôs de seu? Cada leitor substitui as nossas vistas pelas suas. O que nós lhe fornecemos é apenas o excitante para a sua imaginação. É horrível contribuir para semelhantes exercícios. É uma profissão infame.

— Está gracejando, disse o Sr. Martin.

— Não creio, disse Teresa. O Sr. Vence reconhece que as almas são impenetráveis umas às outras, e sofre com isso. Sente-se só quando pensa, isolado quando escreve. Por mais que se faça, está-se sempre só no mundo. É o que ele quer dizer. Tem razão. Explicamo-nos sempre, sem nos compreendermos nunca.

— Há os gestos, disse Paul Vence.

— Não acredita que são apenas outro gênero de hieróglifos? Que notícias me dá do Sr. Choulette? Há muito que não o vejo.

Vence respondeu que Choulette andava muito ocupado em reformar a Ordem Terceira de São Francisco.

— A idéia dessa obra veio-lhe de uma maneira maravilhosa, um dia em que foi visitar Maria, na rua onde ela mora, por trás do Hotel-Dieu — uma rua sempre úmida, de casas inclinadas. Sabe que Maria é a santa e a mártir que expia os pecados do povo. Puxou pelo cordão da campainha, imundo por dois séculos de visitas. Ou fosse porque a mártir estivesse no botequim de que é uma grande freqüentadora, ou por estar nesse momento ocupada no seu quarto, não abriu a porta. Choulette tocou muito tempo, e com tanta força que rebentou o cordão. Hábil em conceber os símbolos e em penetrar o sentido oculto das coisas, compreendeu logo que, se o cordão tinha-se rebentado, fora com o assentimento dos poderes espirituais. Meditou. A corda estava coberta por uma camada negra e viscosa de sujidade. Amarrou-a à cintura e reconheceu que tinha sido escolhido para reconstituir na sua primitiva pureza a Ordem Terceira de São Francisco. Renunciou à beleza das mulheres, às delícias da poesia, aos esplendores da glória, e estudou a vida e a doutrina do bem-aventurado. Ao mesmo tempo, vendeu ao seu editor um livro intitulado: *As Blandícias,* que, segundo ele diz, contém a descrição de todas as espécies de amores. Orgulha-se de nele ter-se mostrado criminoso com certa elegância, Mas, longe de contrariar a sua empresa mística, esse livro a favorece de certo modo, pois que, corrigido por uma obra ulterior, virá a tornar-se honestíssimo e exemplar, e porque o dinheiro, ou como ele diz "os dinheiros", que recebeu em pagamento, o que não lhe teriam dado por um escrito mais casto, lhe servirão para fazer uma peregrinação a Assis.

Mme. Martin, divertida, perguntou o que havia realmente de verdade nessa história, Vence respondeu que não devia procurar sabê-lo:

Confessava, em parte, que era o historiador idealista do poeta e que as aventuras que dele contava, não deviam ser tomadas no sentido literal e judaico.

O que, pelo menos, afirmava era que Choulette publicava *As Blandícias* e desejava visitar a cela e o túmulo de São Francisco.

— Mas então, exclamou Mme. Martin, levo-o comigo à Itália. Veja se o descobre e traga-o aqui. Viajo na próxima semana.

O Sr. Martin pediu que o desculpassem por não poder ficar mais tempo. Tinha de terminar um relatório, que devia ser apresentado no dia seguinte.

Mme. Martin disse que não havia ninguém que a interessasse mais que Choulette. Paul Vence considerava-o também uma grande singularidade humana.

— Não faz grande diferença dos santos de que estamos habituados a ler as vidas extraordinárias. É, como eles, sincero, de uma adorável delicadeza de sentimento e de uma violência de alma terrível. Se nos choca por muitas das más ações, é porque é mais fraco, menos oratório ou talvez apenas por o observarmos mais de perto. E, depois, há santos maus, como há anjos maus. Choulette é um santo mau, aí está. Mas os seus versos são verdadeiros poemas espirituais, e muito mais belos que tudo quanto fizeram neste gênero os bispos de corte, os poetas de teatro do século XVII.

Ela interrompeu-o:

— Enquanto penso nisso, deixe-me cumprimentá-lo pelo seu amigo Dechartre. É um espírito encantador.

E acrescentou:

— Talvez apenas um pouco concentrado demais.

Vence lhe recordou ter assegurado que Dechartre a interessaria.

Conheço-o profundamente, é um amigo de infância.

— Conheceu a sua família?

— Conheci. É filho único de Filipe Dechartre.

— O arquiteto?

— O arquiteto que sob Napoleão III, restaurou tantos castelos e igrejas na Touraine e no Orléanais. Tinha gosto e talento. Apesar de solitário e tímido, teve a imprudência de atacar Viollet-le-Duc, que era então onipotente. O que lhe censurava, era querer restabelecer os edifícios no seu plano primitivo, tais como tinham sido ou como deviam ter sido na origem. Filipe Dechartre queria ao contrário, que se respeitasse tudo, o que os séculos tinham acrescentado pouco a pouco a uma igreja, a uma abadia, a um castelo. Fazer desaparecer os anacronismos e reconstituir um edifício na sua primitiva unidade, parecia-lhe uma barbaria científica, tão terrível quanto a da ignorância. Dizia e repetia sem cessar: "É um crime apagar os sucessivos sinais impressos na pedra pela mão e pela alma dos nossos avós. As pedras novas talhadas à antiga são falsas testemunhas."

Queria que a tarefa do arquiteto arqueólogo se limitasse a suster e a consolidar as muralhas. Tinha razão. Desaprovaram-no. Acabou de se prejudicar morrendo cedo, em pleno triunfo do seu rival. Deixava, no entanto, à viúva e ao filho uma fortuna honrada. Jacques Dechartre foi educado por sua mãe, que o adorava. Não creio que tivesse havido ternura maternal mais impetuosa. Jacques é um rapaz encantador: mas é um mimado.

— Com aquele ar tão indiferente, tão à vontade, tão alheio a tudo!
— Não se fie nisso. É uma imaginação atormentada e atormentadora.
— Gosta das mulheres?
— Por que me pergunta isso?
— Oh! não é para casá-lo.
— Sim, gosta das mulheres. Disse-lhe que era um egoísta. Os egoístas são os que amam verdadeiramente as mulheres. Depois da morte da mãe, teve uma longa ligação com uma conhecida atriz, Joana Tancredo.

Mme. Martin recordava-se um pouco de Joana Tancredo, que não era muito bonita, mas muito bem feita, de uma graça um pouco monótona nos seus papéis de amorosa.

— Essa mesma, continuou Paul Vence. Viviam quase totalmente juntos, numa casinha de Auteuil. Eu ia vê-los muitas vezes. Encontrava-o envolto nos seus sonhos, esquecendo-se de modelar uma figura que secava, só consigo, seguindo a sua idéia, absolutamente incapaz de ouvir os outros. Ela, decorando os papéis, com a face comida pelos cosméticos, os olhos meigos, linda de inteligência e de atividade. Queixava-se de o ver distraído, aborrecido, difícil. Amava-o bastante, e só o enganava para que lhe dessem melhores papéis. E o enganava apenas durante uns momentos. Depois, não pensava mais nisso. Uma mulher séria. Mas mostrou-se demais com Joseph Springer, na esperança de que ele a fizesse entrar na Comédia Francesa. Dechartre se zangou e rompeu. Agora, ela acha mais prático viver com os diretores, e Jacques mais agradável viajar.

— Tem saudades dela?
— Como quer que se saiba o que se passa num espírito inquieto e volúvel, egoísta e apaixonado, pronto a entregar-se e a reprimir-se, amando-se generosamente a si mesmo em tudo o que encontra de belo no mundo?

Ela mudou bruscamente de assunto:
— E o seu romance?
— Estou no último capítulo. O meu gravador foi guilhotinado. Morreu com a estóica indiferença das virgens sem desejo, que nunca sentiram nos lábios o sabor quente da vida. Os jornais e o público aprovam com decência o ato de justiça que se cumpriu. Mas numa mansarda, outro operário, sóbrio, triste e químico, jura cometer o assassínio expiatório.

Levantou-se e despediu-se.

Ela chamou-o e disse:
— Sabe que é sério? Traga-me Choulette.

Quando subiu para o quarto, o marido a esperava no patamar, em robe de chambre de veludo cor de castanha" com uma espécie de barrete de doge a enquadrar-lhe o rosto baço e encovado. Tinha um aspecto gravíssimo. Por trás dele, pela porta aberta do gabinete de trabalho, avistavam-se sob a luz do candeeiro, uma montanha de papéis e documentos de capas azuis e os volumes abertos dos orçamentos anuais. Antes dela poder entrar no seu quarto, fez-lhe sinal de que lhe queria falar.

— Não a compreendo, minha cara amiga. Está sendo de uma inconseqüência que lhe pode causar os maiores dissabores. Abandona a sua casa, sem motivo, sem um pretexto sequer. E para se pôr a correr pela Europa, com quem? Com um boêmio, com esse bêbado do Choulette.

Ela respondeu que ia viajar em companhia de Mme. Marmet, e que não via nisso nada que a pudesse comprometer.

— Mas anuncia a sua partida a todos, sem mesmo saber se Mme. Marmet a poderá acompanhar.

— Oh! quanto à boa Mme. Marmet, esteja certo de que não se demorará a arrumar as malas. Somente o seu cão poderia retê-la em Paris. Mas o senhor tomará conta dele.

— Já informou o seu pai desses projetos?

Era o seu último recurso, invocar a autoridade de Montessuy, quando a sua não era reconhecida. Sabia que sua mulher tinha um grande receio de descontentar o pai e de ser censurada por ele. Insistiu:

— Seu pai é cheio de bom senso e de tato. Tive o prazer de me achar várias vezes de acordo com ele, nos conselhos que me permiti dar-lhe. Acha, como eu, que a casa de Mme. Meillan não é conveniente para uma pessoa como você. As suas visitas não são todas de boa conduta e a dona da casa favorece certas intrigas escandalosas. Você tem um grande defeito, devo dizer-lhe: é o de não ligar importância à opinião da sociedade. Muito me engano se seu pai não julgar estranho que faça esta viagem tão levianamente. E a sua ausência será tanto mais notada, minha cara amiga, porquanto, no decurso desta legislatura, permita-me que lhe lembre, as circunstâncias me têm posto em destaque. O meu mérito pessoal nada tem por certo com o caso. Mas, se tivesse consentido em me ouvir durante o jantar, demonstrar-lhe-ia que o grupo de homens políticos a que pertenço, está a dois passos do poder. Não é em tal momento que deve renunciar aos seus deveres de dona de casa. Não pode deixar de compreender.

Ela respondeu:

— O senhor me enfada.

E, dando-lhe as costas, foi se fechar no seu quarto.

Essa noite, no leito, abriu um livro, como de costume, antes de adormecer. Era um romance. Folheava-o distraidamente, quando encontrou estas linhas:

"O amor é como a devoção: chega tarde. A mulher nunca é verdadeiramente amorosa aos vinte anos, a não ser por sua disposição especial, por uma espécie de santidade nativa. As próprias predestinadas lutam muito tempo contra essa graça de amar, mais terrível que o raio que cai sobre a estrada de Damasco. Uma mulher, na maioria das vezes, não cede ao amor-paixão senão na idade em que a solidão já não a aterroriza. É que, efetivamente a paixão é um deserto árido, uma Tebaide ardente. A paixão é o ascetismo profano, tão rude como o ascetismo religioso.

Assim, vê-se que as grandes amorosas são tão raras como as grandes penitentes. Aqueles que conhecem bem a vida e o mundo, sabem que as mulheres não põem voluntariamente no peito o cilício de um verdadeiro amor. Elas sabem que nada é menos comum que um longo sacrifício. E consideram o que uma mulher elegante deve sacrificar quando ama. Liberdade, quietude, encantadores divertimentos de uma alma livre, galanteria, distrações, prazeres, tudo perde.

O flerte é permitido. Todas as exigências da vida elegante podem se conciliar com ele. O amor, não. É a menos mundana das paixões, a mais anti-social, a mais selvagem, a mais bárbara. Por isso o mundo a julga mais severamente que a galanteria ou a leviandade. Em certo sentido tem razão. Uma parisiense enamorada desmente a sua natureza e falta à sua função, que é a de pertencer a todos, como uma obra de arte. E o é, com efeito e a mais maravilhosa que a indústria do homem jamais produziu. É um prestigioso artifício, devido ao concurso de todas as artes mecânicas e de todas as artes liberais, é a obra comum, é o bem comum. O seu dever é brilhar."

Teresa fechou o livro e pensou que tudo aquilo eram apenas devaneios de romancistas que não conheciam a vida. Ela sabia que não havia realidade, nem Carmelo da paixão, nem cilício de amor, nem vocação bela e terrível a que a predestinada resistia em vão. Ela sabia que o amor era apenas uma pequena, curta embriaguez, de que se desperta um pouco triste... E se, no entanto, ela não soubesse tudo, se com efeito existissem amores em que nos abismamos, deliciosamente... Apagou o abajur. Do fundo do passado, os sonhos da primeira mocidade voltavam a envolvê-la.

CAPÍTULO VI

Chovia. Mme. Martin-Bellème via confusamente, através dos vidros gotejantes do seu coupé, a multidão dos guarda-chuvas caminhar como negras tartarugas sob as águas do céu. Meditava. Os seus pensamentos eram pardos e indistintos, como os aspectos das ruas e das praças que a chuva diluía.

Não sabia porque tivera a idéia de ir passar um mês em casa de miss Bell. E realmente nunca o soubera bem. Era tal uma nascente a princípio oculta pelas ervas e que agora formava a corrente de um regato profundo e rápido. Lembrava-se bem que na noite de terça-feira, no jantar, dissera de repente que queria viajar, mas não distinguia o primeiro frêmito desse desejo. Não era o desejo de fazer a Roberto Le Ménil o mesmo que ele lhe fazia. Achava sem dúvida excelente ir passear na Cascine enquanto ele ia caçar raposas. Parecia-lhe isto de uma agradável simetria. Roberto, que ficava sempre tão contente ao vê-la, não a encontraria ao voltar. Julgava muito conveniente dar-lhe essa justa contrariedade. Mas não pensara nisso a princípio. E, depois, também não pensara profundamente, e se na verdade partia, não era para ter o prazer de entristecê-lo e pela malícia de uma pequena vingança. O que tinha contra ele era menos picante, mais surdo e mais duro. Sobretudo, não queria tornar a vê-lo tão cedo. Sem que tivesse havido um rompimento, ele tornara-se um estranho para ela.

Afigurava-se-lhe um homem como os outros, melhor que a maior parte dos outros, de muito bonita estampa, de maneiras, de um caráter estimável, que não lhe desagradava, mas que não a preocupava muito. Saíra de repente da sua existência. Não se recordava com satisfação de como estivera ligado a ela. A idéia de lhe pertencer chocava-a, parecia-lhe uma inconveniência. A previsão de se tornarem a encontrar juntos no pequeno aposento da rua Spontini era-lhe tão penosa que a afastava logo do pensamento. Preferia acreditar que um acontecimento imprevisto, necessário, impediria que se encontrassem: o fim do mundo, por exemplo. O Sr. Lagrange, da Academia das Ciências, tinha-lhe falado, na véspera, em Casa de Mme. de Morlaine de um cometa vindo dos abismos celestes, que encontraria, talvez um dia a terra, e a envolveria na sua cabeleira de chamas, a, queimaria com o seu hálito, faria que animais e plantas respirassem venenos desconhecidos e faria morrer todos os homens num riso frenético ou num taciturno espanto. Era isto ou outra coisa assim neste gênero que lhe conviria para o mês seguinte. Não era, entretanto, inexplicável que tivesse querido partir. Mas que ao seu desejo de viajar se misturasse uma vaga alegria e que sentisse previamente já o encanto do que ia ver, ela não sabia explicar.

O carro tinha parado à esquina da pequena rua de La Chaise.

Era ali, sob o telhado de uma alta casa, ao longo de uma varanda, por trás de cinco janelas aquecidas pelo sol matinal, que, em um estreito aposento muito limpo morava Mme. Marmet desde a morte do marido.

A condessa Martin tinha vindo vê-la no seu dia de recepção. Encontrara na sala modesta e reluzente o Sr. Lagrange, cochilando numa poltrona defronte de La Chaise.

O velho sábio mundano permanecera fiel à boa senhora, afável e serena sob a sua coroa de cabelos brancos. Fora ele quem no dia seguinte ao das exéquias de Marmet, trouxera à pobre viúva o venenoso discurso de Schmoll, e que pensando consolá-la, a vira sufocada de cólera e dor, até cair por fim desmaiada nos seus braços. Mme. Marmet achava-o um pouco insensato. Era o seu melhor amigo. Jantavam ambos nas mesas dos ricos.

Mme. Martin, fina e vigorosa no seu casaco de zibelina entreaberto sobre uma onda de rendas, despertou com o brilho fascinante dos seus olhos cinzentos o pobre homem, que era sensível à graça das mulheres. Ele tinha-lhe dito, na véspera, em casa de Mme. de Morlaine, como chegaria o fim do mundo. Perguntou-lhe se não tinha tido medo, ao pensar de noite naqueles quadros da terra devorada pelas chamas, ou morta de frio, branca como a lua. Enquanto ele lhe falava com uma afetada galanteria, ela ia passando os olhos na biblioteca de acaju, que ocupava todo o lado da sala defronte das janelas.

Não restava nela muitos livros, mas sobre a prancha inferior havia um esqueleto com as suas armas. Todos se surpreendiam ao ver alojado em casa da boa senhora aquele guerreiro etrusco, conservando sobre o crânio um capacete de bronze verde, e apresentando sobre o peito deslocado as lâminas corroídas da sua couraça. Ali dormia, esparso e feroz, entre caixas de bombons, vasos de porcelana dourada, santas virgens de gesso, tabuinhas recortadas, recordações de Lucerna e do Righi. Mme. Marmet, na penúria da viuvez, tinha vendido os livros de trabalho deixados pelo marido. Mas, de todos os objetos antigos recolhidos pelo arqueólogo, conservava apenas aquele etrusco. Em vão tinham tentado despojá-la dele.

Os antigos confrades de Marmet tinham-lhe apontado compradores. Paul Vence conseguira da Administração dos museus que o adquirissem para o Louvre. Mas a boa viúva não quisera se separar dele. Parecia-lhe que, sem aquele guerreiro recoberto com o capacete de bronze esverdeado, cingido por uma leve folhagem de ouro, perderia o nome que tão dignamente usava e deixaria de ser a viúva de Luiz Marmet, da Academia das Inscrições.

— Tranqüilize-se, minha senhora, nenhum cometa virá tão cedo chocar-se com a terra. Tais encontros são muito pouco prováveis.

Mme. Martin respondeu que não via nenhum inconveniente sério em que a terra e a humanidade fossem aniquiladas imediatamente.

O velho Lagrange protestou, com uma profunda sinceridade. Importava-lhe imensamente que o cataclisma fosse adiado.

Ela olhou-o. O seu crânio árido a custo alimentava alguns cabelos tingidos de preto. As pálpebras caiam-lhe como trapos sobre os olhos ainda sorridentes; peles alongadas escorriam-lhe na face amarelada, e adivinhava-se, por baixo da sua roupa, um corpo ressequido.

Pensou: "E, no entanto, ama a vida"!

Mme. Marmet não queria também que o fim do mundo estivesse tão próximo.

— O Sr. Lagrange não mora numa linda casa, cujas janelas, emolduradas de glicínias, se abrem para o Jardim das Plantas? perguntou Mme. Martin. Parece-me que há de ser uma alegria viver nesse jardim, que me faz pensar nas arcas de Noé da minha infância e no paraíso terrestre das antigas bíblias.

Ele, porém, não se mostrava muito satisfeito. A casa era pequena, mal dividida, infestada de ratos.

Ela reconheceu que não se estava bem em parte alguma, e que em toda parte havia ratos, reais ou simbólicos, legiões de pequenos seres que nos atormentavam. No entanto, gostava do Jardim das Plantas; desejava sempre ir lá e nunca ia. Havia também o museu onde nunca entrara mas que tinha uma grande curiosidade de ver.

Risonho, feliz, ele se ofereceu para acompanhá-la. Era a sua casa. Mostrar-lhe-ia os bólides. Havia uns soberbos, lá.

Ela ignorava inteiramente o que era um bólide. Mas lembrava-se de que lhe tinham dito que se viam no museu ossos de rena trabalhados pelos primeiros homens, placas de marfim, gravadas com animais cuja raça desapareceu há muito. Perguntou se era verdade. Lagrange deixara de sorrir. Respondeu com uma indiferença aborrecida que esses objetos eram das atribuições de um dos seus confrades.

— Ah! disse Mme. Martin, não é a sua vitrine.

Notara que os sábios não são curiosos e que é indiscreto interrogá-los sobre o que não existe na sua vitrine. É verdade que Lagrange fizera a sua fortuna científica com pedras caídas do céu. Fora isso o que o levara a se preocupar com os cometas. Mas era um homem de juízo. E fazia vinte anos que a sua única ocupação era jantar nas casas de suas relações.

Quando ele saiu, a condessa Martin disse a Mme Marmet o que desejava.

— Vou na próxima semana a Fiesole, à casa de miss Bell, e queria que viesse comigo.

A boa Mme. Marmet, com a fronte plácida sobre os olhos perscrutadores, ficou um momento silenciosa, recusou molemente, fez-se rogada e consentiu.

CAPÍTULO VII

O rápido de Marselha estava formado no cais, onde os carregadores corriam e rolavam as carretas através do fumo e do ruído, sob a pálida claridade que descia dos vidros do *hall*. Diante das portinholas abertas, os passageiros, nos amplos casacos de viagem, iam e vinham. Na extremidade da galeria, ofuscada pela fuligem e pela poeira, aparecia, como no fundo de um óculo, um pequeno arco do céu. Na sua pequenez representava o infinito da viagem. A condessa Martin e a boa Mme. Marmet estavam já no seu compartimento, sob a rede carregada de sacos, e com os jornais sobre os assentos almofadados. Choulette não chegava, e Mme. Martin já não o esperava. Tinha, no entanto, prometido encontrar-se na estação. Fizera os seus preparativos para a partida e recebera do seu editor o preço das Blandícias. Paul Vence tinha-o trazido, uma tarde, à casa do cais de Billy. Mostrara-se afável, polido, cheio de alegria espiritual e de jovialidade ingênua. Desde então, ela esperava como um prazer aquela viagem com um homem de gênio tão original, de uma fealdade pitoresca, de uma loucura divertida, velho bebê perdido, cheio de vícios sinceros e de inocência. As portinholas fechavam-se — já não o esperava. Enganara-se imaginando que podia contar com aquela alma impulsiva e vagabunda. No momento em que a máquina começava a expelir sopros roucos, Mme. Marmet, que olhava pela portinhola, disse tranquilamente:

— Ali vem o Choulette.

Avançava ao longo do cais, coxeando de uma perna, com o chapéu para trás, sobre o crânio cheio de bossas, a barba inculta e arrastando um velho saco de lona. Era quase terrível e, apesar dos cinqüenta anos, de ar moço, tanto os olhos azuis eram límpidos e brilhavam, tanto o rosto amarelado e escaveirado conservava uma audácia ingênua, e de tal modo irradiava daquele velho combalido a eterna adolescência do poeta e do artista. Ao vê-lo, Teresa lamentou ter arranjado um companheiro tão esquisito. Ele continuava a avançar, atirando para cada vagão um olhar brusco, que pouco a pouco se ia tornando mau e desconfiado. Mas quando, ao chegar ao compartimento das duas senhoras, reconheceu Mme. Martin, sorriu tão lindamente e cumprimentou-a com uma voz tão carinhosa que já nada restava do feroz vagabundo errando pelo cais, a não ser o velho saco de lona que arrastava pelas alças meio despedaçadas.

Colocou-o na rede com um cuidado minucioso, entre os sacos corretos, de lona cinzenta, onde fez uma mancha estridente e sórdida. Viu-se então que era todo semeado de flores amarelas, sobre um fundo cor de sangue.

Muito à vontade fez grandes elogios a Mme. Martin sobre as romeiras do seu carrique carmelita.

— Peço-lhes muitas desculpas, minhas senhoras, acrescentou: receava estar atrasado. Fui ouvir esta manhã, a missa das seis em São Severino, que é a minha paróquia, na capela da Virgem, debaixo daque-

les lindos pilares absurdos que sobem ao céu em espiral, como nós, pobres pecadores que somos.
— Então sente-se devoto hoje, disse Mme. Martin.
E perguntou-lhe se levava o cordão da ordem que fundara.
Ele tomou um ar grave e contristado:
— Receio muito, minha senhora, que Paul Vence tenha lhe contado a este respeito muitas mentiras extravagantes. Já soube que anda espalhando por esses salões que o meu cordão é um cordão de campainha, e de que campainha! Ficaria muito desgostoso se alguém pudesse acreditar um momento em invenções tão mesquinhas. O meu cordão, minha senhora, é um cordão simbólico. É representado por um simples fio, que se traz debaixo da roupa, depois de ter sido tocado por um pobre, em sinal de que a pobreza é santa e de que será ela que salvará o mundo. Não há bem senão nela. E desde que recebi o preço das Blandícias, sinto-me injusto e duro. É bom saber-se que trago no meu saco alguns desses cordéis místicos.
E mostrando com o dedo o horrível pano cor de sangue enferrujado:
— Trago também nele uma hóstia, que um padre sacrílego me deu, as obras de Mr. de Maistre, camisas e outras coisas diversas.
Mme. Martin levantou os olhos um pouco aterrados. Mas a excelente Mme. Marmet conservava a sua calma habitual.
Enquanto o trem rolava através das paragens suburbanas, sobre essa franja negra que envolve tristemente a cidade, Choulette tirou do bolso uma velha carteira na qual se pôs a rebuscar. O escriba, oculto sob o vagabundo, revelava-se. Choulette era papelista sem o desejar parecer. Certificou-se de que não perdera nem os pedaços de papel em que anotava no café os seus projetos de poema, nem a dúzia de cartas elogiosas, todas sujas, manchadas, cortadas nas dobras, que trazia constantemente consigo pronto a lê-las para todas as pessoas que encontrava, à noite, debaixo dos bicos de gás.
Tendo verificado que nada faltava, tirou da carteira uma carta dobrada num envelope aberto. Agitou-a demoradamente na mão, com um ar de imprudência misteriosa, depois apresentou-a à condessa Martin. Era uma carta de apresentação, que a marquesa de Rieu lhe dera para uma princesa da casa de França, parenta muito próxima do conde de Chambord, viúva e velha, que vivia retirada nos arredores de Florença. Tendo saboreado o efeito que imaginava produzir, disse que talvez fosse ver essa princesa, que era boa pessoa e devota.
— Uma verdadeira grande dama, ajuntou, e que não manifesta a sua magnificência em vestidos e chapéus. Traz a camisinha no corpo seis semanas a fio e às vezes mais. Os fidalgos da sua casa têm-lhe visto meias brancas, muito sujas, que lhe caem sobre os calcanhares. As vir-

tudes das grandes rainhas da Espanha revivem nela. Oh, estas meias sujas que glória verdadeira!

Pegou de novo na carta e enfiou-a na carteira. Depois, tendo-se armado de uma navalha de cabo de chifre, atacou com a ponta uma figura mal esboçada, ainda, no punho do bordão. Ao mesmo tempo, ia fazendo elogios a si mesmo:

— Tenho jeito para todas as artes dos mendigos e dos vagabundos. Sei abrir as fechaduras com um prego e esculpir o pau com uma navalha velha.

A cabeça começava a aparecer. Era um magro rosto de mulher que chorava.

Choulette queria exprimir nela a miséria humana, não simples e tocante, tal como a podiam ter sentido os homens de antigamente, mas hedionda e pintada, no estado de fealdade perfeita a que a fizeram chegar os burgueses livre-pensadores, e os militares patriotas, saídos da Revolução Francesa. Segundo ele, o regime atual não era senão hipocrisia e brutalidade. O militarismo horrorizava-o.

— A caserna é uma invenção sinistra dos tempos modernos. Não remonta senão ao século XVII. Antes, havia somente o bom corpo da guarda, onde os soldados jogavam cartas e contavam contos de Merlusina. Luiz XIV é um precursor da Convenção e de Bonaparte. Mas o mal chegou à sua plenitude desde a monstruosa instituição do serviço obrigatório. Fazer do assassínio uma obrigação é a vergonha dos imperadores e das repúblicas, o crime dos crimes. Nas eras que chamamos bárbaras, as cidades e os príncipes confiavam a sua defesa a mercenários, que faziam a guerra como gente entendida e prudente — não havia às vezes senão cinco ou seis mortes numa grande batalha. E quando os cavaleiros partiam para as guerras, não era porque os forçassem — deixavam-se matar por prazer. Não serviam, sem dúvida senão para isso. No tempo de São Luiz, ninguém se lembraria de mandar para a guerra um homem de saber e de entendimento. E nunca se arrancava um lavrador à sua gleba para metê-lo na tropa. Hoje, obriga-se o pobre campônio a ser soldado. Exilado da herdade, cujo telhado fumega no silêncio dourado da tarde, dos férteis prados, onde pastam os bois, dos campos, dos bosques paternos, ensinam-lhe, no pátio de uma feia caserna, como matar homens regularmente; ameaçam-no, injuriam-no, encarceram-no, dizem-lhe que é uma honra, e se não quiser honrar-se de tal maneira, fuzilam-no. Obedece, porque é sujeito ao medo, e de todos os animais domésticos o mais manso, o mais risonho, o mais dócil. Em França, somos militares e somos cidadãos. Que maior motivo de orgulho, que ser cidadão! Para os pobres isso consiste em apoiar e conservar os ricos no seu poder e na sua ociosidade. Devem trabalhar perante a majestosa igualdade da lei, que proíbe ao rico como ao pobre pernoitar debaixo das pontes, mendigar nas ruas e roubar pão. É um dos benefícios da Revolução. Como esta revolução foi feita por loucos e imbecis, em proveito dos compradores de bens nacionais e como, em suma, apenas resultou no enriquecimento dos campônios espertos e dos burgueses usurários, sob o nome de igualdade; não fez senão fundar o império da riqueza. Entregou a França aos homens de dinheiro, que há cem anos a devoram. São eles hoje os amos e senhores. O governo aparente, composto de pobres diabos lamentáveis, misérrimos, depenados, calamitosos, está às ordens dos financeiros. Há cem anos! Todo aquele que neste país envenenado mostrar amor pelos pobres, é tido por traidor à sociedade. E passa-se por um homem perigoso, quando se diz que existem miseráveis. Fazem-se mesmo leis contra a indignação e contra a piedade. E o que eu digo aqui, não poderia ser impresso.

Choulette animava-se, agitava a navalha, enquanto que sob o sol friorento, iam passando os campos de terra trigueira, os maciços roxos das árvores despidas pelo inverno e os cortinados dos olmos à beira do rios prateados.

Olhou com simpatia a figura esculpida no seu bordão e disse-lhe:

— Oh, minha pobre Humanidade, macilenta e lacrimosa, espezinhada de vergonha e de miséria, tal como te fizeram os teus senhores, o soldado e o rico.

A boa Mme. Marmet, que tinha um sobrinho capitão de artilharia, rapaz encantador, muito dedicado à sua profissão, estava chocada com a violência com que Choulette atacava o exército. Mme. Martin não via naquilo senão uma fantasia divertida. As idéias de Choulette não a espantavam. Não tinha medo de nada. Mas achava-as um tanto absurdas e pensava que o passado nunca foi melhor que o presente.

— Creio, senhor Choulette, que os homens foram em todos os tempos o que hoje são — egoístas, violentos, avaros e sem piedade. Acredito que as leis e os costumes foram sempre penosos e cruéis para os desgraçados.

Entre La Roche e Dijon, almoçaram no vagão-restaurante, onde deixaram Choulette sozinho com o seu cachimbo, o seu cálice de beneditinos e a sua alma irritada.

No compartimento, Mme. Marmet falou com uma ternura plácida do marido que perdera. Casara-se por amor: fazia-lhe versos admiráveis, que tinha guardado e que não mostrava a ninguém. Era muito vivo e muito alegre. Ninguém o diria, ao vê-lo mais tarde cansado pelo trabalho, enfraquecido pela doença. Tinha estudado até o último momento. Como sofria de uma hipertrofia do coração não podia deitar-se, e passava a noite numa poltrona, com os seus livros. Duas horas antes de morrer, ainda tentou ler. Era afetuoso e bom. Durante a doença conservou toda a sua bondade.

Mme. Martin, não achando nada melhor, disse:

— Foi feliz durante longos anos e conserva a lembrança do tempo passado; ainda é uma parte de felicidade neste mundo.

Mas a boa Mme. Marmet suspirou; pela fronte serena, passou-lhe uma nuvem:

— Sim, disse ela, Luiz foi o melhor dos homens e o melhor dos maridos. E, no entanto, fui bem infeliz. Ele tinha apenas um defeito, mas esse me fez sofrer cruelmente. Era ciumento. Ele, tão bom, tão meigo, tão generoso, tornava-se, com a sua horrível paixão, injusto, tirano, violento. Afirmo-lhe que nunca a minha conduta deu margem a uma suspeita. Não era faceira. Mas era nova, fresca; passava quase por bonita. Era quanto bastava. Proibia-me de sair sozinha e de receber visitas na sua ausência. Quando íamos ambos a algum baile, tremia de antemão com as cenas que me faria, ao voltar, na carruagem.

E Mme. Marmet ajuntou, suspirando:

— É verdade que eu gostava de dançar. Mas tive de renunciar. Fazia-o sofrer muito!

A condessa Martin mostrou-se surpreendida. Imaginara sempre Marmet como um velho sujeito tímido e absorvido, um pouco ridículo entre sua mulher gorda, branca, tão doce, e o esqueleto recoberto de bronze e ouro do seu guerreiro etrusco. Mas a boa viúva confiou-lhe que aos cinqüenta e cinco anos, quando ela estava com cinqüenta e três, Luiz era tão ciumento como nos primeiros dias.

E Teresa pensou em Roberto, que nunca a atormentara com o seu ciúme. Era uma prova de tato e bom gosto da sua parte, uma manifestação de confiança, ou ele não a amava bastante para fazê-la sofrer? Não sabia nem fazia muita questão de o saber. Seria preciso rebuscar nos escaninhos da sua alma, que ela não queria abrir.

Murmurou, sem prestar atenção:

— Nós queremos ser amadas e quando nos amam, é para nos torturarem ou para nos cansarem.

O dia acabou em leituras e fantasias. Choulette não tornara a aparecer. Pouco a pouco a noite cobrira com as suas cinzas as amoreiras do Delfinado. Mme. Marmet entregou-se a um sono sereno repousando sobre si mesma como sobre um montão de travesseiros. Teresa olhou-a e pensou:

— A verdade é que ela é feliz, porque gosta de recordar-se.

A tristeza da noite penetrou-lhe no coração. E quando a lua se levantou sobre os campos de oliveiras, ao ver passar essas suaves linhas de planícies e de colinas e correr as sombras azuladas, naquela paisagem onde tudo falava de paz e esquecimento e nada lhe falava de si mesma, Teresa teve saudades do Sena, do Arco do Triunfo, das avenidas, e das aléias do Bosque onde ao menos, as árvores e as pedras a conheciam.

De repente, com uma precipitação dissimulada, Choulette irrompeu no vagão. Armado com o seu bordão nodoso, o rosto e a cabeça envoltos em lãs vermelhas e peles ferozes, fez-lhe quase medo. Era o que ele queria. As suas atitudes violentas e o seu traje selvagem eram quase sempre estudados. Preocupado constantemente com efeitos pueris e bizarros, contentava-se em parecer terrível. Facilmente impressionável, gostava de inspirar aos outros o terror que sentia. Momentos antes, ao fumar o seu cachimbo no fundo do corredor, ao ver a lua passar através das nuvens da Camargue, sentira um desses medos sem motivo, um desses medos de criança, que lhe agitavam a alma imaginosa e irrefletida. Vinha tranqüilizar-se junto da condessa Martin.

— Arles, disse ele. Conhece, Arles? E' a verdadeira beleza! Vi no claustro de São Trofimo as pombas pousarem nos ombros das estátuas, e vi as lagartixas cinzentas aquecerem-se ao sol sobre os túmulos dos Aliscamps. As sepulturas estão agora enfileiradas de cada lado do caminho que leva à igreja. São em forma de cuba e servem à noite de leito para pobres. Uma tarde em que passeava com Paul Aréne, encontrei uma boa velha que estendia ervas secas no túmulo de uma virgem antiga que expirara no dia do seu noivado. Demos-lhe as boas noites. Ela respondeu: "Deus os ouça. Mas a má sorte quis que esta cuba fosse aberta do lado do mistral. Se a fenda estivesse do outro lado, teria uma cama que nem a rainha Joana."

Teresa não respondeu. Estava meio adormecida. E Choulette estremeceu no frio da noite, com medo da morte.

CAPÍTULO VIII

Na carruagem inglesa, que ela mesma conduzia, miss Bell tinha trazido da estação de Florença, pelos declives da colina, a condessa Martin-Bellême e Mme. Marmet até à sua casa de Fiesole que, rósea e coroada por um diadema de balaustres, olhava para a cidade incomparável. A criada de quarto seguia com as bagagens. Choulette instalado por intermédio de miss Bell, em casa da viúva de um sacristão, na sombra da catedral de Fiesole, não era esperado senão para o jantar. Feia e gentil, os cabelos curtos, em jaqueta com uma camisa de homem sobre o busto de rapaz, quase graciosa com os seus quadris sem relevo, a poetisa fazia às suas amigas francesas as honras da casa, que refletia as delicadezas ardentes do seu gosto. Nas paredes da sala, virgens sienesas, pálidas, de mãos longas, reinavam serenamente no meio dos anjos, dos patriarcas e dos santos, nas belas arquiteturas douradas dos trípticos. Sobre uma peanha erguia-se de pé uma Madalena, vestida com os seus cabelos, pavorosa de magreza e de velhice, alguma mendiga da estrada de Pistoia, queimada pelos sóis e pelas neves, que fora copiada na argila, com uma fidelidade horrível e tocante, por um precursor desconhecido de Donatello. E por toda a parte, as armas heráldicas de miss Bell: sinos e sinetas. Os maiores elevavam o seu monte de bronze nos ângulos da sala; outros, tocando-se, formavam cadeias ao longo das paredes. Outros menores estendiam-se ao longo das cornijas. Havia alguns sobre o fogão, sobre as arcas e sobre os baús. As vitrinas estavam repletas de sinos de prata. Grandes sinos de bronze, marcados com o lírio florentino, sinetas da Renascença, feitas de uma dama com um amplo vestido de anquinhas, campainhas dos defuntos, decoradas com lágrimas e ossadas, sinetas rendilhadas cobertas de animais simbólicos e de folhagens, que tilintavam nas igrejas no tempo de São Luiz, campainhas de mesa do século XVII, com uma estatueta no cabo, guizos chatos e claros das vacas dos vales de Rutli, sinos hindus que se fazem ressoar brandamente com um chifre de veado, sinos chineses de forma cilíndrica; de todos os países e de todos os tempos ali tinham vindo, ao apelo mágico da pequena miss Bell.

— Veja as minhas armas galantes, disse ela a Mme. Martin. Creio que todas estas misses Bell gostam de estar aqui, e não me admirarei muito se um dia se puserem todas a cantar. Mas nem todas merecem a mesma admiração. Devemos guardar os louvores mais puros e mais ferventes para aquela.

E batendo com o dedo numa sineta escura e nua, que deu um som agudo:

— Esta é uma santa aldeã do século V. É uma filha espiritual de São Paulino de Nole, que foi o primeiro a fazer cantar o céu sobre as nossas cabeças. É de um metal raro, que foi chamado bronze da Campania. Em breve lhes mostrarei perto dela uma florentina mais delicada, a rainha das sinetas. Deve chegar por esses dias. Mas estou a aborrecê-la, darling, com estas tolices. E aborreço também a boa Mme. Marmet. Perdoem-me!

E guiou-as aos seus quartos.

Uma hora depois Mme. Martin, descansada, fresca, num leve vestido de seda frouxa e rendas, desceu ao terraço, onde a esperava miss Bell. O ar úmido, amornado por um sol ainda fraco e já generoso, soprava a inquieta doçura da primavera. Teresa, apoiada sobre a balaustrada, banhava os olhos na luz. A seus pés, os ciprestes elevavam as suas rocas negras e as oliveiras se espalhavam nas vertentes. Na concavidade do vale, Florença alongava os seus domos, as suas torres e a multidão de seus telhados vermelhos, através da qual o Arno deixava adivinhar de espaço a espaço a sua linha ondulante. Para além, azulavam-se as colinas.

Procurava reconhecer os jardins Boboli, onde visitara numa primeira viagem, as Cascine, que não apreciava muito, o palácio Pitti, Santa-Maria-da-Flor. Depois o infinito adorável do céu atraiu-a. Pôs-se a seguir nas nuvens as formas que se escoam.

Depois de um longo silêncio, Vivian Bell estendeu a mão para o horizonte.

— Darling, eu não posso dizer, não sei dizer. Mas olhe, darling, olhe ainda. O que se vê, é o único no mundo. Em parte alguma a natureza é tão sutil, elegante e fina. O Deus que fez as colinas de Florença, era artista. Oh! era joalheiro, gravador de medalhas, escultor, fundidor em bronze e pintor — era um florentino. Não fez senão isto no mundo, darling! O resto é de uma mão menos delicada, de um trabalho menos perfeito. Como quer que essa colina violeta de São Miniato, de um relevo tão firme e tão puro, seja do autor do Monte-Branco! É impossível. Esta paisagem, darling, tem a beleza de uma medalha antiga e de uma pintura preciosa. É uma perfeita e harmônica obra de arte. E aqui está outra coisa que eu não sei dizer, que não sei compreender, mas que é uma coisa verdadeira. Neste país, sinto-me, e há de sentir-se também como eu, darling, semi-viva e semi-morta, num estado muito nobre, muito triste e muito doce. Olhe bem, descubra a melancolia dessas colinas que envolvem Florença e verá uma deliciosa tristeza subir da terra dos mortos.

O sol caía no horizonte. As pontas dos cumes apagavam-se uma após outra, enquanto as nuvens se inflamavam no céu.

Mme. Marmet espirrou.

Miss Bell mandou trazer xales e avisou as francesas de que as noites eram frias e perigosas.

E de repente:

— Darling, conhece Jacques Dechartre? Acaba de me escrever que estará em Florença na semana que vem. Estou muito contente, porque Jacques Dechartre vai se encontrar consigo na nossa cidade. Há de me acompanhar às igrejas e aos museus, e será um bom guia. Compreende as coisas belas, porque as ama. E tem um fino talento de escultor. As suas figuras e os seus medalhões são ainda mais admirados na Inglaterra do que em França. Oh! estou tão contente por Jacques Dechartre vir se encontrar em Florença com você, darling!

CAPÍTULO IX

No outro dia, ao sair de Santa-Maria-Nova, quando atravessavam a praça onde estão plantados, como nos circos antigos, duas balizas de mármore, Mme. Marmet disse à condessa Martin:

— Parece-me que o senhor Choulette está ali.

Sentado na tenda de um sapateiro, com o cachimbo na mão, Choulette fazia gestos rítmicos e parecia recitar versos. O sapateiro florentino, enquanto ia puxando a sovela, escutava com um bom sorriso. Era um homemzinho calvo, que representava um dos tipos comuns na pintura flamenga. Sobre a banca, entre as fôrmas de pau, os pregos, as tiras de couro e as bolas de pêz, um pé de basilisco mostrava a sua copa verde e redonda. Um pardal, a que faltava uma pata, que fora substituída por um fósforo de pau, pulava alegremente sobre os ombros e sobre a cabeça do velho.

Mme. Martin, que achava muito divertido aquele espetáculo, chamou do limiar Choulette, que pronunciava docemente palavras cantantes, e perguntou-lhe porque não tinha ido com ela visitar a igreja dos espanhóis.

Ele levantou-se e respondeu:

— Madame Martin preocupa-se com imagens vãs, mas eu permaneço na vida e na verdade.

Apertou a mão do sapateiro e seguiu as duas senhoras.

— Quando me dirigia à Santa-Maria-Nova, disse ele, vi este velho, que cosia calçado grosseiro, curvado sobre a sua obra apertando a fôrma entre os joelhos como num estojo. Senti que era simples e bom. Perguntei-lhe em italiano: "Meu velho, quer beber comigo um copo de vinho de Chianti?" Aceitou. Foi procurar uma garrafa e os copos, e eu fiquei a lhe guardar a casa.

E Choulette mostrou dois copos e uma garrafa sobre o fogão.

— Quando voltou, bebemos juntos. Disse-lhe coisas obscuras e boas, e deliciei-o com a doçura dos sons. Hei de voltar à sua tenda — aprenderei a fazer sapatos e a viver sem desejos. Depois disso, não terei mais tristezas. Porque só o desejo e a ociosidade nos fazem tristes.

A condessa Martin sorriu:

— Senhor Choulette, eu nada desejo, e no entanto não sou alegre. Devo começar também a fazer sapatos?

Choulette respondeu gravemente:

— Por enquanto, ainda não.

Quando chegaram aos jardins dos Ovicellari, Mme. Marmet deixou-se cair num banco. Tinha examinado em Santa-Maria-Nova os tranqüilos afrescos de Ghirlandaio, os assentos do coro, a virgem de Cimabue, as pinturas do claustro. Observara tudo com cuidado, em memória de seu marido, que admirava muito, ao que se dizia, arte italiana. Estava cansada. Choulette sentou-se ao seu lado e disse-lhe:

— Pode me dizer se é verdade que o Papa manda fazer as suas roupas num dos costureiros parisienses mais na moda?

Mme. Marmet não o acreditava. Entretanto, Choulette tinha-o ouvido dizer nos cafés. Mme. Martin mostrou-se surpreendida ao ouvir

Choulette, católico e socialista, falar com tão pouco respeito de um Papa antigo da república. Mas ele não gostava muito de Leão XIII.

— A prudência dos príncipes é curta, disse ele. A salvação da Igreja virá da república italiana, como Leão XIII crê e deseja, mas a Igreja não se salvará da forma como pensa o pio Machiavelli. A revolução far-lhe-á perder o iníquo dinheiro de S. Pedro, juntamente com o resto do seu patrimônio. E será essa a salvação. O Papa, despojado e pobre, tornar-se-á potente. Agitará o mundo. Tornaremos a ver Pedro, Lino, Cleto, Anacleto e Clemente, os humildes, os ignorantes, os santos dos primeiros dias, que transformaram a face da terra. Se, por felicidade, amanhã, se sentar na cadeira de São Pedro um verdadeiro prelado, um cristão verdadeiro, irei procurá-lo e dir-lhe-ei: "Não sejais o velho amortalhado vivo num túmulo de ouro, deixai os vossos camareiros, os vossos guardas nobres e os vossos cardeais, deixai a vossa corte e os simulacros do poder. Vinde pelo meu braço mendigar o vosso pão pelas nações. Coberto de andrajos, pobre, enfermo, moribundo, ide ao longo dos caminhos, mostrando em vós a imagem de Jesus. Dizei: "Eu mendigo o meu pão para a condenação dos ricos." Entrai nas cidades e gritai de porta em porta com uma estupidez sublime: "Sede humildes, sede benignos, sede pobres!" Anunciai pelas cidades negras, pelas espeluncas e pelas casernas, a paz e a caridade. Hão de vos desprezar, hão de vos atirar pedras. Os guardas arrastar-vos-ão para a cadeia. Sereis para os humildes como para os poderosos, para os pobres como para os ricos, um pretexto de zombaria, um objeto de desprezo e de piedade. Os vossos padres acabarão por vos depor e erguerão contra vós um anti-papa. Toda a gente dirá que sois um doido: mas os doidos é que têm salvado o mundo. Os homens dar-vos-ão a coroa de espinhos e o cetro de cana, e hão de vos cuspir no rosto, e será por este sinal que vos mostrareis Cristo o rei verdadeiro; e é por tais meios que estabelecereis o socialismo cristão, que é o reino de Deus na terra."

Tendo assim falado, Choulette acendeu um desses compridos e tortuosos charutos italianos, atravessados por uma palha. Aspirou algumas baforadas de um fumo infecto, depois continuou tranquilamente:

— E seria prático. Tudo me podem negar, menos uma visão perfeita das situações. Ah! Madame Marmet, nunca poderá imaginar até que ponto é verdade como as maiores obras deste mundo têm sido sempre realizadas por loucos. Pois acredita que se São Francisco de Assis tivesse sido sensato, teria derramado sobre a terra, para alívio dos homens, as águas vivas da caridade e todos os perfumes do amor?

— Não sei, respondeu Mme. Martin. Mas as pessoas razoáveis me pareceram sempre bem aborrecidas. Posso dizer-lho a si, senhor Choulette.

Regressaram a Fiesole pelo trem a vapor que, resfolegando, sobe a colina. Chovia. Mme. Marmet adormeceu e Choulette começou a se lamentar. Todos os seus achaques recomeçaram a assaltá-lo ao mesmo tempo: a umidade do ar, que lhe dava dores no joelho, impedindo-o de mover a perna; o seu saco de viagem, que perdera na véspera, no trajeto da estação a Fiesole, ainda não fora encontrado, o que era um desastre irreparável; uma revista parisiense acabava de publicar um dos seus poemas com erros tipográficos, que o enchiam de furor lírico.

Acusou os homens e as coisas de lhe serem hostis e funestos. Foi pueril, absurdo, odioso. Mme. Marmet, a quem Choulette e a chuva entristeciam pensava que aquela subida não acabaria mais. Quando entrou no salão da casa dos sinos, miss Bell, numa caligrafia semelhante ao itálico dos Alpes, copiava com tinta dourada, numa folha de pergaminho, os versos que compusera à noite. Ao ver a sua amiga, erguera a pequena cabeça feia, iluminada e abrasada por olhos esplêndidos.

— Darling apresento-lhe o príncipe Albertinelli.

O príncipe exibia diante do fogão a sua beleza de jovem deus, virilizada por uma barba crespa e negra.

Curvou-se diante dela e disse:

— Madame nos obrigaria a amar a França, se esse sentimento não existisse já nos nossos corações.

A condessa e Choulette pediram a miss Bell que lhes dissesse os versos que escrevera. Desculpou-se, como estrangeira, de fazer ouvir as suas cadências incertas ao poeta francês que mais prezava depois de François Villon; e, com a sua linda voz sibilante de ave recitou:

> *Lors au pied des rochers où la source penchante.*
> *Pareille à la Naïade, et qui rit, qui chante,*
> *Agite ses bras frais et vole vers l'Arno,*
> *Deux beaux enfants avaient échangé leur anneau,*
> *Et le bonheur d'aimer coulait dans leurs poitrines,*
> *Comme l'eau du torrent au versant des collines.*
> *Elle avait nom Gemma. Mais l'amant de Gemma,*
> *Nul entre les conteurs, jamais ne le nomma.*
>
> *Le jour, ces innocents, la bouche sur la bouche,*
> *Mêlaient leurs jeunes corps dans la sauvage couche,*
> *De thym que visitait la chêvre. Et vers le soir,*
> *A l'heure où l'artisan fatigué va s'asseoir.*
> *Sur les tilleuls, surpris, ils regagnaient la ville.*
> *Nul n'avait souci d'eux dans la foule servile,*
> *Et souvent ils pleuraient, se sentant trop heureux.*
> *Ils comprirent que vivre était mauvais pour eux.*

> *Or, dans cette prairie où, déchirés de joie,*
> *Ils étaient l'orme vert et la vigne qui ploie,*
> *Et tordaient sous le ciel leur rameau gémissant,*
> *S'élevait une plante étrange, aux fleurs de sang,*
> *Qui dardait son feuillage en pâles fers de lance.*
> *Les bergers la nomaient la Plante du silence.*
>
> *Et Gemma le savait, que le sommeil divin*
> *Et l'éternel repos et le rêve sans fin*
> *Viendraient de cette plante à qui l'aurait mordue.*
> *Un jour qu'elle riait sous l'arbuste étendue,*
> *Elle en mit feuille aux lèvres de l'ami.*
> *Quand il fut dans la joie à jamais endormi,*
>
> *Elle mordit aussi la feuille bien-aimée.*
> *Aux pieds de son amant elle tomba pâmée.*
>
> *Les colombes au soir sur eux vinrent gémir.*
> *Et rien plus ne troubla leur amoureux dormir.*

— É maravilhoso, disse Choulette, e de uma Itália suavemente velada pelas brumas de Tule!

— Sim, ajuntou a Condessa, é maravilhoso. Mas por que motivo, minha querida Vivian, os seus dois belos inocentes queriam morrer?

— Oh! darling, porque se sentiam imensamente felizes, e não podiam desejar mais nada. Era desesperador darling, desesperador. Como não compreende isto?

— Pensa, então, que se vivemos, é porque ainda esperamos?

— Oh! sim, darling, nós vivemos na espera do que Amanhã, Amanhã, rei do país das fadas, trará no seu manto negro ou azul, semeado de flores, de estrelas, de lágrimas. Oh! *bright king To-Morrow!*

CAPÍTULO X

Tinham-se vestido para o jantar. No salão, miss Bell desenhava monstros copiados de Leonardo. Criava-os para saber o que diriam em seguida, certa de que não deixariam de falar, e exprimir em ritmos estranhos idéias raras. Ouvi-los-ia. Era dessa maneira que compunha quase sempre os seus poemas.

O príncipe Albertinelli trauteava ao piano a siciliana: *O Sola!* Os seus dedos moles mal tocavam as teclas.

Choulette, mais rude ainda que de costume, pedia linhas e agulhas para remendar ele mesmo a sua roupa. Lamentava-se por ter perdido o humilde estojo que trazia no bolso havia trinta anos, e que lhe era caro pela doçura das recordações e pela força dos conselhos que dele recebia. Pensava tê-lo perdido numa sala profana do palácio Pitti: lançava-o em rosto aos Médicis e a todos os pintores italianos.

Fitando miss Bell com olhos maus, disse:

— É enquanto remendo os meus trapos que componho os meus versos. Satisfaz-me o trabalho das minhas mãos. Canto canções para mim mesmo, ao varrer o meu quarto; e é por isso que essas canções foram direitas ao coração dos homens, como as velhas canções dos lavradores e dos operários, que são ainda mais belas que as minhas, porém menos naturais. Tenho o orgulho de não querer outro criado senão eu mesmo. A viúva do sacristão me pediu para consertar os meus farrapos. Não consenti. Não se deve mandar fazer por outros as obras que nós mesmos podemos fazer com nobre liberdade.

O príncipe continuava tocando indolentemente a música indolente. Teresa que, há oito dias, percorria as igrejas e os museus em companhia de Mme. Marmet, pensava no tédio que lhe causava a sua companheira, ao descobrir constantemente nas figuras dos velhos pintores semelhanças com alguma pessoa sua conhecida. Pela manhã, no palácio Ricardi só nos frescos de Benozzo Gozzolli, tinha reconhecido Garain, Lagrange, Schmoll, a princesa Seniavine de pajem e o Sr. Renan a cavalo. Andava até apavorada de encontrar o Sr. Renan em toda a parte. Concentrava todas as idéias na sua pequena roda de acadêmicos e de pessoas da sociedade, com uma facilidade que irritava a sua amiga. Recordava em voz calma as sessões públicas do Instituto, os cursos da Sorbonne, as reuniões em que brilhavam os filósofos espiritualistas e mundanos. Quanto às senhoras, eram todas, a seu ver, encantadoras e irrepreensíveis. Jantava em casa de todas. E Teresa pensava: "É prudente demais, esta boa Mme. Marmet. Aborrece-me." E resolvera deixá-la em Fiesole e, dali por diante, visitar as igrejas sozinha.

Um velho esbelto entrou no salão. O bigode encerado e a barbicha branca davam-lhe a aparência de um velho militar. Mas o olhar, através das lunetas, traía a doçura fina dos olhos usados na ciência e na voluptuosidade. Era um florentino, amigo de miss Bell e do príncipe, o professor Arrighi, outrora adorado pelas mulheres, e agora célebre na Toscana e na Emília pelos seus estudos sobre a agricultura.

Agradou logo à condessa Martin que, embora não formasse uma idéia favorável da vida rústica na Itália, teve o cuidado de interrogar o professor sobre os métodos e os resultados obtidos.

Ele procedia com uma prudente energia.

— A terra, disse, é tal como as mulheres: quer que não sejamos com ela nem tímidos nem brutais.

As *Ave Maria,* ressoando em todos os sinos, faziam do céu um imenso instrumento de música religiosa.

— Darling, disse miss Bell, já notou como o ar de Florença é sonoro e todo prateado à noite, pelo som dos sinos?

— É singular, disse Choulette, temos o ar de pessoas que esperam. Vivian Bell respondeu que estavam, com efeito, à espera do Sr. Dechartre. Estava um pouco atrasado: receava que tivesse perdido o trem.

Choulette aproximou-se de Mme. Marmet e, muito grave, disse:

— Mme. Marmet, pode olhar para uma porta, para uma simples porta de madeira pintada, como a sua (suponho eu), ou como a minha, ou aquela, ou outra qualquer, sem sentir a ansiedade e o terror do pensamento da visitante que pode vir a qualquer instante? A porta da nossa casa, Madame Marmet, abre sobre o infinito. Já pensou nisso? Ignoramos sempre o verdadeiro nome daquele ou daquela que, sob uma aparência humana, com uma figura conhecida, em trajes comuns entra em nossa casa!

Quanto a ele, sempre que estava fechado no seu quarto, nunca podia olhar para a porta, sem que o medo lhe fizesse arrepiar os cabelos.

Mas Mme. Marmet via abrirem-se as portas da sua sala sem pavor. Sabia o nome de todos os que vinham à sua casa: todas pessoas encantadoras.

Choulette olhou-a com tristeza, abanou a cabeça e disse:

— Madame Marmet, madame Marmet, aqueles que lhe dão o seu nome terrestre, têm outro nome, que não conhece, e que é o seu nome verdadeiro.

Mme. Marmet perguntou a Choulette se acreditava que a desgraça precisava passar pelas portas para entrar na nossa casa.

— É engenhosa e sutil. Vem pela janela, atravessa as paredes. Nem sempre se mostra, mas está sempre perto de nós. As pobres portas não têm culpa da vinda dessa má visita.

Choulette repreendeu severamente Mme. Martin por chamar de má a visita da desgraça:

— A desgraça é a nossa melhor mestra e a nossa melhor amiga. É ela que nos mostra o sentido da vida. Quando sofrerem, minhas senhoras, saberão o que devem saber, acreditarão no que devem crer, farão o que devem fazer, serão o que devem ser. E terão a alegria, que faz fugir o prazer. A alegria é tímida e não se contenta com os divertimentos.

O príncipe Albertinelli disse que miss Bell e as suas duas amigas francesas não precisavam ser infelizes para serem perfeitas, e que a doutrina do aperfeiçoamento pela dor era uma crueldade bárbara, mal vista sob o belo céu da Itália. Depois, enquanto a conversa ia esmorecendo, pôs-se a procurar prudentemente as palavras da graciosa e banal siciliana, temendo confundi-la com uma ária do *Trovador*, de ritmo idêntico.

Vivian Bell interrogava baixinho os monstros que fizera nascer, e queixava-se das suas respostas absurdas e sardônicas.

Neste momento, dizia ela, só desejava ouvir figuras de tapeçarias que dissessem coisas pálidas, antigas e preciosas como elas.

E o formoso príncipe, envolvido agora pela onda da melodia, cantava. A sua voz se desdobrava em cauda de pavão, empertigava-se, e desfalecia, em seguida, em "ah! ah! ah!" delirantes.

Mme. Marmet, com os olhos na porta envidraçada, disse:

— Parece-me que o senhor Dechartre está chegando.

Ele entrou vivo, animado, com um ar de rosto grave.

Miss Bell recebeu-o com gritinhos de ave:

— Estávamos bem impacientes por vê-lo, senhor Dechartre. O senhor Choulette dizia horrores das portas... sim, das portas das casas, e nos dizia também que o infortúnio é um velho gentleman muito serviçal. Perdeu todas essas lindas coisas. Demorou-se muito, senhor Dechartre, por que?

Ele desculpou-se: gastara, apenas o tempo necessário para passar em casa e vestir-se às pressas. Nem mesmo fora cumprimentar o seu bom e grande amigo, o São Marcos de bronze, tão tocante no seu nicho sobre a parede de San Michele. Elogiou a poetisa, e cumprimentou a condessa Martin com uma alegria mal contida.

— Antes de deixar Paris, fui procurá-la no cais de Billy, onde soube que tinha vindo esperar a primavera em Fiesole, em casa de miss Bell. Tive então a esperança de tornar a encontrá-la neste país, que amo mais que nunca.

Ela perguntou-lhe se tinha passado primeiro por Veneza, se tornara a ver, em Ravena, as imperatrizes nimbadas, os fantasmas resplandecentes.

Não, não se tinha detido em parte alguma.

Ela não disse nada. O seu olhar ficara pregado no canto da sala, sobre o sino de São Paulino.

— Está admirando a *nolette!* disse-lhe ele.

Vivian Bell abandonou os papéis e o lápis:

— Vai ver brevemente uma maravilha que há de interessá-lo muito mais, senhor Dechartre. Descobri a rainha das sinetas. Encontrei-a em Rimini, num lugar em ruínas, que serve hoje de armazém, onde eu fora procurar essas velhas madeiras infiltradas pelo azeite, que se tornam tão duras, tão sombrias e tão brilhantes. Comprei-a e mandei-a logo encaixotar. Espero-a, vivo somente pensando nela. Vocês verão. Tem sobre o bojo um Cristo crucificado, entre a Virgem e São João, com a data de 1400 e as armas dos Malatesta... O senhor Dechartre não presta atenção.

Ouça bem. Em 1400, Lourenço Ghiberti, que fugia da guerra e da peste, refugiou-se em Rimini, em casa de Paulo Malatesta. Foi ele quem modelou certamente as figuras do meu sino. Eu lhe mostrarei, na próxima semana, uma obra de Ghiberti.

Vieram anunciar que a mesa estava posta.

Desculpou-se por fazê-los jantar à italiana. O seu cozinheiro era um poeta de Fiesole.

À mesa, diante dos *fiasconi* envoltos em palha de milho, falaram desse bem-aventurado século XV, que todos amavam. O príncipe Albertinelli elogiou os artistas da época, pela sua universalidade, pelo férvido amor que consagravam à sua arte e pelo gênio que os devorava. Falava com entusiasmo, numa voz acariciante.

Dechartre admirava-os. Mas admirava-os de outra maneira.

— Para elogiar convenientemente esses homens, disse ele, que de Cimabue a Masaccio trabalharam com todo o coração, desejaria que os louvores fossem modestos e precisos. Em primeiro lugar, deveríamos mostrá-los no atelier, na oficina em que viviam como artífices. É aí, ao vê-los no seu trabalho, que melhor se pode apreciar a simplicidade do seu gênio. Eram ignorantes e rudes. Tinham lido e visto muito pouco. As colinas que rodeiam Florença, ocultavam o horizonte dos seus olhos e da sua alma. Conheciam apenas a sua cidade, a Sagrada Escritura e alguns restos de esculturas antigas, estudados, acariciados com amor.

— Diz muito bem aprovou o professor Arrighi. Só pensavam em empregar os melhores processos. O seu espírito estava todo inclinado para a melhor maneira de bem preparar e de bem combinar as tintas. Aquele que imaginou colar uma tela sobre o tabique, para que a pintura não se fendesse com a madeira, passou por um homem maravilhoso. Cada mestre tinha as suas receitas e as suas fórmulas, que guardavam cuidadosamente escondidas.

— Venturosos tempos, continuou Dechartre, em que ninguém suspeitava dessa originalidade que hoje procuramos tão avidamente. O aprendiz procurava trabalhar como o mestre. Não tinha outra ambição senão parecer-se com ele, e era sem o querer que se mostrava diferente dos outros. Trabalhavam não pela glória, mas para viver.

— Tinham razão, disse Choulette. Não há nada melhor que trabalhar para viver.

— O desejo de passarem à posteridade, prosseguiu Dechartre, não os perturbava. Não conhecendo o passado, não concebiam o futuro, e o seu sonho não ia além da sua vida. Punham em bem trabalhar, uma vontade forte. Sendo simples, não se enganavam muito, e viam a verdade que a nossa inteligência nos oculta.

Entretanto, Choulette começara a contar, a Mme. Marmet a visita que fizera, nesse dia, à princesa da casa de França, para quem a marquesa de Rieu lhe tinha dado uma carta de apresentação. Contentava-se em fazer sentir que ele, o boêmio o vagabundo, fora recebido pela princesa real, em cuja casa, nem miss Bell nem a condessa Martin seriam admitidas, e que o príncipe Albertinelli se gabava de ter encontrado um dia numa cerimônia.

— Entrega-se às práticas de uma piedade minuciosa, disse o príncipe.
— É cheia de nobreza e simplicidade, disse Choulette.

Na sua casa, cercada dos seus gentis-homens e das suas damas, impõe a mais rigorosa etiqueta a fim de que a sua grandeza seja uma penitência, e vai todas as manhãs lavar o soalho da igreja. É uma igreja de aldeia, freqüentada pelas galinhas, enquanto o abade joga a *briscola* com o sacristão.

E Choulette, curvando-se sobre a mesa, imitou com o guardanapo a princesa acocorada, a lavar. Em seguida, erguendo a cabeça falou gravemente:

— Depois de uma demora condigna em salões consecutivos, fui admitido a lhe beijar a mão.

E calou-se.

Mme. Martin, impaciente, perguntou:

— Afinal, que foi que ela lhe disse, essa princesa cheia de nobreza e simplicidade?

— Disse-me: "Já visitou Florença? Afirmaram-me que se abriram ultimamente alguns estabelecimentos muito bonitos, que são iluminados à noite." Disse-me ainda: "Temos aqui um bom farmacêutico. Os da Áustria não são melhores. Aplicou-me na perna, há seis semanas, um emplastro que ainda não caiu." Tais são as palavras que Maria Teresa se dignou dirigir-me. Oh! grandeza simples! Oh! virtude cristã! Oh! filha de São Luiz! Oh! maravilhoso eco da vossa voz, santíssima Isabel de Hungria.

Mme. Martin sorriu. Pensava que Choulette estava brincando. Mas ele negou, indignado. E miss Bell achou que a sua amiga não tinha razão. Os franceses, dizia ela, sempre viam em tudo motivo para rir.

Tornaram a se ocupar, em seguida, das idéias de arte que, nesse país, se respiram com o ar.

— Por mim, disse a condessa Martin, não sou bastante culta para admirar Giotto e sua escola. O que me impressiona, é a sensualidade desta arte do século XV, a que chamam cristã. Só vi devoção e pureza nas imagens, aliás bem lindas, de Fra Angélico. O resto, essas figuras de virgens e de anjos, são voluptuosas, meigas, e, por vezes, de uma ingenuidade perversa. Que têm eles de religioso, esses jovens reis magos, formosos como mulheres, esse São Sebastião, fascinante de mocidade, que é o Baco doloroso do cristianismo?

Dechartre disse que pensava do mesmo modo e que ambos deviam ter razão, visto que Savonarola possuía as mesmas idéias, e fora justamente por não encontrar devoção em nenhuma obra de arte, que quisera queimá-las todas.

— Já se viam em Florença, disse ele, no tempo daquele soberbo Manfredo, meio muçulmano, homens que se diziam da seita de Epicuro e que procuravam argumentos contra a existência de Deus. O belo Guido Cavalcanti desprezava os ignorantes que acreditavam na imortalidade da alma. Citava-se dele esta frase: "A morte dos homens é inteiramente semelhante à dos outros animais." Mais tarde, quando a antiga beleza saiu dos túmulos, o céu Cristão pareceu triste. Os pintores que trabalhavam nas igrejas e nos conventos, não eram devotos, nem castos. O Perugino era ateu, e não o ocultava.

— Sim, disse miss Bell, mas dizia-se que tinha a cabeça dura, e que as verdades celestes não podiam penetrar no seu crânio espesso. Era ríspido, avarento, e completamente absorvido pelos interesses materiais. Não pensava senão em comprar casas.

O professor Arrighi tomou a defesa de Pietro Vanucci, de Perusia.

— Era um homem honesto. E o prior dos Jesuatos de Florença não teve razão em desconfiar dele. Esse religioso praticava a arte de fabricar azul ultramar, moendo pedras calcinadas de lapis-lazuli. O ultramar valia então o seu peso em ouro; e o prior, que tinha por certo os seus segredos, considerava este mais precioso que o rubi e a safira. Pediu a Pietro Vanucci que decorasse os dois claustros do seu convento, e esperava maravilhas, menos da habilidade do mestre que da beleza desse ultramar espalhado pelos céus. Durante todo o tempo em que o pintor trabalhou nos claustros, na história de Jesus Cristo, o prior não saía de perto dele e apresentava-lhe o precioso pó num saquinho que não largava um instante. Pietro tirava quanto queria, sob o olhar vigilante do santo homem, e embebia o pincel carregado de tinta numa vasilha cheia d'água, antes de pintar. Dessa maneira, desperdiçava uma grande quantidade de pó. E o bom vigário, ao ver como o seu saquinho ia emagrecendo, suspirava: "Jesus! Como esta cal devora o meu ultramar!" Quando os frescos ficaram prontos e quando o Perugino recebeu das mãos do frade o preço combinado, meteu-lhe na mão um punhado de pó azul: "Isto lhe pertence, abade. O seu ultramar que eu tomava com o pincel ficava no fundo da vasilha, de onde o tirava depois todos os dias. Aqui o tem. É para ensiná-lo a confiar nos homens de bem."

— Oh! disse Teresa, não há nada de extraordinário em que o Perugino tivesse sido avarento e honrado. Nem sempre as pessoas interesseiras são as menos escrupulosas. Há muitos avarentos honestos.

— Naturalmente, darling, disse miss Bell. Os avarentos não gostam nunca de ficar devendo e os pródigos acham muito natural ter dívidas. Nunca pensam no dinheiro que possuem; e ainda menos no que devem.

Não quis dizer que Pietro Vanucci, de Perusia, fosse um homem sem probidade. O que disse é que tinha a cabeça dura e que fazia muitas compras de casas. Fico muito satisfeita por saber que tornou a dar o ultramar ao prior dos Jesuatos.

— Sendo rico como era, o seu Pietro tinha de devolver o ultramar, disse Choulette. Os ricos são moralmente obrigados a ser honestos; os pobres, não.

Nesse momento, o mordomo apresentava-lhe a bacia de prata, e Choulette estendeu as mãos para receber água perfumada do gomil. Era um jarro cinzelado e uma taça de fundo duplo, que miss Bell mandava passar em volta da mesa, depois das refeições, à maneira antiga.

— Lavo as minhas mãos disse ele, pelo mal que Mme. Martin faz ou pode fazer com as suas palavras ou por qualquer outro meio.

E levantou-se, feroz, seguido por miss Bell, que deu o braço ao professor Arrighi.

Na sala, ela lhe disse quando servia o café:

— Porque nos quer condenar às tristezas selvagens da igualdade, senhor Choulette? Porque? Se a flauta de Dafnis fosse feita de sete canas iguais, não poderia tocar bem. Quer destruir as belas harmonias do amo e dos servos, do aristocrata e dos artífices. Oh! o senhor é um bárbaro. Tem piedade dos necessitados e não tem piedade da divina Beleza, que quer exilar deste mundo. Expulsa-a senhor Choulette, repudia-a, nua e lacrimosa. Mas fique certo de uma coisa: quando os pobres homens forem todos fracos míseros, ignorantes, ela não poderá permanecer na terra. Oh! desfazer os grupos engenhosos que formam na sociedade os homens de condições diversas, os humildes com os magníficos, é ser tão inimigo dos pobres como dos ricos, é ser inimigo do gênero humano.

— Os inimigos do gênero humano! corrigiu Choulette, pondo açúcar no café. Era assim que o duro romano chamava aos cristãos, que lhe ensinavam o amor.

Entretanto, Dechartre, sentado ao lado de Mme. Martin, interrogava-a sobre os seus gostos de arte e de beleza, apoiava, guiava e animava as suas admirações, instigava-a, por vezes, com uma aspereza meiga, queria que ela visse tudo quanto ele vira, que amasse tudo quanto ele amava.

Ao mesmo tempo, dizia-lhe que devia visitar os jardins logo que chegasse a primavera. Contemplava-a desde já sobre os nobres terraços, via a luz que lhe aureolaria a nuca e os cabelos, a sombra dos loureiros que cairia sobre o mundo sombrio dos seus olhos. Para ele, a terra e o céu de Florença não podiam ter outro emprego que servir de ornamento àquela linda mulher.

Elogiou-a pela simplicidade com que se vestia, segundo o caráter da sua forma e da sua graça, pela encantadora espontaneidade das linhas que nasciam de cada um dos seus movimentos. Adorava, dizia, as toaletes animadas e vivas, airosas, espirituais e livres, que se vêem raramente e que nunca mais se esquecem.

Tão adulada sempre, nunca ouvira, no entanto, galanteios que lhe dessem tanto prazer. Sabia que se vestia muito bem, com um gosto ousado e seguro. Mas, a não ser seu pai, nunca homem algum lhe fizera sobre tal assunto os cumprimentos de um conhecedor. Imaginava que os homens eram somente capazes de sentir o efeito de uma toalete, sem compreenderem os seus detalhes engenhosos. Alguns, que tinham a intuição da moda, aborreciam-na pelo ar efeminado e pelo gosto equívoco. Resignara-se a ver a sua elegância apreciada apenas pelas mulheres, que nunca sabem ver sem um certo espírito de crítica e de inveja. A admiração artística e máscula de Dechartre surpreendeu-a e encantou-a. Recebeu com agrado os louvores que ele lhe fazia, sem pensar em julgá-los íntimos demais e quase indiscretos.

— Então gosta de admirar toaletes, senhor Dechartre?

Não, em geral não lhes prestava atenção. Viam-se tão poucas mulheres bem vestidas, mesmo neste tempo em que as mulheres se vestem tão bem ou melhor que nunca. Não gostava de ver fardos caminhando. Mas quando via passar diante de si uma mulher que tivesse ritmo e linha abençoava-a.

E numa voz um pouco mais alta, continuou:

— Não posso pensar numa mulher que tem o cuidado de se embelezar cada dia, sem meditar na grande lição que dá aos artistas. Veste-se e enfeita-se por algumas horas, e é um esforço que não se perde. Devemos, como ela, embelezar a vida sem pensar no futuro. Pintar, esculpir, escrever para a posteridade, não passa de uma tola vaidade.

— Senhor Dechartre perguntou o príncipe Albertinelli, que acha de um penteador cor de lilás com flores de prata, para miss Bell?

— Eu, disse Choulette, penso tão pouco no futuro terrestre que escrevi os meus melhores poemas em papéis de cigarro. Perderam-se facilmente, deixando aos meus versos apenas uma espécie de existência metafísica.

Dava-se ares de negligência. Mas, na verdade, nunca perdera uma só linha do que escrevia. Dechartre era mais sincero. Não desejava sobreviver. Miss Bell censurou-o:

— Senhor Dechartre, para a vida ser grande e completa, devemos ajustar nela o passado e o futuro. As nossas obras de poesia e de arte, devemos realizá-las em homenagem aos mortos e com o pensamento nos que vierem depois de nós. Assim, participaremos do que foi, do que é e do que será. Não quer ser imortal, senhor Dechartre? Cuidado para que Deus não o ouça.

— Basta-me viver mais um instante, respondeu ele.

E despediu-se, prometendo voltar mais cedo no dia seguinte, para ir com Mme. Martin à capela Brancacci.

Uma hora depois, no quarto de gosto estético, forrado de estofos onde limoeiros, carregados de enormes frutos dourados, formavam um bosque de fadas, Teresa, com a cabeça no travesseiro e o delicioso braço nu curvado sobre a cabeça, meditava à luz da lâmpada, e via flutuar confusamente diante de si as imagens da sua nova existência: Vivian Bell e os seus sinos, as figuras dos prerafaelitas, leves como sombras, as damas, os cavaleiros isolados, indiferentes, no meio das cenas religiosas, um pouco tristes e observando quem chega; mais agradáveis assim, e mais amigos, na sua doce letargia; e, à noite, na vila de Fiesole, o príncipe Albertinelli, o professor Arrighi, Choulette, as palavras ágeis, o bizarro jogo das idéias, e Dechartre, com olhos juvenis no rosto um pouco cansado, o ar africano com a sua cor sombria e a sua barba em ponta.

Pensou quanto a sua imaginação era encantadora, a sua alma mais rica que todas as que se lhe tinham até aí patenteado, e na atração a que não podia já resistir. Sempre reconhecera nele o dom de agradar. Agora lhe descobria a vontade. Essa idéia deliciou-a — fechou os olhos como para reter. Depois, subitamente, estremeceu.

Sentiu um baque surdo, dentro de si, no mistério do seu ser, um choque doloroso. Teve a visão repentina e inesperada, do amante, com a espingarda debaixo do braço, entre as árvores. Caminhava, com o seu passo firme e regular, pela vereda profunda. Não lhe podia ver o rosto, e isso perturbava-a. Já nada sentia contra ele. Já não a irritava. Agora, era de si mesmo que estava descontente. E Roberto avançava direito, sem voltar a cabeça, longe, cada vez mais longe, até não parecer mais que um ponto escuro no bosque deserto. Julgava-se brusca, caprichosa, dura, por tê-lo abandonado sem lhe dizer adeus, sem ao menos lhe escrever uma carta. Era o seu amigo, o seu único amigo. Nunca tivera outro. Pensou: "Não gostaria que ele fosse infeliz por minha causa."

Pouco a pouco, foi sossegando. Ele a amava, sem dúvida; mas não era, felizmente, sensível e imaginoso até ao ponto de impressionar-se e atormentar-se. Disse consigo: "Anda caçando. Está satisfeito. Vê a Sua tia Lannoix, a quem admira..." Tranqüilizou-se e readquiriu a encantada e profunda alegria de Florença. Não tinha visto bem, nos Ofícios, um quadro que Dechartre amava. Era uma cabeça cortada de Medusa, uma obra em que Leonardo, dizia o escultor, exprimira a minuciosa profundidade e a trágica finura do seu gênio. Queria tornar a vê-la, descontente por não o ter bem compreendido logo. Apagou a lâmpada e adormeceu.

Pela manhã, sonhou que encontrava Roberto Le Ménil, numa igreja deserta, envolto numa peliça que ela não conhecia. Esperava-a; mas um grupo de padres e devotos, que aparecera de repente, tinha-os separado. Não sabia o que fora feito dele. Não lhe pudera ver o rosto, e isso a aterrorizava. Quando acordou, ouviu através da janela, que tinha deixado aberta, um gritinho monótono e triste, e viu passar na branca alvorada uma andorinha. E sem causa, sem motivo, chorou. Chorou de si mesma, com um desespero de criança.

CAPÍTULO XI

Começou a se preparar cedo, com uma delicada e oculta atenção. O quarto de vestir, nascido duma fantasia estética de Vivian Bell, com a sua louça de barro vidrado, os grandes vasos de cobre e o xadrez dos azulejos de faiança, lembrava uma cozinha, mas uma cozinha de mágica. Era a tal ponto rústico e fantástico que a Condessa Martin teve a deliciosa surpresa de se imaginar nele a heroína de uma história de fadas. Enquanto a sua criada de quarto a penteava, ouviu Dechartre e Choulette que conversavam debaixo das janelas. Refez tudo quanto Paulina fizera, e pôs ousadamente a descoberto a linha da nuca, que era fina e pura. Mirou-se pela última vez ao espelho e desceu para o jardim.

No jardim, plantado de teixos como um cemitério feliz, Dechartre citava versos de Dante, olhando Florença: "À hora em que o nosso espírito mais alheio à carne..."

Perto dele, Choulette, sentado na balaustrada do terraço, com as pernas penduradas e o nariz sobre as barbas, esculpia a figura da Miséria no seu bordão de vagabundo.

E Dechartre reatava as rimas do cântico: "À hora em que o nosso espírito, mais alheio à carne e menos obcecado por pensamentos, é quase divino nas suas visões..."

Ela vinha ao longo dos buxos recortados, com a sombrinha aberta, no seu vestido cor de milho. O doce sol de inverno envolvia-a de ouro pálido.

Dechartre pôs toda a sua alegria nos bons dias com que a saudou. Ela disse:

— Estava recitando versos que eu não conheço. Apenas conheço Metastásio. O meu professor de italiano gostava muito de Metastásio e não citava mais ninguém. Qual é a hora em que o espírito é divino nas suas visões?

— É a da aurora do dia, minha senhora. Mas pode ser também a da aurora da fé e do amor.

Choulette duvidava que o poeta tivesse querido falar dos sonhos da manhã, que deixam, quando despertamos, uma impressão tão viva e por vezes tão penosa, e que não são alheios à carne. Mas Dechartre só citara aqueles versos no deslumbramento da alvorada de ouro que vira, essa manhã sobre as louras colinas. Havia muito que as imagens formadas durante o sono o inquietavam, e pensava que essas imagens não se relacionam com o objeto que mais nos preocupa, porém, ao contrário, com as idéias desprezadas durante o dia.

Teresa recordou-se então do seu sonho dessa manhã, do caçador perdido na vereda profunda.

— Sim, dizia Dechartre, o que vemos, à noite, são os pobres restos do que desprezamos na véspera. O sonho é muitas vezes a desforra das coisas que desprezamos ou a exprobração dos seres abandonados. Daí o seu imprevisto e talvez a sua tristeza.

Ela ficou pensativa um momento, depois disse:

— Talvez seja verdade.

E interessada, perguntou a Choulette se tinha acabado o busto da Miséria no castão da sua bengala.

A Miséria se transformara numa Pietá, e Choulette reconhecia nela a Virgem. Escrevera mesmo uma quadra para inscrever por baixo, em espiral, uma quadra didática, e moral. Só desejava tornar a escrever agora no estilo dos mandamentos de Deus, posto em verso francês. Os quatro versos eram dessa simples e boa maneira. Consentiu em recitá-los:

> *Je pleure au pied de la Croix.*
> *Avec moi pleure, aime et crois,*
> *Sous cet arbre salutaire*
> *Qui doit ombrager la terre.*

Como no dia em que chegara, Teresa encostou-se à balaustrada do terraço e procurou na distância, no fundo do mar de luz, os cumes de Vallombrosa, quase tão fluidos como o céu. Jacques Dechartre olhava-a. Imaginava vê-la pela primeira vez, tanta suavidade descobria nesse rosto, a que o trabalho da vida e da alma dera profundeza sem lhe alterar a graça juvenil e fresca. A luz, que ela amava, era-lhe indulgente. E, na verdade, era linda, banhada naquela leve claridade de Florença, que acaricia as belas formas e alimenta os pensamentos nobres. Um delicado tom de rosa subia-lhe às faces bem contornadas. Suas pupilas, dum cinzento azulado, riam; e, quando falava, o relâmpago de seus dentes tinha uma doçura ardente. Envolveu-a num olhar que beijava o busto elegante, os quadris fartos e a curva ágil da cintura. Segurava a sombrinha na mão esquerda, a outra, sem luva, brincava com violetas. Dechartre tinha o gosto, o amor, a loucura das mãos belas. Aos seus olhos, as mãos apresentavam uma fisionomia tão reveladora como o rosto, um caráter, uma alma. Aquelas o encantavam. Achava-as sensuais e espirituais. Parecia-lhe que se desnudavam por voluptuosidade. Adorava aqueles dedos compridos, as unhas róseas, a palma um pouco gorda e tenra, cortada de linhas elegantes como arabescos e elevando-se na base dos dedos em pequenos montes harmoniosos. Examinou-os com delicada atenção, até que ela os fechou sobre o cabo da sombrinha. Depois, um pouco atrás dela, olhou-a novamente. Com o busto e os braços de uma linha graciosa e pura, os quadris amplos, os tornozelos delgados, na sua bela forma de ânfora viva, agradou-lhe por completo.

— Senhor Dechartre, aquela mancha negra, lá no fundo, não são os jardins Boboli? Vi-os há três anos. Não tinham muitas flores. No entanto, com as suas grandes árvores tristes, fiquei amando-os.

Ficou quase admirado de que ela falasse e pensasse. O som claro daquela voz surpreendia-o como se nunca o tivesse ouvido.

Respondeu ao acaso, e sorriu com esforço para ocultar o fundo brutal e preciso do seu desejo. Foi acanhado e incoerente. Ela não pareceu notá-lo. Mostrava-se satisfeita. Aquela voz profunda, que se velava e desfalecia, acariciava-a inapercebidamente. Como ele, dizia coisas fáceis:

— Esta vista é bonita. O tempo está delicioso.

CAPÍTULO XII

Pela manhã, com a cabeça enterrada no travesseiro enfeitado com um escudo em forma de sino, Teresa recordava os passeios da véspera, as Virgens tão finas, cercadas de anjos, as inumeráveis crianças, pintadas ou esculpidas, todas tão belas e felizes, cantando ingenuamente pela cidade a aleluia da graça e da beleza. Na ilustre capela dos Brancacci, diante dos frescos pálidos e resplandecentes como uma aurora divina, ele lhe tinha falado do Mareaccio, em palavras tão vivas e coloridas, que imaginara vê-lo, ao adolescente mestre dos mestres, com a boca entreaberta, o olhar sombrio e azul, distraído, desfalecente, arrebatado. E admirara todas aquelas maravilhas de uma manhã mais adorável que a do dia. Dechartre era para ela a alma dessas formas magníficas, o espírito dessas nobres coisas. Era por ele, era nele que ela compreendia a arte e a vida. Os espetáculos do mundo só a interessavam quando interessavam a ele.

Como começara aquela simpatia? Não se lembrava bem. Primeiro, quando Paul Vence lhe quis apresentá-lo, não tivera nem o desejo de o conhecer, nem o pressentimento de que ele lhe agradasse. Recordava-se dos bronzes elegantes, de finas ceras firmadas com o seu nome que tinha visto no Salão do Campo de Marte ou na casa Durand-Ruel. Mas não imaginava que ele mesmo conseguisse ser mais agradável e atraente que tantos outros artistas e amadores de arte com quem gostava de conversar nos seus almoços íntimos. Quando o viu, simpatizou com ele; teve a idéia natural de o atrair, de o ver mais vezes. Quando jantou em sua casa, percebeu que tinha por ele um sentimento cuja nobreza a lisonjeava. Mas, logo depois, aborreceu-a um pouco: impacientava-se ao vê-lo tão fechado no seu mundo interior, preocupando-se tão pouco com ela. Desejaria perturbá-lo. Fora nesse estado de impaciência, e além disso enervada, sentindo-se só no mundo, que o tinha encontrado uma tarde, diante da grade do Museu das Religiões, e que ele lhe falara de Ravena e daquela imperatriz sentada numa cadeira de ouro, no seu túmulo. Achara-o grave e encantador, com a sua voz quente e o olhar doce, na sombra da noite, mas muito alheado, muito distante, misterioso em excesso. Sentia uma espécie de desfalecimento, e não sabia bem, nesse momento, ao longo dos buxos que cercam o terraço, se desejaria vê-lo todos os dias ou nunca mais encontrá-lo.

Desde que o vira em Florença, só se sentia bem perto dele, ouvindo-o. Ele lhe tornava a vida amável, diferente, colorida, nova, toda nova. Revelava-lhe as alegrias delicadas e as deliciosas tristezas do pensamento, despertava-lhe as voluptuosidades que em si trazia adormecidas. Agora estava bem decidida a conservá-lo junto de si. Mas como? Previa as dificuldades — o seu espírito lúcido e o seu temperamento lhas apontavam todas. Por um momento tentou iludir-se a si mesma; pensou que, exaltado, quimérico, distraído, absorvido em estudos de arte, não teria talvez pelas mulheres um culto fervente e que se manteria numa assiduidade sem exigências. Mas, em seguida, sacudindo sobre o travesseiro a bela cabeça submersa nos regatos de sombra dos cabelos, recusou-se a tranqüilizar-se com tal idéia. Se Dechartre não era amoroso, perdia para ela todo o encanto. Não se atreveu a pensar novamente no futuro. Vivia na hora presente feliz, inquieta e de olhos fechados.

Assim pensava, na sombra trespassada de raios de luz, quando Paulina lhe trouxe a correspondência com o chá matinal. Num envelope marcado com o monograma do grêmio da rua Royale, reconheceu a caligrafia rápida e simples de Le Ménil. Esperava receber aquela carta, admirada apenas de que o que devia acontecer acontecesse realmente, como na infância, quando no infalível relógio soava a hora da lição de piano.

Na sua carta Roberto lhe fazia queixas sensatas. Porque partira sem lhe dizer nada, sem deixar uma palavra de despedida? Ao regressar a Paris, esperara cada manhã uma carta que não vinha nunca. Fora mais feliz no passado, quando encontrava, ao acordar, duas ou três vezes por semana, cartas tão gentis e tão bem escritas, que tinha pena de não as poder mandar imprimir. Inquieto, tinha corrido à casa dela.

"Fiquei estupefato ao saber da sua partida. Seu marido me mandou entrar. Disse-me que, cedendo aos seus conselhos, tinha ido acabar o inverno em Florença, na companhia de miss Bell. Achava-a pálida e magra, há algum tempo. Tinha pensado que uma mudança de ar lhe faria bem. Não tinha querido partir; mas como os seus incômodos aumentassem, conseguira convencê-la.

"A mim, não me pareceu que tivesse emagrecido; Parecia-me, ao contrário, que a sua saúde nada deixava a desejar. E depois, Florença não é uma estação de inverno recomendável. Não compreendo nada desta sua partida, e estou muito inquieto com isso. Suplico-lhe que me tranqüilize quanto antes...

"Se pensa que é agradável para mim ter notícias suas por seu marido e ouvir as suas confidências! Não se incomoda com a sua ausência e está desolado com as obrigações da sua vida política, que o retêm neste momento em Paris. Ouvi dizer no grêmio que tinha probabilidades de ser nomeado ministro. Admira-me, porque não é costume elegerem-se ministros entre as pessoas da sociedade."

Depois contava episódios de caça. Tinha trazido para ela três peles de raposa, uma das quais belíssima; a pele dum valente animal que fizera sair da toca, puxando-lhe pela cauda e que, ao virar-se o tinha mordido na mão. Afinal de contas, afirmava ele, estava no seu direito.

Em Paris, nem tudo ia correndo segundo os seus desejos. Seu primo queria entrar no grêmio. Receava que fosse recusado. A candidatura já fora afixada. Nessas condições não se atrevia a aconselhá-lo que se retirasse — era assumir uma grande responsabilidade. Por outro lado, um insucesso seria verdadeiramente desagradável. Terminava implorando-lhe que desse notícias e que voltasse breve.

Depois de ler essa carta, rasgou-a muito devagarinho, atirou-a ao fogo e, com uma tristeza seca, numa meditação sem doçura, viu-a arder lentamente.

Ele tinha razão, sem dúvida. Dizia o que devia dizer: queixava-se como devia se queixar. Que havia de lhe responder? Continuar a se mostrar aborrecida com ele? Como se se tratasse agora de aborrecimentos! O assunto da sua indisposição tornara-se-lhe tão indiferente que precisava refletir para se lembrar. Oh! não, já não tinha mais vontade de o amofinar. Quanto se sentia terna, ao contrário, para com ele! Vendo que a amava confiadamente, com uma tranqüilidade cabeçuda, entristecia-se e atemorizava-se. Não tinha mudado. Era o mesmo homem de sempre. Ela é que não era a mesma mulher. Estavam agora separados por coisas imperceptíveis e fortes, como as influências do ar, que fazem viver ou morrer. Quando a criada de quarto veio vesti-la, não tinha começado ainda a escrever a resposta.

Melancolicamente, escrevia: "Tenha confiança em mim. Fique sossegado." Era o que mais a impacientava. Irritava-se contra as pessoas simples que não duvidam nem de si nem dos outros.

Ao descer ao salão dos sinos, encontrou Vivian Bell escrevendo, e que lhe disse:

— Quer saber, darling, o que eu estava fazendo enquanto a esperava? Nada e tudo. Versos. Oh! Darling, a poesia deve ser a nossa alma expandindo-se naturalmente.

Teresa beijou miss Bell e, com a cabeça sobre o ombro da sua amiga, perguntou:

— Pode-se ver?

— Oh! Darling, veja. São versos feitos das canções populares do seu país.

E Teresa leu:

> Elle jeta la pierre blanche
> A l'eau du lac bleu.
> La pierre dans l'onde tranquille
> Sombra peu à peu.
> Alors, la jeteuse de pierres
> Eût honte et douleur
> D'avoir mis dans le lac perfide
> Le poid de son coeur.

— É um símbolo, Vivian? Explique-me.

— Oh! darling, para que explicar, para que? Uma imagem poética deve ter alguns sentidos. Aquele que lhe encontrar, será para você o sentido verdadeiro. Mas há um muito claro *my love*; é que ninguém deve se desembaraçar levianamente daquilo que se trouxe no coração.

* * *

Os cavalos estavam atrelados. Iam, como estava combinado, visitar a galeria Albertinelli, via del Moro. O príncipe os esperava. Dechartre devia encontrar-se com eles no palácio. No caminho, enquanto a carruagem deslizava pelas largas lajes da calçada, Vivian Bell expandia em palavras cantantes a sua fina e preciosa alegria. Quando iam descendo entre casas brancas ou cor-de-rosa, jardins em degraus, enfeitados de estátuas e fontes, mostrou à sua amiga a vila, escondida entre os pinheiros azulados, onde as damas e os cavaleiros do Decameron foram refugiar-se da peste que devastara Florença e divertir-se contando episódios galantes, facciosos ou trágicos. Depois confessou o feliz pensamento que tivera na véspera.

—A Darling tinha ido ao Carmine com o Sr. Dechartre, e deixou em Fiesole Mme. Marmet, que é uma agradável velha dama, uma moderada e polida velha dama. Conhece muitas anedotas sobre as pessoas distintas que moram em Paris. E quando as conta, faz como o meu cozinheiro Pampaloni quando serve os ovos estrelados — não lhes põe sal, mas põe a saleira ao lado. A língua de Mme. Marmet é muito doce. O sal está ao lado, nos seus olhos. É o prato de Pampaloni, my love: cada qual o come a seu gosto. Oh! eu gosto imensamente de Mme. Marmet. Ontem, depois da sua partida, encontrei-a só e triste num canto da sala. Estava pensando no marido, e era um pensar de luto. Eu lhe disse: "Quer que eu pense também no seu marido? Pensaria nele consigo da melhor vontade. Disseram-me que era um sábio e membro da Sociedade Real de Paris. Fale-me dele, Mme. Marmet." Respondeu-me que ele se dedicara aos etruscos, e que lhe dera toda a sua vida. Oh! darling, venerei logo a memória desse Marmet, que viveu para os etruscos. E foi então que tive uma magnífica idéia. Disse a Mme. Marmet: "Temos em Fiesole, no palácio Pretorio, um modesto e pequeno museu etrusco. Quer vir visitá-lo comigo?" Respondeu-me que era o que mais desejava conhecer em toda a Itália. Fomos juntas ao palácio Pretorio: vimos uma leoa e muitos homenzinhos de bronze, grotescos, gordíssimos ou magríssimos. Os etruscos eram um povo gravemente alegre. Faziam caricaturas de bronze. Mas estes bonifrates, uns envergonhados das barrigas enormes, outros, espantados de mostrar todos os ossos, Mme. Marmet, os olhava com uma admiração dolorosa. Contemplava-os como... há uma palavra francesa definitiva que não me ocorre... como os monumentos e os troféus de M. Marmet.

Mme. Marmet sorriu. Estava, no entanto, bem melancólica. Achava o céu enfadonho, as ruas feias, os transeuntes vulgares.

— Oh! darling, o príncipe há de ter um grande prazer em recebê-la em seu palácio.

— Não acredito.

— Porque, darling, porque?

— Porque, não gosta de mim.

Vivian Bell afirmou que o príncipe, ao contrário, era um grande admirador da condessa Martin.

Os cavalos pararam diante do palácio Albertinelli. Na fachada sombria, de aspecto rústico, estavam chumbadas as argolas de bronze, onde outrora se metiam archotes de resina nas noites de festa. Essas argolas indicam, em Florença, a morada das famílias mais ilustres. O palácio tinha assim um ar de altivez feroz. Dentro, mostrava-se vazio, ocioso, aborrecido. O príncipe apressou-se em vir ao seu encontro e a guiá-las através dos salões desguarnecidos, até à galeria. Pediu que o desculpassem de mostrar telas que não eram certamente de aparência lisonjeira.

A galeria tinha sido formada pelo cardeal Giulio Albertinelli, na época em que dominava o gosto, agora decadente, dos Guido e dos Carrache. O seu antepassado tinha-se entretido a colecionar as obras da escola de Bolonha. Mas mostraria a Mme. Martin algumas pinturas que não tinham desagradado a miss Bell; entre outras, um Mantegna.

A condessa Martin reconheceu ao primeiro olhar uma galeria banal e duvidosa: sentiu-se logo enfastiada entre a multidão dos pequenos Parrocel, deixando entrever nas trevas a chama de um tiro, um reflexo de armadura ou uma anca de cavalo branco.

Um criado de quarto veio trazer uma carta.

O príncipe leu alto o nome de Jacques Dechartre. Nesse momento, dava as costas às duas visitas. O seu rosto tomou a expressão de descontentamento cruel que só se vê nos mármores dos imperadores romanos. Dechartre estava no patamar da escadaria de honra.

O príncipe foi ao seu encontro, com um sorriso lânguido. Já não era Nero, era Antinus.

— Fui eu mesma, disse miss Bell, quem pediu ontem ao Sr. Dechartre que viesse ao palácio Albertinelli. Sabia que teria muito prazer em recebê-lo. Desejava ver a sua galeria.

E era verdade que Dechartre tinha desejado encontrar-se com Mme. Martin. Agora, iam avançando, os quatro, entre os Guido e os Albane.

Miss Bell cochichava para o príncipe coisas encantadoras sobre aqueles velhos e aquelas virgens, de mantos azuis agitados por uma tempestade imóvel. Dechartre, pálido, enervado, aproximou-se de Tereza e disse em voz baixa:

— Esta galeria é um depósito onde os negociantes de quadros do mundo inteiro penduram o refugo dos seus armazéns. E o príncipe vende aqui tudo o que os judeus não conseguiram vender.

Levou-a para diante de uma santa família exposta sobre um cavalete forrado de veludo verde, e com o nome de Miguel Ângelo sobre a moldura.

— Vi esta santa família nas lojas dos negociantes de quadros de Londres, de Basiléa e de Paris. Como ninguém lhe quisesse dar os vinte e cinco luíses que pode valer, encarregaram o último dos Albertinelli de vendê-la por cinqüenta mil francos.

O príncipe, vendo-os cochichar e adivinhando o que diziam, aproximou-se muito amável:

— Existe uma réplica deste quadro, que tem sido posta à venda por toda a parte. Não afirmo que seja este o original. Mas foi sempre conservado na minha família e nos inventários mais antigos é atribuído a Miguel Ângelo. É tudo quanto posso lhes dizer.

E o príncipe voltou para junto de miss Bell, que procurava os primitivos.

Dechartre sentia-se mais à vontade. Desde a véspera pensara em Teresa. Tinha passado a noite a evocar e a recompor a sua imagem.

Revia-a encantadora mas de um encanto diferente, e mais desejável ainda do que a sonhara na sua insônia; menos vaga e flutuante, de um sabor de carne mais vivo, mais forte, mais ardente, e também de uma alma mais misteriosa e impenetrável. Como ela estivesse triste, pareceu-lhe fria e distraída. Pensou que não existia para ela, que era inoportuno e ridículo. Sombrio e enervado, segredou-lhe amargamente ao ouvido:

— Refleti e tencionava não vir. Porque vim então?

Ela compreendeu logo o que ele queria dizer, e que a temia, e que se sentia impaciente, tímido e hesitante. Agradava-lhe assim, e estava-lhe grata pela perturbação e pelos desejos que lhe inspirava.

O coração lhe bateu. Mas, fingindo compreender que ele se arrependia de ter vindo para ver obras tão medíocres, respondeu-lhe que aquela galeria nada tinha efetivamente de interessante. No terror de lhe desagradar, que começava já a dominá-lo, sentia um alívio ao pensar que ela não tinha notado bem, na sua indiferença distraída, a expressão e o sentido da frase que dissera, e acrescentou:

— Não, nada de interessante.

O príncipe que convidara as duas visitantes para almoçar, pediu ao seu amigo que também lhes fizesse companhia. Dechartre pediu desculpa de não poder aceitar. Ia se retirar quando no salão vazio, ornado de caixas de doces sobre as consoles, se encontrou só com Mme. Martin. Tivera a idéia de lhe fugir; e agora só pensava em tornar a vê-la. Lembrou-lhe que deviam visitar no dia seguinte o Bargello.

— Permitiu-me que a acompanhasse.

Ela perguntou se não a tinha achado aborrecida e enfadonha. Oh! não, não a achara enfadonha, mas parecera-lhe um pouco triste.

— Infelizmente, nem sequer tenho o direito de conhecer as suas tristezas e as suas alegrias.

Ela fitou-o com um olhar rápido, quase duro:

— Não há de querer certamente que eu o tome para meu confidente!...

E afastou-se bruscamente.

CAPÍTULO XIII

Depois de jantar, no salão cheio de sinos e campainhas, sob os lustres cujos largos abajures apenas deixavam cair uma tênue claridade sobre as Virgens sienesas de mãos alongadas, a boa Mme. Marmet aquecia-se ao fogão com uma gata branca nos joelhos. A noite estava fresca. Mme. Martin, com os olhos ainda saturados de ar ligeiro, de cumes violáceos e de carrasqueiras antigas, estorcendo os braços monstruosos sobre o caminho, sorria de fadiga, feliz. Fora com miss Bell,

Dechartre e Mme. Marmet, à Chartreuse d'Ema. E agora, no sutil inebriamento das suas visões, olvidara os cuidados da ante-véspera, as cartas importunas, as censuras longínquas, e não imaginava que pudesse existir no mundo outra coisa que não fossem claustros cinzelados e pintados, com um poço entre as ervas do pátio, aldeias de telhados vermelhos e estradas onde, embalada pelas palavras acariciantes, via chegar a primavera. Dechartre acabava de modelar para miss Bell o esboço em cera de uma pequena Beatriz, Vivian pintava anjos. Languidamente curvado sobre ela, o príncipe Albertinelli, arredondando o quadril, alisava a barba, relanceando em volta olhares de cortesã.

Respondendo a uma opinião de Vivian Bell sobre casamento e amor, disse:

— A mulher é quem deve escolher. Com um homem amado das mulheres, não pode viver tranqüila. Com um homem que não seja amado pelas mulheres, não pode ser feliz.

Darling, perguntou miss Bell, qual dos dois escolheria para uma amiga sincera?

— O que eu desejaria, Vivian é que a minha amiga fosse, ao mesmo tempo, feliz e tranqüila. E quereria que o fosse contra todas as traições, as suspeitas humilhantes e as desconfianças mesquinhas.

— Mas, se o príncipe disse que uma mulher não podia ter, ao mesmo tempo, felicidade e tranqüilidade, diga qual foi o escolhido pela sua amiga, darling.

— Nunca se escolhe, Vivian, nunca se pode escolher. Não me obrigue a dizer o que penso do casamento.

Nesse momento, apareceu Choulette, com o ar magnífico de um daqueles mendigos que ilustram as portas das terras de província. Estivera jogando briscola com camponeses, numa taverna de Fiesole.

— Aqui está o senhor Choulette, disse miss Bell. É ele quem vai nos dizer o que devemos pensar sobre o casamento. Estou pronta a ouvi-lo como a um oráculo. Não vê o que vemos, e vê o que não vemos. Senhor Choulette, que pensa do casamento?

Ele se sentou e ergueu ao ar um dedo socrático:

— Quer se referir à união solene do homem e da mulher? Nesse sentido, o casamento é um sacramento. Donde se conclui que é quase sempre um sacrilégio. Quanto ao casamento civil, é quase sempre uma formalidade. A importância que lhe dão na nossa sociedade, é uma tolice que faria rir as mulheres do antigo regime. Devemos este preconceito, como tantos outros, a esta efervescência dos burgueses, a esta erupção dos fiscais e dos beleguins, que se denominou a Revolução e que parece admirável aos que vivem dela. É a mãe Gigogne das parvoíces. Há um século que saem diariamente novas tolices das suas saias tricolores. O casamento civil não passa, na realidade, de uma inscrição, como tantas outras que o Estado toma para se certificar das condições das pessoas: porque, num Estado, policiado, cada qual deve ter a sua ficha. E todas estas fichas valem tanto umas como as outras aos olhos do filho de Deus. Moralmente, esta inscrição num grosso registro nem mesmo tem a vantagem de induzir a mulher a procurar um amante. Quem é que pensa ao menos em trair o juramento prestado diante dum *maire?* Para conhecer as alegrias do adultério, é preciso ser-se devoto.

— Mas nós fomos casados na igreja, disse Teresa. E acrescentou, com uma grande sinceridade: Não compreendo que um homem se case, nem que uma mulher na idade em que todos sabemos o que fazemos, possa cometer tal loucura.

O príncipe olhou-a com desconfiança. Era fino, mas inteiramente incapaz de compreender que se pudesse falar sem motivo, com desinteresse e para exprimir idéias gerais. Imaginou que a condessa Martin-Bellème lhe descobria quaisquer projetos e queria contaminá-los. E, como pensava já em defender-se e vingar-se, olhou-a carinhosamente e disse com uma terna galanteria:

— Mostra bem a altivez das belas e inteligentes francesas, a quem irrita qualquer domínio. As francesas gostam da liberdade e nenhuma é mais digna dela que a condessa Martin. Eu vivi algum tempo na França. Conheci e admirei a sociedade elegante de Paris, os salões, as festas, as conversas, o jogo. Mas, nas nossas montanhas, na sombra das oliveiras, nos tornamos rústicos. Retomamos os costumes campestres, e o casamento é para nós um idílio, cheio de frescura.

Vivian Bell examinou o esboço que Dechartre tinha deixado sobre a mesa.

— Oh! Beatriz era bem assim, com certeza. E sabe, senhor Dechartre, que há homens maus que dizem que Beatriz nunca existiu?

Choulette declarou que pertencia ao número desses maus. Não acreditava que Beatriz tivesse mais realidade que tantas outras damas com que os velhos poetas do amor representavam alguma idéia escolástica duma ridícula sutileza.

Impacientado com os louvores que não lhe eram tributados, invejoso de Dante, como de todo o Universo, mas letrado, muito fino, imaginou encontrar a falha da armadura e atacou:

— Desconfio que a jovem irmã dos anjos apenas viveu na imaginação seca do altíssimo poeta. E aí mesmo não passa de uma pura alegoria, ou antes, um exercício de cálculo e um tema de astrologia. Dante que, entre nós, era um bom doutor de Bolonha e um grande lunático, Dante acreditava na virtude dos números. Esse geômetra fervoroso sonhava com números e a sua Beatriz não é mais que uma flor de aritmética. Eis tudo!

E acendeu o cachimbo.

Vivian protestou:

— Oh! não diga isso, senhor Choulette. Deixa-me triste. E se o nosso amigo Gebharte o ouvisse, ficaria muito aborrecido com o senhor. Para castigá-lo, o príncipe Albertinelli vai ler o cântico em que Beatriz explica as manchas da lua. Traga a Divina Comédia, Eusébio. É o livro branco que está em cima da mesa. Abra e leia.

Durante a leitura à luz do abajur, Dechartre, sentado no canapé, ao lado da condessa Martin, falava em voz baixa de Dante, com entusiasmo, como do mais escultor dos poetas. Recordou a Teresa a pintura que ambos tinham visto, na ante-véspera em Santa Maria, sobre a porta dos Servi, um fresco quase destruído, onde mal se adivinhava o poeta com o capuz rodeado de louros, Florença e os sete círculos. Era o suficiente para exaltar o artista. Mas ela nada tinha distinguido e não sentira um grande interesse. Aliás, concordava: Dante, com o seu gênio sombrio não a atraía muito. Dechartre, acostumado a vê-la partilhar todas as suas idéias de arte e de poesia, ficou surpreso e um pouco descontente. Disse em voz alta:

— Há coisas grandes e fortes que você não sente.

Miss Bell, levantando a cabeça, perguntou que coisas eram essas que Darling não sentia. E quando soube que era o gênio de Dante, exclamou com uma falsa cólera:

— Oh! não venera o pai, o mestre digno de todos os louvores, o deus rio? Já não gosto de você darling. Detesto-a.

E, como uma censura a Choulette e à condessa Martin, relembrou a piedade daquele cidadão de Florença que apanhou no altar os círios acesos em honra de Jesus Cristo e os colocou em frente do busto de Dante.

O príncipe tinha retomado a sua leitura interrompida:
Dentro dela recebeu-nos a pérola eterna...

Dechartre teimou em querer fazer Teresa admirar o que ela não conhecia. Por certo lhe teria facilmente sacrificado Dante e todos os poetas com o restante universo. Mas, junto dele, serena e desejada, ela o irritava no íntimo, pelo encanto da sua beleza sorridente. Obstinava-se a lhe impor as suas idéias, as suas paixões de arte, até as suas próprias fantasias e caprichos.

Insistia baixo em palavras veementes e nervosas. Ela então disse:
— Meu Deus! como é violento!

Então, ele curvou-se ao seu ouvido e, com uma voz ardente, que tentava abafar:

— Quero que me aceite com a minha própria alma. Não seria feliz se o conseguisse, com uma alma alheia.

Esta frase deu a Teresa uma sensação de medo e de alegria.

CAPÍTULO XIV

No outro dia, ao acordar, lembrou-se logo que tinha de responder a Roberto. Chovia. Ficou ouvindo languidamente as gotas de água caindo no terraço. Vivian Bell, solícita e requintada, mandara colocar sobre a sua mesa toda uma coleção de papel artístico; folhas imitando o velino dos missais, e outras, de um roxo pálido, salpicadas de uma cinza de prata; penas de celulóide, brancas e leves, para serem usadas como pincéis; uma tinta irisada que, sobre a página, se matizava de azul e ouro. Teresa se impacientava com essas delicadezas e preciosidades, mal apropriadas para uma carta que desejava simples e pouco vistosa. Ao notar como o nome de "amigo", dado a Roberto na primeira linha, tomava no papel prateado tonalidades de papo de rola e de concha de nacar, veio-lhe aos lábios um sorriso. As primeiras frases lhe custaram. Escreveu o resto depressa, falou muito de Vivian Bell e do príncipe Albertinelli, um pouco de Choulette, disse que tinha visto Dechartre de passagem em Florença. Elogiou alguns quadros dos museus, mas sem convicção e apenas para encher as páginas. Sabia que Roberto não entendia nada de pintura e que admirava unicamente um pequeno couraceiro de Detaille, comprado na casa Goupil.

Revia esse pequeno couraceiro, que ele lhe mostrara um dia orgulhoso, no seu quarto de dormir, ao lado do espelho, por baixo dos retratos de família. Tudo aquilo lhe parecia, de longe, mesquinho, aborrecido e triste. Terminou a carta com palavras de amizade, de uma doçura que não era fingida. Porque, na verdade, nunca se sentira tão calma e clemente para com ele. Em quatro páginas, pouco tinha dito e dera a entender ainda menos. Anunciava apenas que ficaria um mês em Florença, cujo ar lhe fazia bem. Escreveu depois a seu pai, a seu marido e à princesa Seniavine. Desceu a escada, com as cartas na mão. Na antecâmara, deixou três delas na bandeja de prata destinada ao correio. Desconfiando dos olhos pesquisadores de Mme. Marmet, guardou no bolso a carta para Le Ménil, contando com o acaso dos passeios, para colocá-la numa caixa postal.

Pouco depois, Dechartre veio pôr-se à disposição das três amigas para acompanhá-las à cidade. Enquanto esperava um instante na antecâmara viu as cartas na bandeja.

Sem acreditar completamente na decifração das almas pela caligrafia, a forma das letras interessava-o como uma espécie de desenho que pode ter também a sua elegância. A caligrafia de Teresa agradava-lhe como uma recordação dela e como uma suave relíquia, e ainda pela franqueza mordente, pelo feitio audaz e simples. Contemplou os endereços sem os ler, com uma admiração sensual.

Nessa manhã, visitaram Santa-Maria-Nova, onde a condessa Martin já tinha ido com Mme. Marmet. Mas miss Bell se envergonhara de não ter visto a bela Ginevra de Benci, num fresco do coro. Era na luz da manhã, dizia Vivian, que se devia ver essa figura matinal. Enquanto a poetisa e Teresa conversavam juntas, Dechartre, ao lado de Mme. Marmet ouvia com paciência as anedotas de acadêmicos que jantavam em casa de senhoras da sociedade; e tomava conhecimento dos cuidados dessa dama que há dias andava muito preocupada com a compra de um véu de tule. Não os encontrava a seu gosto nas lojas de Florença, e recordava com saudades a rua do Bac.

Ao sair da igreja passaram diante da loja do sapateiro que Choulette escolhera para mestre. O bom homem aplicava remendos em calçado grosseiro. O manjericão erguia junto dele a sua copa verde, e o pardal de perna de pau chilreava.

Mme. Martin perguntou ao velho se passava bem, se tinha trabalho bastante para viver, se se sentia contente. A todas essas perguntas ele respondia com o "sim" encantador da Itália, o "si", que cantava suavemente na sua boca sem dentes. O pobre pássaro tinha, um dia, metido a pata em pez fervente.

— Fiz para meu pequeno companheiro uma perna de pau com um fósforo, e agora sobe nos meus ombros como antigamente.

— É este bom velho, disse miss Bell, quem ensina a sabedoria a Choulette. Havia em Atenas um sapateiro chamado Simão, que escrevia livros de filosofia e era amigo de Sócrates.

Teresa pediu ao sapateiro que lhe dissesse o seu nome e a sua história. Chamava-se Serafino Stopini, natural de Stia. Era velho. Tivera desgostos na sua vida.

Ergueu os óculos sobre a testa, descobrindo os olhos azuis muito descorados, quase extintos sob as pálpebras vermelhas.

— Tive mulher, tive filhos, e não tenho ninguém. Soube coisas que já não sei.

Miss Bell e Mme. Marmet tinham ido à procura de um véu.

"Só tem no mundo, pensou Teresa a sua ferramenta, um punhado de taxas, a celha em que molha as tiras de couro e um pote de manjericão, e é feliz."

Disse-lhe:

— Esta planta tem um esplêndido perfume e está para florescer.

Ele respondeu:

— Se a pobrezinha florescer, morre.

Teresa, ao sair, deixou uma moeda em cima da banca.

Dechartre acompanhou-a. Gravemente, quase severamente, disse:

— Sabe...

Ela olhou-o e esperou.
Ele terminou:
— ... que a amo?
Ela continuou um momento a fixar sobre ele, silenciosamente, os olhos claros, com as pálpebras a tremer. Depois, fez com a cabeça sinal que sim. E sem que ele tentasse retê-la, foi juntar-se a miss Bell e a Mme. Marmet, que a esperavam no fundo da rua.

CAPÍTULO XV

Ao se despedir de Dechartre, Teresa foi almoçar com a sua amiga e com Mme. Marmet, em casa de uma velha florentina que Vitor-Manuel amara quando era duque de Savoia. Havia trinta anos que essa dama não tornara a sair uma só vez do seu palácio à margem do Arno onde, pintada e enfeitada, com um chinó roxo na cabeça, tocava a guitarra nas grandes salas brancas. Recebia a melhor sociedade de Florença e miss Bell ia vê-la assiduamente. À mesa, essa reclusa de oitenta e sete anos interrogou a condessa Martin acerca do mundo elegante de Paris, de que seguia o movimento pelos jornais e pelas conversas, com uma frivolidade que a duração tornava augusta. Solitária, mantinha o respeito e o culto do prazer.

Ao sair do "palazzo", para fugir ao vento que soprava sobre o rio, o agro libeccio, miss Bell, guiou as suas amigas pelas velhas e estreitas ruas de pedra negra, que bruscamente se entreabrem sobre o horizonte onde na pureza do ar, vi uma colina, com três árvores delgadas. Caminhavam, e Vivian mostrava à sua amiga, nas fachadas sórdidas onde pendiam trapos vermelhos, alguma jóia de mármore, uma Virgem, uma flor de lis, uma Santa Catarina numa voluta de folhagem. Foram pelas ruelas da cidade velha, até à igreja de San Michele, onde ficara combinado que, Dechartre iria encontrá-las. Teresa pensava nele, agora, com uma atenção interessada e minuciosa. Mme. Marmet pensava na procura do véu: tinham-lhe dado a esperança de encontrar um no Corso. Este caso fazia-lhe lembrar uma distração do professor Lagrange que, um dia no seu curso público, do alto da cátedra, tirara do bolso um véu salpicado de pontinhos dourados e esfregara a testa com ele, julgando servir-se do lenço. Os alunos espantados, puseram-se a cochichar. Era o véu que lhe tinha confiado, na véspera sua sobrinha, Mlle. Joana Michot, com quem tinha ido ao teatro. E Mme. Marmet explicou como, ao encontrá-lo num bolso do sobretudo, o professor guardara-o consigo, para o entregar à sobrinha, e como por esquecimento o tinha desfraldado e sacudido sobre a assistência sorridente.

Ao ouvir o nome de Lagrange, Teresa lembrou-se da chamejante estrela anunciada pelo sábio, e pensou com tristeza irônica que tinha chegado o momento de acabar o mundo, para a livrar de hesitações. Mas, por cima dos muros preciosos da velha igreja, viu o céu que, varrido pelo vento do mar, reluzia num azul pálido e cruel. Miss Bell mostrou-lhe uma das estátuas de bronze, que, nos seus nichos cinzelados, decoram a fachada da igreja.

— Veja, Darling, como este São Jorge é moço e altivo, São Jorge era antigamente o cavaleiro com quem as donzelas sonhavam. E sabe que Julieta, ao ver Romeu, exclamou: "Na verdade, é um belo São Jorge!"

Mas Darling achava-lhe um ar distinto, aborrecido e imbecil. Nesse momento, lembrou-se, de repente, da carta, que trazia no bolso.

— Parece-me que vem aí o senhor Dechartre, disse Mme. Marmet.

Tinha-as procurado na igreja, diante do tabernáculo de Orcagna. Devia ter-se lembrado da irresistível atração que o São Jorge de Donatello exercia sobre miss Bell. Admirava também aquela famosa figura. Mas sentia uma inclinação mais particular pelo São Marcos, rústico e franco, que podiam ver no seu nicho, à esquerda, na travessa sobre a qual passa um maciço arcobotante, apoiado à velha casa dos Cardadores de lã.

Aproximando-se da estátua que ele mostrava, Teresa descobriu uma caixa postal na parede da estreita rua que defrontava com o santo. Entretanto, Dechartre tinha-se colocado no lugar conveniente para admirar o seu bom Marcos, e falava dele com uma amizade abundante:

— É para ele a minha primeira visita, quando venho a Florença. Só faltei uma vez. Há de me perdoar: é um homem excelente. Não é muito apreciado pela multidão e não atrai as atenções. Por mim, dou-me perfeitamente com ele. É vivo. Compreendo que depois de lhe ter dado uma alma, Donatello lhe tivesse gritado:

"Marcos, porque não falas?"

Mme. Marmet, cansada de admirar o São Marcos e sentindo no rosto os ardores do libeccio, arrastou miss Bell para a rua Calzaioli, à procura do véu.

Afastaram-se juntas, deixando Darling e Dechartre com as suas admirações. E ficaram de se encontrar na casa de modas.

— Estimava-o, prosseguiu o escultor, estimava-o, porque sentia nele, melhor ainda que no São Jorge, a mão e a alma de Donatello, que foi a vida inteira um pobre operário. Estimo-o ainda mais hoje, por me recordar, na sua candura venerável e tocante, o velho sapateiro de Santa-Maria-Nova, com quem falou tão gentilmente esta manhã.

— Ah! disse ela, já me lembro do nome dele. Como Choulette, nós o chamamos Quentino Matsys, porque nos faz lembrar os velhos desse pintor.

Quando iam dobrar a esquina da igreja, para ver a fachada que fica defronte da velha casa dos Cardadores de lã e que suporta sob o alpendre de telhas vermelhas o anho heráldico. Teresa encontrou-se diante da caixa postal, tão empoeirada e tão enferrujada, que parecia nunca receber a visita do carteiro. E meteu nela a carta, sob o olhar ingênuo de São Marcos.

Dechartre viu-a e sentiu como um choque surdo no peito. Tentou falar, sorrir, mas a mão enluvada que lançara a carta, continuava diante dos seus olhos. Lembrava-se de ter visto, pela manhã, cartas de Teresa, na bandeja da ante-câmara. Porque ela não pusera aquela ao lado das outras? A razão não era difícil de adivinhar.

Ficara imóvel, pensativo, olhando sem ver. Tentava tranqüilizar-se — talvez fosse uma carta sem importância, que ela tivesse querido ocultar à enervante curiosidade de Mme. Marmet.

— Não acha que já é tempo de irmos encontrar as nossas amigas na modista do Corso? perguntou Teresa.

Talvez escrevesse a Mme. Schmoll, que cortou relações com Mme. Marmet. E, logo a seguir, percebia a ingenuidade dessas suposições.

Era bem claro. Tinha um amante. Escrevia-lhe. Talvez lhe informasse: "Hoje vi Dechartre; o pobre rapaz está apaixonado por mim." Mas, que escrevesse isso ou outra coisa, possuía um amante. Ainda não tinha pensado nisso. Sabê-la de outro, bruscamente, lhe fazia sentir um sofrimento de toda a carne, de toda a alma. E aquela pequena mão, depositando a carta, lhe continuava nos olhos, com a sensação de uma queimadura atroz.

Ela não sabia por que motivo Dechartre ficara de repente mudo, sombrio. Foi ao vê-lo lançar um olhar ansioso à caixa postal que adivinhou. Achou estranho que ele fosse ciumento sem direito para o ser; mas não se aborreceu com isso.

Chegando ao Corso, viram de longe miss Bell e Mme Marmet saírem juntas da casa de modas.

Dechartre disse a Teresa, com uma voz imperiosa e suplicante:

— Tenho que lhe falar. Preciso vê-la só, amanhã; espero-a de tarde, às seis horas, no Lungarno Acciaoli.

Ela não respondeu.

CAPÍTULO XVI

Quando chegou a Lungarno Acciaoli, às seis horas e meia, no seu manto carmelita, Derchartre a recebeu com um olhar humilde e radioso, que a emocionou. O sol poente purpureava as engrossadas águas do

Arno. Ficaram um momento silenciosos. Enquanto seguiam para a Ponte Velha, ao longo da linha monótona dos palácios, foi ela a primeira a falar:

— Como se vê, sempre vim. Pensei que devia vir. Não me sinto sem culpa do que aconteceu. Reconheço que tem razão em proceder assim comigo. A minha atitude lhe sugeriu idéias que não teria tido.

Ele não parecia compreender. Ela continuou:

— Fui egoísta, fui imprudente. Simpatizava com o senhor; habituei-me à sua conversa tão atraente, não podia dispensar a sua companhia. Fiz o que pude para atraí-lo, retê-lo. Fui coquette... Não era friamente, nem com perfídia, mas o era.

Ele abanou a cabeça, negando tê-lo notado.

— Sim! era coquette. Não é, no entanto, o meu costume. Mas o fui com o senhor. Não digo que se aproveitasse disso, como, aliás, era o seu direito, nem que se orgulhasse. Não me pareceu que fosse vaidoso. É possível que nem o tivesse notado. Os homens superiores não são geralmente muito maliciosos. Mas sei que não procedi com o senhor como devia proceder. E por isso lhe peço que me perdoe. Este é o motivo por que vim. Fiquemos bons amigos, se ainda é tempo.

Ele disse, com uma doçura sombria, que a amava. As primeiras horas daquele amor tinham sido fáceis e deliciosas. Só desejava vê-la e tornar a vê-la ainda. Mas, depois, ela começara a perturbá-lo, a dilacerá-lo. O mal revelara-se-lhe um dia, com violência súbita, no terraço de Fiesole. E agora já não tinha coragem para sofrer em silêncio. Tinha de gritar. Não viera com uma decisão preconcebida. Se lhe confessara a sua paixão, fora obrigado e contra a vontade, por uma necessidade inexorável de falar dela a ela própria, visto que era para ele o único ser que existia no mundo. A sua vida já não lhe pertencia a si, mas a ela. Que soubesse, portanto, que a amava, e que não era com uma ternura vaga e superficial, mas com um ardor áspero e cruel. Tinha uma imaginação exata e precisa. Sabia, via sem cessar o que desejava, e era essa a sua tortura.

E, depois, parecia-lhe que, ligados um ao outro, conheceriam as alegrias que dão valor à vida. A sua existência seria uma bela e oculta obra de arte. Pensariam, compreenderiam, sentiriam juntos. Seria um mundo maravilhoso de emoções e de idéias.

— Faríamos da vida um jardim delicioso.

Fingiu enganar-se sobre a inocência deste sonho.

— Sabe bem quanto o seu espírito me delicia. Tornou-se para mim uma necessidade vê-lo e escutá-lo. Deixei-o muitas vezes perceber isto. Conte com a minha amizade e não me atormente.

Estendeu-lhe a mão. Ele recusou-a e respondeu bruscamente:

— Não quero a sua amizade. Não a quero. O que eu desejo é possuí-la inteiramente, ou nunca mais a ver. Sabe-o muito bem. Porque me estende a mão com palavras ridículas? Por vontade sua ou não, inspirou-me um desejo desesperado, um gosto mortal. É o meu sofrimento, a minha tortura. E me pede que seja um amigo agradável. Agora é que é coquete e cruel. Se não me puder amar, deixe-me partir; irei não sei onde, esquecê-la, odiá-la. Porque sinto por você um fundo de ódio e de cólera. Oh! amo-a, amo-a!

Ela acreditou no que ele dizia, receou que partisse, e teve medo da tristeza e do cansaço de viver sem ele. Disse:

— Encontrei-o na vida. Não quero perdê-la. Não, não quero.

Tímido e violento, ele balbuciava; as palavras sufocavam-se na garganta. O crepúsculo descia das montanhas longínquas, e os últimos reflexos de sol empalideciam no oriente sobre a colina de San Miniato. Ela disse ainda:

— Se conhecesse a minha vida, se tivesse visto como era vazia antes de encontrá-lo, saberia o que é para mim, e não pensaria mais em me abandonar.

Mas, pelo som calmo da voz e pelo movimento igual dos passos no lajedo, irritava-o. Gritou-lhe que sofria, e o desejo ardente que sentia, e a tortura da idéia fixa, como em toda parte, a toda hora, de dia e de noite, a via, a chamava, lhe estendia os braços. Conhecia bem agora aquela doença divina.

A graça do seu pensamento, a sua coragem elegante, a sua altivez espiritual, respiro-as como os perfumes da sua carne. Quando lhe falo, parece-me que a sua alma flutua nos seus lábios e morre por não poder apoiar sobre eles a minha boca. A alma é para mim apenas o aroma da sua beleza. Estavam adormecidos em mim os instintos dos homens primitivos — você os despertou. Sinto que a amo com uma simplicidade selvagem.

Ela olhou-o docemente e não respondeu. Nesse momento, viram na noite caída, rolar de longe na sua direção luzes e cantos lúgubres. E depois, como fantasmas impelidos pelo vento, apareceram penitentes negros. O crucifixo corria diante deles. Eram os Irmãos da Misericórdia, que sob a cogula, empunhando tochas e cantando salmos, levavam um morto para o cemitério. Segundo o costume italiano, o cortejo ia de noite, a passos rápidos. A cruz, o esquife, os pendões oscilavam sobre o cais deserto. Jacques e Teresa se encostaram à parede para deixar passar aquela torrente fúnebre, os padres, os meninos de coro, os homem, sem rosto e, galopando com eles, a Morte importuna, que não é saudada nessa terra voluptuosa.

A avalanche negra passara. As mulheres choravam, perseguindo o esquife, levado por fantasmas calçados de grossos sapatos ferrados.

Teresa suspirou:

— De que nos servirá termo-nos atormentado neste mundo?

Ele não pareceu ouvi-la e continuou, numa voz mais calma.

— Antes de conhecê-la, não era infeliz. Amava a vida. Sentia-me preso a ela por curiosidades, por sonhos. Admirava as formas e o espírito das formas, aparências que acariciam e lisonjeiam. Tinha a alegria de ver e de sonhar. Gostava de tudo e não dependia de nada. Os meus desejos, muitos e ligeiros guiavam-me sem fadiga. Interessava-me por tudo, e não queria nada — só a vontade é que nos faz sofrer. Sei-o hoje. Não tinha uma vontade sombria. Sem o saber, era feliz, apenas o bastante para viver. Agora, nada tenho. Os meus prazeres, o interesse que tomava pelas imagens da vida e da arte, o vivo divertimento de criar com as minhas mãos uma figura sonhada, tudo me fez perder, e nem sequer me deixou o pesar de o ter perdido. Não desejaria ter ainda a liberdade e a tranqüilidade passadas. Parece-me que antes de a ver não vivia. E agora que me sinto viver, não posso viver nem longe de você nem perto de você. Sou mais miserável do que aqueles mendigos que vimos na estrada de Ema. Eles pareciam respirar. E eu, eu só respiro por você, que não é minha. No entanto, prefiro tê-la encontrado. Só isto conta na minha vida. Há pouco, pensava odiá-la. Enganava-me. Adoro-a e abençôo-a pelo mal que me faz. Amo tudo o que vem de você.

Aproximavam-se das árvores escuras, plantadas na entrada da ponte San Nicola. Do outro lado do rio, os terrenos vagos desenrolavam a sua tristeza aumentada pela noite. Ao vê-lo calmo e cheio de uma doce languidez, julgou que o seu amor, todo de imaginação, se evolava em palavras e que os seus desejos se escoavam em sonhos. Não previra uma resignação tão pronta. Sentia quase uma decepção ao escapar do perigo que tanto temera.

Estendeu-lhe a mão, mais ousadamente desta vez que da primeira:

— Vá, sejamos amigos. É tarde. Voltemos, e me acompanhe até a minha carruagem, que deixei na praça da Senhoria. Serei para o senhor o que já era, uma excelente amiga. Não me ofendeu.

Mas ele a arrastou para o lado do campo, na solidão crescente da margem:

— Não, não a deixarei partir sem ter dito o que lhe queria dizer. Mas eu não sei falar, não encontro as palavras. Amo-a, desejo-a. Quero saber o que é para mim. Juro que não passarei mais uma só noite na agonia da dúvida.

Cingiu-a, apertou-a nos braços. E, rosto contra rosto, vendo o clarão do seu olhar através da penumbra do véu:

— É preciso que me ame. Quero-o, e foi também você quem o quis. Diga que é minha. Diga!

Tendo-se desprendido sem violência, ela respondeu numa voz fraca e lenta:

— Não posso. Não posso. Veja bem como procedo francamente com o senhor. Dizia-lhe há pouco que não me tinha ofendido. Mas não posso fazer o que deseja.

E, lembrando-se do ausente que a esperava, repetiu:

— Não posso.

Curvado sobre ela, Dechartre interrogava ansiosamente aquele olhar, cuja dupla estrela tremia e se apagava.

— Porque? Ama-me, sinto-o, vejo-o. Ama-me. Por que não quer ser minha?

Atraiu-a contra o peito, querendo pôr a sua boca e a sua alma sobre aqueles lábios cerrados. Desta vez, ela se esquivou com uma vontade ágil, e disse:

— Não posso. Não me pergunte mais nada. Não posso ser sua.

Ele teve um tremor de lábios, uma convulsão em todo o rosto. Gritou:

— Tem um amante e ama-o. Porque zomba assim de mim?

— Juro que não tenho o menor desejo de zombar do senhor e que se amasse alguém no mundo, seria ao senhor.

Mas ele já não a escutava:

— Deixe-me! Deixe-me!

E fugiu para a planície negra. O Arno, agora, espalhado sobre a margem, formava nas terras fartas lagunas onde a lua, meio velada, quebrava a sua dúbia claridade. Ia seguindo por entre os charcos de água e lama, numa marcha rápida, cega, terrível.

Ela teve medo e soltou um grito. Chamou-o. Mas ele não voltou a cabeça e não respondeu. Fugia com uma tranqüilidade terrível. Ela correu atrás dele. Com os pés feridos nas pedras, a saia encharcada, alcançou-o por fim e puxou-o fortemente por um braço.

— Que ia fazer?

Então, fitando-a, vendo nos seus olhos o medo que tivera, disse:

— Nada receie. Ia sem saber para onde. Mas afirmo que não pensava em morrer. Oh! tranqüilize-se. Estou desesperado, mas sereno. Fugia-lhe. Peço-lhe perdão. Mas não podia mais, não, já não podia mais vê-la. Deixe-me, suplico-lhe. Adeus!

Ela respondeu, perturbada e fraca:

— Venha! Faremos o possível.

Ele continuava sombrio e calado.

— Então, venha! repetiu ela.

Agarrou-lhe o braço. A envolvente doçura daquela mão o reanimou.

— Quer mesmo? perguntou ele.

— Não quero perdê-lo.

— E me promete?

— Se tem de ser!

E, na sua inquietação e angústia, quase sorriu, ao pensar que tinha conseguido tão depressa o que queria, com aquele movimento de loucura.
— Amanhã! disse ele.
Com um instinto de defesa, ela exclamou:
— Não! amanhã, não!
— Não me ama, já se arrependeu do que prometeu.
— Não, não me arrependo, mas...
Ele implorava, suplicante. Ela olhou-o um momento, desviou a cabeça, hesitou, e disse muito baixo:
— Sábado.

CAPÍTULO XVII

Depois do jantar, miss Bell, desenhava no salão. Traçava na talagarça perfis de etruscos barbudos, para uma almofada que Mme. Marmet devia bordar. O príncipe Albertinelli escolhia as lãs com um sentimento feminino das cores. Já era tarde quando Choulette, depois de ter, segundo o seu costume, jogado a briscola com o cozinheiro, na venda próxima, apareceu alegre e como que animado do espírito de um deus. Foi se sentar no canapé ao lado de Mme. Martin, e pôs-se a contemplá-la com ternura. Uma espumante voluptuosidade brilhava nos seus olhos verdes. Enquanto ia falando, envolvia-a de louvores poéticos e pitorescos. Era como o esboço de uma canção amorosa que improvisava junto dela. Em frases curtas, preciosas e bizarras, dizia-lhe o encanto que exalava.
— Também ele! pensou ela.
E divertiu-se a implicar com ele. Perguntou-lhe se não encontrara em Florença, nos bairros escusos, alguma daquelas criaturas a quem se dirigia com mais freqüência. Porque todos sabiam as suas preferências. Era inútil que ele negasse — não se ignorava em que porta tinha encontrado o cordão da sua Ordem Terceira. Os seus amigos o tinham encontrado no *boulevard* S. Michel com mulheres duvidosas. A sua inclinação por essas infelizes transparecia nos seus mais belos poemas.
— Oh! senhor Choulette, creio que não se pode cumprimentá-lo pelas suas preferidas.
— Minha senhora, pode colher o grão das calúnias semeadas pelo senhor Paul Vence, e mo atirar às mancheias. Não me defenderei. Acho desnecessário que saiba como eu sou casto e como a minha alma é pura. Mas não considere apressadamente aquelas a quem chama infelizes, e que deviam ser para a senhora sagradas, por serem infelizes. A mulher desprezada e perdida é argila dócil na mão do oleiro divino: é a vitima expiatória e o altar do holocausto. As prostitutas estão mais perto de

Deus do que as mulheres honestas — perderam a soberba e se despojaram do orgulho. Não se vangloriam do nada de que se honra a matrona. Possuem a humildade, que é a pedra angular das virtudes agradáveis ao céu. Bastar-lhes-á um pequeno arrependimento para tomarem lugar entre as primeiras, porque os seus pecados, sem malícia e sem alegria, trazem em si o seu resgate e o seu perdão. As suas faltas, que são dores, participam dos méritos ligados à dor. Escravizadas ao amor brutal, privam-se de toda a voluptuosidade, e se aproximam nesse ponto dos homens que se fizeram eunucos para alcançarem o reino de Deus. São, como nós, culpadas, mas a vergonha corre sobre o seu crime como um bálsamo, e o sofrimento o purifica como um carvão ardente. É por isso que o Senhor entenderá o primeiro olhar que erguerem para ele. Para elas está preparado um trono à direita de Deus Padre. No reino dos céus, a rainha e a imperatriz se sentirão felizes por se sentarem aos pés de uma mulher perdida. Porque decerto não imagina que a casa celeste é constituída pelo plano das humanas. Tudo tem a sua razão de ser.

No entanto, concordou que havia mais de um caminho que levava ao céu. Podia-se seguir o do amor.

O amor dos homens é baixo, disse ele, mais eleva-se em ascensões dolorosas, que nos conduzem até Deus.

O príncipe tinha-se levantado. Beijando a mão de miss Bell, disse:

— Até sábado.

— Sim, até depois de amanhã, até sábado, respondeu Vivian.

Teresa estremeceu. Sábado! Falavam de sábado tranquilamente, como de um dia normal e próximo. Até aí não tinha querido pensar que aquele sábado chegaria tão cedo e tão naturalmente.

* * *

Tinham-se separado havia meia hora. Teresa, aturdida e cansada pensava, no seu leito, quando ouviu um ruído na entrada do quarto. Abriu-se a porta e apareceu a pequena cabeça de Vivian, entre os grandes limoeiros do reposteiro:

— Não a aborreço, darling? Não está com sono?

Não, Teresa não tinha vontade de dormir. Ergueu-se sobre o cotovelo. Vivian se sentou no leito, tão leve que nem se notou a marca do seu peso.

— Sei que é muito sensata, darling. Oh! estou certa disso. E sensata, como Sadler é violinista. Ele toca um pouco falso, quando quer. E darling também, quando não raciocina perfeitamente bem, é para fazer como um virtuose. Oh! Darling é cheia de reflexão e de senso. E venho lhe pedir um conselho.

Surpresa e um pouco inquieta, Teresa negou que tivesse tão bom senso como ela afirmava. Negou com sinceridade. Mas Vivian não a ouviu:

— Li muito Francisco Rabelais, my love. Foi em Rabelais e em Villon que aprendi o francês. São excelentes mestres da língua. Mas, conhece *Pantagruel*? Oh! *Pantagruel* é uma bela e nobre cidade cheia de palácios, na aurora resplandecente, antes de passarem os varredores. Oh! não, darling, os varredores não fizeram desaparecer o lixo, e os criados ainda não lavaram os pátios de mármore. E tenho visto que as senhoras francesas não lêem *Pantagruel*. Não conhece? Não? Oh! não é necessário. Em *Pantagruel,* Panúrgio pergunta se se deve casar, e cobre-se de ridículo, my love. Pois bem, eu sou tão risível quanto ele, porque lhe faço a mesma pergunta.

Teresa respondeu com um mal estar que não conseguia esconder.

— Oh! sobre isso, querida, não me pergunte nada: já lhe disse o que pensava.

— Mas, darling, disse somente que os homens, fazem mal em se casar. E não posso tomar esse conselho para mim.

Mme. Martin olhou a pequena cabeça de rapaz de miss Bell, que exprimia estranhamente o pudor amoroso. E disse, beijando-a:

— Querida, não há um só homem, no mundo, que seja bom e delicado bastante para merecê-la.

Depois, com uma expressão de afetuosa gravidade:

— Não é uma criança: se alguém a ama e se o ama, faça o que pensa que deve fazer, sem misturar ao amor interesses e combinações que nada têm que ver com os sentimentos. É o conselho de uma amiga.

Miss Bell hesitou um momento em compreender.

Depois corou e levantou-se. Ficara ofendida.

CAPÍTULO XVIII

No sábado às quatro horas, Teresa veio como tinha prometido, à porta do cemitério dos Ingleses. Encontrou Dechartre diante da grade. Estava sério e perturbado; falava pouco. Ela alegrou-se de não o ver expansivo demais. Dechartre levou-a ao longo dos muros desertos dos jardins até uma rua estreita, que não conhecia. Leu numa placa: *Via Alfieri*. Depois de ter andado cinqüenta passos, ele parou diante de uma aléia sombria e disse:

— É ali.

Ela olhou-o com uma infinita tristeza.

— Quer que entre?

Viu-o tão resoluto que o seguiu sem dizer mais nada, na sombra úmida da aléia. Atravessaram um pátio, onde a erva crescia entre as pedras. No fundo, elevava-se um pavilhão de três janelas com colunas e um frontão ornado de cabras e ninfas. No alto da escada exterior, deu a volta à chave na fechadura que rangia e resistia:

— Está enferrujada, murmurou ele.

Ela respondeu, abstratamente:

— Todas as chaves estão enferrujadas neste país.

Subiram uma escada tão silenciosa sob o seu friso grego, que parecia ter esquecido o rumor dos passos. Empurrou uma porta e convidou Teresa a entrar no quarto. Sem ver mais nada, foi direto à janela aberta, que dava para o cemitério. Por cima do muro se elevavam os topos dos pinheiros, que não são fúnebres nessa terra onde o luto se mistura à alegria sem turvá-la, onde o encanto de viver se estende até à erva dos mortos. Tomou-a pela mão e conduziu-a para uma poltrona. Ficou em pé e olhou o quarto que tinha arranjado, de modo que ela não o achasse pouco aconchegado e sem conforto. Algumas peças de chita antiga, com figuras de comédia, desenrolavam nas paredes a tristeza amável das alegrias passadas. Tinha pendurado num canto um desmaiado *pastel* que ambos tinham visto no antiquário, e a que, pela sua graça desvanecida, ela chamava o fantasma de Rosalba. Uma poltrona antiga, cadeiras brancas; sobre a mesa redonda, taças pintadas e vidros de Veneza. Em todos os cantos, biombos de papel colorido, onde se viam máscaras, estatuetas grotescas e pastorais, a alma frívola de Florença, de Bolonha e de Veneza, no tempo dos grão duques e dos últimos doges. Notou que ele tivera o cuidado de esconder o leito com um desses biombos de folhas alegremente ornamentadas. Um espelho, tapete, e era tudo. Não ousara mais, numa cidade em que os adelos espertos lhe seguiam a pista.

Fechou a janela e acendeu o fogo. Ela sentou-se na poltrona, e enquanto se conservava quase hirta, ele se ajoelhou aos seus pés, pegou-lhe nas mãos, beijou-as, olhou-a por muito tempo, com um arrebatamento tímido e altivo. Depois colocou, prostrado, os lábios na ponta dos seus sapatos.

— Que está fazendo?

— Beijo os pés que a trouxeram.

Levantou-se, abraçou-a docemente e, procurando-lhe os lábios, deu-lhe um longo beijo na boca. Ela continuava parada, a cabeça inclinada, os olhos fechados. O chapéu caiu-lhe e os cabelos se espalharam.

O abandono foi completo e sem reserva.

Duas horas depois, quando o ocaso do sol já esticava desmedidamente as sombras nas lajes, Teresa, que tinha querido voltar sozinha, encontrou-se diante dos dois obeliscos de Santa-Maria-Nova, sem saber como tinha vindo até ali. Viu, na esquina da praça, o velho sapateiro que puxava o cordão encerado num gesto eterno. Com o pardal empoleirado no ombro, sorria.

Entrou na tenda, sentou-se no banco e disse em francês.

— Quentino Matsys, meu amigo, que fiz eu, e o que vai ser de mim? Ele olhou-a tranquilamente, com uma bondade risonha, sem compreender nem se inquietar. Nada o surpreendia já. Ela fez um movimento com a cabeça:

— O que fiz, meu bom Quentino, foi porque ele sofria e eu o amava. Não me arrependo de nada.

Ele respondeu como de costume com o "sim" sonoro da Itália:

— Si! si!

— Não é verdade, Quentino, que fiz o que devia? Mas, que vai acontecer agora, meu Deus?

Levantou-se para partir. Ele fez sinal para esperar um pouco. Colheu com muito cuidado um ramo de manjericão que lhe ofereceu:

— Para perfumá-la, signora!

CAPÍTULO XIX

Era no dia seguinte.

Tendo colocado cuidadosamente sobre a mesa do salão a nodosa bengala, o cachimbo e o velho saco de lona, Choulette cumprimentou Mme. Martin, que estava lendo perto da janela. Ia para Assis. Vestia um casaco de pele de cabra, que o fazia assemelhar-se aos velhos pastores das Natividades.

— Adeus, minha senhora. Vou deixar Fiesole, a senhora e a Dechartre, ao formoso príncipe Albertinelli e à gentil miss Bell. Vou visitar a montanha de Assis, que como diz o poeta, devemos chamar, não Assis, mas oriente, porque lá se ergueu o sol do amor. Vou me ajoelhar diante da cripta feliz, ao fundo da qual repousa São Francisco nu, numa pia de pedra, com uma pedra por travesseiro. Porque nem sequer quis levar um lençol deste mundo, onde deixava a revelação de toda a alegria, de toda a bondade.

— Adeus, senhor Choulette. Traga-me uma medalha de Santa Clara. Gosto muito de Santa Clara.

— Tem razão minha senhora. Era uma dama cheia de força e prudência. Quando São Francisco, doente e quase cego, veio passar alguns dias em São Damião, junto da sua amiga, ela lhe construiu por suas próprias mãos uma cabana no jardim, com o que ele ficou muito contente. Uma fraqueza dolorosa e a inflamação das pálpebras lhe tiravam o sono. Um bando de ratos enormes vinha atacá-lo de noite. Compôs então um cântico cheio de alegria, abençoando o esplêndido irmão Sol, e nossa irmã a Água, casta, útil e pura. Os meus mais belos versos, mesmo os do *Jardim fechado,* possuem menos encanto inevitável e menos esplendor natural. E é justo que assim seja, porque a alma de São Francisco era mais bela que a minha. Melhor que a de todos os homens que conheço. Quando Francisco fez a sua canção ao Sol, ficou muito contente. Pensou: eu e os meus irmãos, iremos pelas cidades, e tocaremos alaúde, nas praças públicas, nos dias de feira. O povo virá nos rodear e diremos: "Nós somos os pelotiqueiros do bom Deus e vamos cantar-vos um *lai...* Se vos agradar, dai-nos uma recompensa." O povo há de concordar. E depois de cantarmos, tornaremos a lembrar a sua promessa: "Devei-nos uma recompensa. E a que pedimos, é que vos ameis uns aos outros." E para cumprir a palavra dada, as boas almas decerto não quererão prejudicar os pobres pelotiqueiros de Deus e evitarão fazer mal uns aos outros.

Mme. Martin achava que São Francisco era o mais amável de todos os Santos.

— A sua obra, continuou Choulette, foi destruída ainda durante a sua vida. No entanto, morreu feliz, porque nele a alegria coexistia com a humildade. Era, na verdade, o doce cantor de Deus. E convém que outro pobre poeta retome a sua tarefa e ensine ao mundo a verdadeira religião e a verdadeira alegria. Serei eu, minha senhora, se conseguir despojar a razão com o orgulho. Porque toda a beleza moral é efetuada neste mundo por essa sapiência inconcebível que vem de Deus e que se parece com a loucura.

— Não o quero desanimar, senhor Choulette. Mas me inquieta a sorte que terão as pobres mulheres na sua nova sociedade. Decerto deseja fechá-las todas nos conventos.

— Confesso, respondeu Choulette, que me veria muito embaraçado com elas nos meus projetos de reforma. A violência com que são amadas é rude e má... O prazer que dão, não é pacífico e não conduz à alegria. Por elas cometi na minha vida dois ou três crimes abomináveis, que ninguém conhece. Duvido muito que a convide jamais a cear, minha senhora, na nova Santa-Maria-dos-Anjos.

Pegou no cachimbo, no saco de lona e no bordão de cabeça humana.

— As faltas do amor serão perdoadas. Ou antes, nunca se faz o mal quando apenas se ama. Mas o amor sensual é tão feito de ódio, de egoísmo e de cólera, como de amor. Por tê-la achado bonita, uma noite, neste canapé, fui assaltado por um enxame de pensamentos violentos. Voltava do albergue, onde tinha ouvido o cozinheiro de miss Bell improvisar magnificamente mil e duzentos versos sobre a primavera. Estava inundado de uma alegria celeste, que perdi ao vê-la. Há decerto uma profunda verdade encerrada na maldição de Eva. Porque, junto da senhora fiquei triste e mau. Tinha nos lábios palavras doces. Mentiam. No íntimo, sentia-me seu adversário e seu inimigo — odiava-a. Ao vê-la sorrir tive desejos de matá-la.

— É verdade o que diz?

— Ah! minha senhora, é um sentimento muito natural e que decerto deve ter inspirado muitas vezes. Mas o vulgo o experimenta sem ter consciência disso, ao passo que a minha imaginação viva me representa constantemente a mim mesmo. Contemplo a minha alma, esplêndida por vezes, horrível com freqüência. Se a tivesse visto em face da senhora nessa noite, teria gritado de medo.

Teresa sorriu.

— Adeus, senhor Choulette, não se esqueça da minha medalha de Santa Clara.

Ele pousou a maleta no chão e, levantando o braço, com o indicador espetado, como quem mostra e ensina, disse:

— Nada tem a recear de mim. Mas aquele que a amar e que for amado pela senhora, há de fazê-la sofrer. Adeus minha senhora.

Tornou a levantar a bagagem e saiu. Ela seguiu com a vista a sua longa forma rústica, até que ele desaparecesse por trás dos cítisos do jardim.

Nessa tarde, foi a São Marcos, onde Dechartre a esperava. Desejava e temia tornar a vê-lo tão depressa. Sentia uma angústia atenuada por um sentimento desconhecido, de uma doçura profunda. Não era o assombro da primeira vez em que se entregara por amor, a visão brusca do irreparável. Sentia-se dominada por influências mais lentas, mais vagas e poderosas. Desta vez, um devanear delicioso banhava a recordação das carícias recebidas, umedecendo-lhe o ardor. Abismara-se na perturbação e no temor, mas não havia nela nem vergonha nem pesar. Procedera menos por vontade própria, do que por uma força que previa superior. Absolvia-se pelo seu desinteresse. Não contava com coisa alguma, pois nada calculara. Tinha sem dúvida feito mal em se entregar quando não era livre, mas também nada exigira. Talvez não fosse para ele mais do que uma fantasia violenta e sincera. Não o conhecia. Não tinha a experiência dessas grandes imaginações vivas e flutuantes, que ultrapassam, para o bem como para o mal, a mediocridade comum. Se ele se afastasse dela bruscamente e desaparecesse, não o censuraria, nem o desejaria — pelo menos, assim o acreditava. Conservaria a lembrança e a saudade do que se podia encontrar no mundo de mais raro e precioso. Ele era talvez incapaz de uma afeição verdadeira. Pensara amá-la. Tinha-a amado uma hora. Não se atrevia a desejar mais do que isso, no embaraço de uma situação falsa, que lhe irritava a franqueza e o orgulho, e que turvava a lucidez da sua inteligência. Enquanto a carruagem a ia levando para São Marcos, conseguiu se convencer de que ele nada lhe diria sobre o que acontecera na véspera, e que a recordação do quarto

de amor, de onde se viam subir para o céu os fusos negros dos pinheiros, não lhes deixara, a um e ao outro, senão o sonho de um sonho.
Estendeu-lhe a mão diante do degrau. Antes dele ter falado, leu-lhe no olhar que a amava e a desejava de novo, e notou ao mesmo tempo quanto lhe queria também.
— A senhora, disse ele... tu!... Estou aqui desde o meio-dia; esperava-a, sabendo que não podia vir ainda, mas não podendo viver senão no lugar em que devia vê-la. Enfim!... Fale, para que eu possa ver e ouvir.
— Ama-me, então, ainda?
— É agora que eu te amo. Julgava amar-te, quando não eras mais que um fantasma formado pelos meus desejos. Agora, és a carne onde pus toda a minha. É verdade, querida, é verdade que és minha? Que fiz eu para conseguir o maior, o único bem deste mundo? E todos esses homens que cobrem a terra, pensam que vivem! Só eu é que vivo! Dize-me que fiz eu para te conseguir?
— Oh! o que devia fazer; fui só bem eu que o fiz. Disse-lho francamente. Se chegamos a isso, foi por minha culpa. Ouça bem, embora o não confessem sempre, a culpa é sempre das mulheres. Por isso, aconteça o que acontecer, nunca ouvirá de mim uma queixa.
Um tropel ágil e gritante de mendigos, de guias, de proxenetas, destacado do pórtico, rodeava-os com uma importunidade a que se misturava contudo essa graça que nunca perdem os lestos italianos. A sua sutileza fazia-lhes adivinhar dois namorados, e sabiam como eles são sempre pródigos. Dechartre lhes atirou algumas moedas de prata, e todos voltaram à sua preguiça feliz.
Um guarda municipal recebeu os visitantes. Mme. Martin lamentou não encontrar antes um monge. O hábito branco dos dominicanos era tão belo em Santa-Maria-Nova, sob as arcadas do claustro!
Visitaram as celas onde, sobre a cal nua, Fra Angélico, ajudado por seu irmão Benedetto, pintara para os religiosos, seus companheiros, pinturas inocentes.
— Lembra-se da tarde de inverno em que a encontrei sobre um pontilhão que atravessava uma vala diante do museu Guimet, e em que a acompanhei até a pequena rua cheia de canteiros que leva ao cais de Billy? Antes de nos separarmos, paramos um momento na beira do parapeito, sobre o qual há um fino renque de buxo. Olhou aquele buxo ressequido pelo inverno. E quando partiu, fiquei a olhá-lo muito tempo.
Estavam na cela que fora habitada por Savonarola, prior do convento de São Marcos. O guia lhes mostrou o retrato e as relíquias do mártir.
— O que achou em mim, nesse dia? Estava tão escuro...
— Via-a caminhar. É pelos movimentos que as formas nos falam. Cada um dos seus dizia os segredos da sua beleza rara e encantadora.

Oh! eu nunca tive uma imaginação discreta a seu respeito. Ficava espantado diante daquela que tudo podia para mim. Na sua presença adorava-a tremendo. Longe, tinha todas as impiedades do desejo.

— Nunca o notei. Mas lembra-se da primeira vez que nos vimos, quando Paul Vence nos apresentou? Estava sentado ao lado do biombo, vendo as miniaturas que tem pregadas. Disse-me: "Esta dama, pintada por Siccardi, se parece com a mãe de André Chénier." Eu respondi: "É a avó de meu marido. Como era a mãe de André Chénier? E respondeu-me: "Existe o seu retrato: era uma levantina que deu à costa."

Ele se defendeu por ter falado de maneira tão impertinente.

— Na verdade! Lembro-me melhor que você.

Caminhava no silêncio branco do convento. Visitaram a cela que o bem-aventurado Angélico ornou da mais suave pintura. E ali, diante da Virgem que no céu desbotado, recebe de Deus-Padre a coroa imortal, envolveu Teresa nos braços e beijou-a na boca quase diante dos olhos de duas inglesas que iam pelos corredores, consultando o Baedeker.

— Vamos esquecer a cela de Santo Antônio, disse ela.

— Teresa, eu sofro, na minha felicidade, de tudo quanto é seu e que me foge. Sofro por que não vive de mim só e para mim só. Queria tê-la toda e tê-la já possuído no passado.

— Oh! o passado! disse ela, com um pequeno balançar de ombros.

— O passado é a única realidade humana. Tudo o que existe é passado.

Levantou para ele os olhos cujas pupilas faziam lembrar os céus encantadores em que o sol se mistura à chuva:

— Posso lhe dizer agora: nunca me senti viver longe de você.

* * *

Ao regressar a Fiesole, esperava-a uma carta breve e ameaçadora de Le Ménil. Achava inexplicável a sua prolongada ausência e o seu silêncio. Se não lhe anunciasse imediatamente a sua volta, viria procurá-la.

Leu, sem a menor surpresa, mas desolada por ver como acontecia tudo quanto devia acontecer, e que nada do que receara lhe seria evitado. Podia ainda tranqüilizá-lo e tranqüilizar-se. Teria apenas que lhe dizer que o amava, que regressaria breve a Paris, que devia renunciar à absurda idéia de vir encontrá-la, que Florença era uma aldeia onde logo seriam vistos. Mas tinha de escrever: "amo-te". Tinha de adormecê-lo com palavras de carinho. Faltou-lhe coragem. Deixou-lhe entrever a verdade. Acusou-se de si mesma em termos velados. Falou obscuramente das almas arrastadas na onda da vida, e do pouco que somos no incerto oceano das coisas. Pediu-lhe com afetuosa tristeza que conservasse uma boa recordação dela num cantinho da alma.

Foi ela própria levar a carta à caixa postal da praça de Fiesole. Crianças brincavam de esconder, no crepúsculo. Contemplou no alto da colina a taça elegante que guarda, como uma jóia, a bela Florença. E a paz da tarde fê-la estremecer. Pôs a carta na caixa. Só então teve a visão íntima do que fizera e do que iria acontecer.

CAPÍTULO XX

Ao bater do meio-dia sobre a praça da Senhoria, onde o florescente sol da primavera espalhava as suas rosas amarelas, a multidão rústica dos vendedores de sementes e de massas, reunidos para o mercado, começou a se dissolver. Ao pé das Lanzi, diante da assembléia das estátuas, os sorveteiros ambulantes tinham erigido, sobre as mesas forradas de algodão vermelho, os pequenos castelos que ostentam na base a inscrição: *Bibite ghiacciate*. E a alegria fácil descia do céu à terra. Teresa e Jacques, de volta de um passeio matinal aos jardins Boboli, passavam em frente da loggia ilustre. Teresa olhava a Sabina de João de Bolonha, com a curiosidade interessada de uma mulher ao examinar outra mulher. Mas Dechartre apenas via Teresa.

— É maravilhoso como a luz viva do dia combina bem com a sua beleza e afaga o nacar delicado das suas faces.

— Tem razão, disse ela. A luz das velas me endurece as feições. Já o tinha notado. Não sou uma mulher para a noite, infelizmente; e é à noite que as mulheres tem ocasião de se mostrar e de agradar. À noite, a princesa Seniavine tem uma linda cor mate e dourada; ao sol, é amarela como um limão. É preciso concordar que ela pouco se importa com isso. Não é vaidosa.

— E você é coquette?

— Sou. Antigamente era-o para mim mesma, agora o sou para você.

Continuava a contemplar a Sabina que, com os braços e os quadris, alta, delgada e robusta, lutava para se soltar das mãos do romano.

— Para uma mulher ser bela, deve ter esta forma tão seca e estes membros tão compridos? Eu não sou assim.

Ele se apressou em tranqüilizá-la. Mas ela não parecia muito inquieta. Olhava agora o pequeno castelo do sorveteiro ambulante, cujos cobres reluziam sobre uma toalha de algodão escarlate. Veio-lhe um apetite súbito de tomar um sorvete, ali mesmo, de pé, como tinham feito há pouco as costureiras florentinas.

— Espere um instante, disse ele.

Pôs-se a correr em direção da rua que fica à esquerda das Lanzi e desapareceu.

Passado um instante, voltou, apresentando-lhe uma pequena colher de prata dourada, toda gasta pelo tempo, e cujo cabo ostentava na extremidade o lírio de Florença, com o cálice esmaltado de vermelho.

— É para tomar o seu sorvete. O sorveteiro não dá colher. Tinha de servir-se da língua. Seria decerto encantador. Mas não está habituada.

Ela reconheceu a colher, uma pequena jóia que tinha notado na véspera, na vitrine de um antiquário vizinho das Lanzi.

Eram felizes, expandiam a sua alegria plena e simples em palavras ligeiras e sem sentido. E riam, quando o florentino lhes dizia, com uma mímica sóbria e poderosa conceitos renovados dos velhos contistas italianos. Ela se divertia com o jogo perfeito daquela fisionomia antiga e jovial. Mas por vezes não compreendia as palavras e perguntava a Jacques:

— Que diz ele?
— Quer sabê-lo?

Ela afirmava que sim.

— Pois bem! disse que ficaria muito contente, se as pulgas da sua cama tivessem formas como as suas.

Quando ela acabou de tomar o sorvete insistiu para que fossem ver outra vez Or-San-Michele. Era tão perto! Atravessariam a praça em diagonal e descobriam logo a bela jóia de pedra. Foram. Contemplaram o São Jorge e São Marcos de bronze. Dechartre tornou a ver na parede fendida da casa a caixa postal, e recordou-se com exatidão dolorosa da pequena mão enluvada que metera nela uma carta. Achava horrível aquela goela de cobre que engolira o segredo de Teresa, e não podia desviar os olhos dela. Toda a sua alegria se desvanecera. Entretanto, ela procurava compreender bem a estética do rude evangelista.

— É verdade que tem o ar honesto e franco e que, se falasse, só sairiam da sua boca palavras de verdade.

Ele replicou amargamente:
— Não é a boca de uma mulher.

Ela compreendeu o seu pensamento; e com um tom muito doce, disse:
— Porque me fala assim? Eu sou franca.

— Ao que chama ser franca? Sabe muito bem que uma mulher é obrigada a mentir.

Ela hesitou. Depois disse:
— Uma mulher é franca, quando não mente inutilmente.

CAPÍTULO XXI

Teresa deslizava, vestida de cinzento escuro, sob os cítisos em flor. As moitas de medronheiros cobriam de estrelas prateadas a escarpa do terraço e, na encosta das colinas, os loureiros espalhavam a sua chama perfumada. A taça de Florença estava toda florida.

Vivian Bell caminhava, branca, pelo jardim embalsamado:

— Veja, darling, como Florença é verdadeiramente a cidade da flor, e que é com razão que ela tem por emblema o lírio vermelho. Hoje é dia de festa, darling.

— Ah! hoje é dia de festa?...

— Darling, não sabe que estamos no primeiro dia de maio, na *Primavera*? Não acordou esta manhã numa alegria encantadora? Oh! Darling, não quer celebrar a festa da Flor? Não se sente feliz, no seu amor pelas flores? Por que eu sei que as ama, my love; como é terna para elas. Já me disse que elas sentiam a alegria e a dor, que sofriam como nós.

— Ah, disse-lhe que sofriam como nós?

— Oh! disse sim. E hoje é a festa delas. É preciso celebrá-la, segundo o costume dos avós, nos ritos consagrados pelos velhos pintores.

Teresa ouvia sem compreender. Sob a luva amarrotava a carta que acabava de receber, uma carta com o selo italiano, e que não trazia senão duas linhas:

"Cheguei esta noite ao Hotel da Grã-Bretanha. Lungamo Acciaoli. Espero-a amanhã. N° 18."

— Oh! Darling, não sabe que é costume, em Florença, festejar-se o renovamento da terra, no primeiro de maio de cada ano? Mas então, não compreende inteiramente o que queria dizer o quadro de Botticelli, consagrado à festa da flor, essa deliciosa *Primavera* de uma alegria tão sonhadora. Outrora, darling, neste primeiro de maio, toda a cidade ficava em regozijo. As moças, com os vestidos de festa e coroadas de flores de pilriteiro, iam num longo cortejo pelo Corso, sob arcos floridos, e formavam coroas sobre a erva nova, debaixo dos loureiros. Havemos de fazer como elas. Dançaremos no jardim.

— Ah! dançaremos no jardim?

— Sim, darling e eu lhe ensinarei passos de dança toscanos do século XV, que foram descobertos num manuscrito pelo Sr. Morisson, o decano da biblioteca de Londres. Volte depressa, my love; poremos flores nos chapéus e dançaremos.

— Pois sim, querida, dançaremos.

E, abrindo a grade, fugiu pelo pequeno caminho, escavado como o leito de uma torrente, com os seixos escondidos sob moitas de rosas. Subiu na pequena carruagem que encontrou. O cocheiro tinha o chapéu e o cabo do chicote todos floridos de acianos.

— Hotel da Grã-Bretanha, Lungarno Acciaoli!

Sabia bem onde era o Lungarno Acciaoli... Fora lá uma noite, e revia o ouro esmaecido do sol sobre a toalha movediça do rio. Depois, a noite viera com o murmúrio surdo das águas no silêncio, as palavras, os olhares que a tinham perturbado, o primeiro beijo; o começo do irreparável amor. Oh! lembrava-se bem de Lugarno Acciaoli e da margem do rio para além da Ponte Velha. Hotel da Grã Bretanha... Lembrava-se de uma grande fachada de pedra sobre o cais. Já que tinha vindo, ainda bem que fora para lá. Podia muito bem ter ido para o hotel da Cidade, na praça Manin, onde estava Dechartre. Ainda bem que não estavam porta com porta, no mesmo corredor... Lungarno Acciaoli!... Aquele defunto que tinham visto passar numa corrida, levado pelos homens de capuz, devia estar agora bem sossegado, num pequeno cemitério em flor...

* * *

— Número 18.
Era um quarto nu de hotel, com um fogão, segundo a moda italiana. Um jogo de escovas minuciosamente disposto sobre a mesa e o Guia das Estradas de Ferro. Nem um livro, nem um jornal. Ele estava diante dela. Teresa notou-lhe logo no rosto ósseo a expressão do sofrimento e da febre, e sentiu uma impressão grave e penosa. Ele esperou uma palavra, um gesto; mas ela permanecia fria, sem se decidir a nada. Ele lhe ofereceu uma cadeira, que ela arredou, e ficou de pé:
— Teresa, há qualquer coisa que eu ignoro. Diga.
Depois de um momento de silêncio, ela respondeu com uma lentidão magoada:
— Porque partiu quando eu estava em Paris?
Imaginou, quis adivinhar uma censura afetuosa na expressão de tristeza com que lhe disse essas palavras. Não! Teresa não é uma dessas que se deixam assim. Sentiu as faces arderem e respondeu logo, com calor:
— Ah! se o tivesse previsto! Acredite que pouco me importava a caçada! Mas a sua carta, a de 27 (tinha o dom de guardar as datas), causou-me uma inquietação horrível. Alguma coisa se passou decerto nesse momento. Diga-me tudo.
— Pensei que já não me amava.
— Mas agora que sabe o contrário?
— Agora...
Ela ficou com os braços caídos e as mãos juntas. Depois com uma serenidade afetada:
— Meu Deus a nossa ligação, meu amigo, fez-se sem o sabermos. Nunca se sabe. É novo, mais moço que eu, pois somos quase da mesma idade. Tem, além disso, os seus projetos de futuro.
Ele fitou-a altivamente, enquanto ela ia continuando, com segurança:
— Seu pai, sua mãe, suas tias, seu tio general, esses têm com certeza projetos sobre o seu futuro. É muito natural. Eu podia vir a ser um

obstáculo. É muito preferível para você que eu desapareça da sua vida. Conservaremos um do outro uma boa recordação.

Estendeu-lhe a mão enluvada. Mas, cruzando os braços, ele falou:

— Então, queres acabar comigo? Imaginas que depois de me ter feito o mais feliz dos homens, podes me pôr de lado e acabar assim com tudo?! Imaginas, realmente, que podes assim acabar comigo!... Que quiseste dizer? Uma ligação corta-se facilmente. Juntamo-nos, hoje, para nos separarmos amanhã... Pois bem, nunca! Não és das que se deixam assim.

— Eu sei, sentiu talvez mais por mim do que geralmente se sente em semelhantes casos. Eu era para você qualquer coisa mais que uma simples distração. Mas se não sou a mulher que imagina, se o iludi, se sou leviana... Sabe-o: disseram-lho... Pois se não fui consigo como devia ser...

Hesitou e prosseguiu, num tom grave e puro, que contrastava com as suas palavras:

— Se, enquanto lhe pertenci, tive outras curiosidades, se lhe disser que sou incapaz de um sentimento sério...

Ele a interrompeu:

— Mentes.

— Sim, minto. E não muito bem. Queria manchar o nosso passado. Fazia mal. Esse passado que conhece bem. Mas...

— Mas?...

— Ah! não lhe disse sempre que não era segura? Há mulheres, ao que se diz, que podem responder por si. Avisei-o de que não era como elas e que não respondia por mim.

Sacudiu a cabeça, como um animal acirrado, que hesita antes de atacar.

— Que queres dizer? Não compreendo. Não compreendo nada. Fala claro... mas bem claro, estás ouvindo? Há qualquer coisa entre nós. Não sei o que. Quero sabê-la. Que há?

— Digo-lhe, meu amigo, que não sou uma mulher segura de si, e que não devia confiar em mim. Não, não devia. Não lhe tinha prometido coisa alguma... E, depois, mesmo que tivesse prometido, as palavras não significam nada.

— Já não me amas. Oh! já não me amas, bem o vejo. Mas tanto pior para ti! eu te amo. Não te tivesses oferecido. Amo-te e guardo-te. Pensavas então que tudo se passaria como se não fosse nada. Escuta bem. Fizeste tudo para eu te amar, para me sentir preso, para não poder viver sem ti. Juntos conhecemos prazeres inconcebíveis. E tu não te recusavas a partilhá-las. Oh! não te possuía à força. Eras tu que assim o querias. Há seis semanas, não pedias outra coisa. Eras tudo para mim. E eu era tudo para ti. Havia momentos em que não sabíamos já se eu era tu, nem se tu eras eu; e depois disso, queres que, de repente, não saiba mais nada de ti, que deixe de te conhecer, que sejas para mim uma estranha, uma senhora qualquer, com quem me encontro na sociedade! Ah! sempre é preciso ter muita força! Ora, vejamos, estavas sonhando. Os teus beijos, o teu arfar no meu pescoço, os teus gritos, não eram verdade? Fui eu que inventei tudo isso, dize!? Oh! não há dúvida; tu me amavas. Sinto-o ainda em mim, o teu amor. Pois bem! não mudei. Sou o mesmo. Nada tens de que me acusar. Não te enganei com outras mulheres. Não é para tirar partido disso. Não poderia fazê-lo. Quando se conheceu uma mulher como tu, mesmo as mais bonitas parecem depois insípidas. Nunca me passou sequer pela cabeça te enganar. Portei-me sempre contigo como um homem de bem. Porque poderias ter deixado de me amar? Responde, fala. Dize que ainda me amas. Di-lo, já que é a verdade. Vem, vem comigo! Teresa, tu verás logo que me amas como me amavas antes, no nosso pequeno ninho da rua Spontini, onde fomos tão felizes. Vem!

Cingiu-a, ardente, nos braços ávidos. Com os olhos cheios de espanto, ela o repeliu com um horror glacial.

Ele compreendeu, deteve-se e disse:

— Tens um amante!

Ela baixou lentamente a cabeça, e depois tornou a erguê-la, grave e silenciosa.

Então ele a espancou brutalmente no peito, no ombro, no rosto. Mas, depois, recuou de vergonha, com os olhos baixos, sem poder articular uma palavra. Com os dedos nos lábios, roendo as unhas, notou que tinha ferido a mão num alfinete do corpete e que gotejava sangue. Deixou-se cair numa cadeira, tirou o lenço para se enxugar e ficou como indiferente e abstrato.

Encostada à porta, com a cabeça firme, pálida, o olhar vago, ela desprendia o véu rasgado e segurava o chapéu com um cuidado instintivo.

Ao ouvir o sussurro dos tecidos amarrotados, que antes tanto o deliciava, estremeceu, olhou-a e ficou novamente furioso:

— Quem é? Quero sabê-lo.

Ela não se moveu. Na brancura do seu rosto destacava-se a marca ardente da bofetada que a ferira. Com uma doce firmeza, respondeu:

— Já lhe disse tudo quanto podia dizer. Não me peça mais nada. Seria inútil.

Fitou-a com um olhar cruel, que ela não conhecia.

— Oh! não me digas o nome. Não me será difícil descobri-lo.

Ela calava-se com pena dele, com inquietação pelo outro, cheia de ansiedade e de mágoa, e no entanto sem pesar, sem azedume e sem amargura, com o pensamento como alheado.

Ele teve a vaga percepção do que se passava nela. Na cólera de a ver tão doce e tão serena, de a achar mais bela do que nunca a conhecera, e para outro, sentiu desejos de a matar, e gritou:

— Vai-te. Vai-te!

Depois, acabrunhado por aquele arranque de ódio a que não estava habituado, apoiou a cabeça nas mãos e pôs-se a soluçar.

Aquela dor comoveu-a, e lhe fez renascer a esperança de acalmá-lo, de suavizar as despedidas. Teve a ilusão de que poderia talvez consolá-lo. Confiante e amiga, veio se sentar ao seu lado.

— Pode me censurar, meu amigo. Mereço as suas censuras, e mais nada, que tenha pena de mim. Despreze-me, se assim o quer e se é possível desprezar uma infeliz que é apenas o joguete da vida. Enfim, julgue-me como quiser. Mas guarde ao menos um resto da sua amizade, uma lembrança amarga e doce, como certos dias de outono, em que há sol e nordeste. É o que mereço. Não seja duro para aquela que passou na sua vida como uma visita agradável e frívola. Faça-me as suas despedidas como a uma viajante que parte sem se saber para onde, e que está cheia de tristeza. Há sempre tanta tristeza nas partidas! Estava irritado contra mim, há pouco. Oh! não o censuro. Mas sofro com isso. Conservou por mim um pouco de simpatia. Quem sabe? O futuro é sempre desconhecido. É bem vago, bem nebuloso para mim. Que eu possa me convencer de que fui boa, simples, franca com você, e de que não me esqueceu. Com o tempo, há de compreender e perdoar. Agora só lhe peço que tenha um pouco de compaixão.

Ele não a escutava, serenado pela carícia daquela voz, em que os sons fluíam límpidos e claros. Num sobressalto, disse:

— Não o ama. É a mim que ama. Então?...

Ela hesitou e, esquivando-se, respondeu:

— Ah! poder dizer o que se ama ou o que não se ama, é tão difícil para uma mulher, sobretudo para mim! Não sei como as outras são. Mas a vida é inclemente. Somos arrastadas, impelidas para a aventura. Ele olhou-a, muito calmo. Tivera uma idéia: Tomara a sua decisão. Era simples. Perdoaria, esqueceria tudo, contanto que ela o acompanhasse imediatamente.

— Não é verdade que não o amava, Teresa? Que foi uma ilusão, um momento de esquecimento, uma coisa horrível e estúpida que fez, por fraqueza, por surpresa, por despeito, talvez? Jure-me que não tornará a vê-lo.

Agarrou-lhe o braço:

— Jure!

Como se conservasse muda, com o rosto turvado, torceu-lhe o punho tão brutalmente que a fez gritar:

— Está me machucando!

Entretanto, ele ia seguindo o seu intento. Arrastou-a até à mesa, sobre a qual havia ao lado das escovas, um tinteiro e algumas folhas de papel de carta, com uma grande vinheta azul, representando a fachada do hotel, cheia de janelas sem conta.

— Escreva o que vou ditar. Eu mandarei a carta.
Vendo-a resistir, fê-la cair de joelhos. Altiva e serena, ela disse:
— Não posso, nem quero.
— Por que?
— Porque... Quer saber?... porque o amo.
Bruscamente, ele largou-lhe o braço. Se tivesse um revólver ao seu alcance, tê-la-ia, talvez, prostrado. Mas quase a seguir, a fúria se umedeceu de tristeza; e num desespero, era ele agora quem tinha vontade de morrer:
— É verdade o que diz? É então possível? É então verdade?
— Que posso mais dizer? Se mal me compreendo ainda a mim mesma! Se nem sequer tenho ainda a idéia, o sentimento exato do que sinto! Se...
E, com um pouco de esforço, acrescentou:
— Posso pensar neste momento em outra coisa que não seja na sua tristeza e no seu desespero?
— Tu amá-lo! tu amá-lo! Que tem ele, como é ele, porque o amas?
Sentia-se imbecilizado de surpresa, num abismo de espanto. Mas o que ela acabava de dizer, separava-os. Já não ousava sacudi-la brutalmente, espancá-la, amarfanhá-la como um animal recalcitrante, mas que fosse seu.
— Ama-o! ama-o! repetia ele. Mas que lhe disse ele, que lhe fez ele, para o amar assim? Conheço-a bem: nunca lhe disse quantas vezes as suas idéias me chocavam. Aposto que nem sequer é um homem do mundo. E pensa que a ama. Não é verdade? Pois bem! Engana-se: não a ama. Sente-se apenas lisonjeado. Ao primeiro pretexto, abandona-a. Depois de tê-la comprometido bastante, manda-a passear. E por causa dele, há de rolar até à devassidão. No ano que vem, hão de dizer de você: "É de quem queira." Isso me contraria por causa de seu pai, que é um dos meus amigos, e que há de saber da sua conduta — não imagine que o engana, a ele.

Ela ouvia, humilhada, mas aliviada, pensando no que teria sofrido, se ele se mostrasse generoso.

Na sua simplicidade, ele a desprezava sinceramente. Esse desprezo confortava-a. Saciava-se dele até à garganta.

— Como foi isso? Pode dizer a mim.

Ela encolheu os ombros com tal ar de compaixão que ele não se atreveu mais a continuar nesse tom, e o seu rancor recrudesceu:

— Está pensando então que vou ajudá-la a salvar as aparências, que voltarei à sua casa, que continuarei a me dar com seu marido, que protegerei as suas aventuras?

— Penso que fará o que deve fazer um homem de honra. Nada lhe peço. Desejaria conservar de você a impressão de um excelente amigo. Imaginava que seria indulgente e bom para mim. Não é possível. Vejo que estes rompimentos nunca se podem fazer cordialmente. Mais tarde, mais tarde me julgará melhor. Adeus!

Olhou-o. O seu rosto exprimia agora mais dor do que cólera. Nunca ela vira aqueles olhos secos e pisados, aquelas fontes áridas sob os cabelos raros. Parecia ter envelhecido em uma hora.

— Prefiro preveni-la. Ser-me-ia impossível tornar a vê-la. Não é das que se podem tornar a encontrar na sociedade, depois de havê-la possuído e de tê-la perdido. Já lhe disse — não é como as demais. Há em si um veneno, que me deu e que sinto em mim, nas veias, por mim todo. Por que a havia de ter conhecido?

Ela olhou-o com bondade:

— Adeus! e pense que não mereço tantos queixumes.

Então, ao vê-la pôr a mão na chave da porta, ao sentir que aquele gesto significava o fim, que ia perdê-la, que nunca mais a teria, soltou um grito e correu para ela. Não se lembrava de mais nada. Sentia o atordoamento de uma grande catástrofe consumada, de um luto irreparável. E do fundo do seu estonteamento subiu um desejo. Queria tornar a possuir ainda uma vez aquela que partia para sempre. Puxou-a contra si. Queria-a simplesmente, com toda a força da sua vontade animal. Ela resistiu com toda a sua vontade presente, livre e vigilante. Soltou-se dos seus braços amarfanhada, rasgada, mas sem sentir medo.

Ele compreendeu que tudo seria inútil: recuperou a noção das coisas, de que ela já não era sua, porque era de outro. No recrudescer do sofrimento, cuspiu-lhe insultos, expulsou-a com um empurrão.

Ela ficou um instante no corredor esperando, por altivez, uma palavra, um olhar digno do passado daquele amor extinto. Mas ele gritou ainda: "Vai-te", e bateu violentamente a porta.

Na Via Alfieri, tornou a ver o pavilhão no fundo do pátio, onde crescia a erva pálida. Achou-o tranquilo e mudo, fiel, com as suas cabras e as suas ninfas, aos amorosos do tempo da grã duquesa Elisa. Desde logo sentiu-se liberta do mundo doloroso e brutal e transportada às idades em que não se conhecia ainda a tristeza de viver. Ao pé da escada, cujos degraus estavam cobertos de rosas, Dechartre a esperava. Lançou-se nos seus braços e ficou num abandono completo. Ele levou-a assim, inerte, como o despojo precioso daquela diante de quem empalidecera e tremera, enquanto ela saboreava, de pálpebras semi-cerradas, a humilhação soberba de ser uma bela presa. A fadiga, a tristeza, as mortificações do dia, a recordação da violência, a liberdade recuperada o desejo de esquecer, um resto de medo, tudo lhe avivava e irritava a ternura... De costas sobre o leito, enlaçou nos braços o pescoço do amante.

Quando voltaram a si, tiveram alegrias infantis. Riam, diziam coisas sem sentido, brincavam, mordiam os limões, as laranjas, as melancias arrumadas ao lado, nos pratos pintados. Apenas coberta com a fina camisa rósea, que, deslizando sobre a espádua, descobria um seio e escondia o outro, cuja ponta se adivinhava sob o tecido, gozava de toda a sua carne assim oferecida. Com os lábios entreabertos sobre o relâmpago dos dentes úmidos, perguntava-lhe, numa inquietação coquete, se não estava desapontado do sonho que fizera dela.

Nos acariciantes reflexos da luz que tinha preparado, contemplava-a com uma alegria juvenil, e cobria-a de louvores e de beijos.

Absorviam-se em carícias graciosas, em brigas amorosas, em olhares delicados. Depois, repentinamente graves, olhos sérios, lábios cerrados, sob o domínio dessa cólera sagrada, que faz assemelhar o amor ao ódio, tornavam a se abraçar, a se confundir e a procurar juntos o abismo.

E de novo reabria os olhos velados e sorria, com a cabeça no travesseiro, os cabelos soltos, com uma doçura de convalescente.

Ele perguntou como fizera aquele sinal vermelho na testa. Respondeu que não se lembrava, e que não era nada. Custava-lhe mentir, e fazia-o sem perversidade. Com efeito, já não se lembrava.

Recordaram a sua bela e curta história, toda a sua vida, que datava do dia em que se tinham encontrado.

— Lembra-se no terraço, no dia seguinte ao da sua chegada? Falava de coisas vagas e sem sentido. Foi assim que adivinhei que me amava.

— Tinha receio de parecer ridículo.

— E era-o um pouco. Foi o meu triunfo. Começava a me impacientar por vê-lo tão pouco impressionado junto de mim. Fui eu que comecei a amá-lo, antes de me amar. Oh! não me envergonho por isso.

Ele deixou cair entre os seus lábios uma gota de Asti espumoso. Mas, vendo em cima da mesa uma garrafa de vinho Trasimeno, ela quis saboreá-lo, em memória do lago que tinha visto, abandonado e belo, ao cair da noite, na taça de opala. Fora na sua primeira viagem à Itália. Havia já seis anos.

Ele acusou-a de ter descoberto sozinha a beleza das coisas.

— Sem ti, nada sabia ver. Porque não me apareceste mais cedo? perguntou ela.

Ele fechou-lhe a boca com um beijo profundo.

E quando ela voltou a si, quebrada de gozo, com a carne lassa e feliz gritou:

— Sim, amo-te. Nunca amei senão a ti!

CAPÍTULO XXII

Le Ménil escreveu-lhe: "Parto amanhã às sete horas da noite. Espero vê-la na estação."

Foi. Viu-o, calmo, correto, com o seu sobretudo cinzento de viagem, diante dos ônibus dos hotéis.

— Ah! sempre veio! disse ele simplesmente.

— Não me pediu?...

Ele não confessou que lhe escrevera com a esperança absurda de que o amasse de novo, esquecendo tudo o mais, ou que ela lhe dissesse: "Era uma experiência."

Se ela assim falasse, tê-la-ia acreditado nesse momento.

Desapontado com o seu silêncio, disse-lhe com secura:

— Tem alguma coisa ainda para me dizer? É a você que compete falar, e não a mim. Por mim, não tenho explicações a lhe dar. Não tenho que me justificar de qualquer traição.

— Não seja cruel, meu amigo, não seja ingrato com o passado. Aqui tem o que tinha a lhe dizer. E devo ainda dizer-lhe que o deixo com a tristeza de uma verdadeira amiga.

— É tudo? Vá repeti-lo ao outro, há de interessá-lo mais do que a mim.

— Vim porque me pediu; não me faça ficar arrependida.

— Sinto tê-la incomodado. Podia decerto ter empregado melhor o seu tempo. Não a prendo mais. Vá procurá-lo, está ansiosa por isso!

Ao pensar que aquelas pobres e tristes palavras exprimiam um momento da eterna dor humana, e que a tragédia tornara ilustres tantas outras análogas, teve uma impressão de tristeza e ao mesmo tempo de ironia, que se traiu num vinco dos lábios. Ele pensou que ela ria.

— Não se ria e ouça bem. Anteontem, no quarto do hotel, pensei em matá-la. Estive tão perto de o fazer que, agora sei bem o que é isso. É por isso que não o farei nunca. Pode estar sossegada. De resto para que? Como sou forçado por mim mesmo a observar as conveniências, irei vê-la em Paris. Terei o pesar de saber que não pode me receber. Verei seu marido e seu pai. Será para lhe apresentar as minhas despedidas, antes de partir para uma viagem um tanto longa. Adeus, minha senhora!

No momento em que lhe voltava as costas, Teresa viu miss Bell e o príncipe Albertinelli, que saíam da estação das mercadorias e se encaminhavam para ela. O príncipe radiava. Vivian caminhava a seu lado, com o contentamento das alegrias castas.

— Oh! Darling, que boa surpresa encontrá-la aqui! O príncipe e eu viemos despachar na alfândega o sino que chegou.

— Ah! o sino chegou?

— Já o temos, enfim darling, o sino de Ghiberti! Vi-o na sua gaiola de madeira. Não podia cantar, porque está preso. Mas quero dar-lhe na minha casa de Fiesole um campanilho para morar. Quando sentir o ar de Florença, há de ficar todo contente por tornar a fazer ouvir a sua voz argentina. Visitado pelas pombas, acompanhará com o seu som todas as nossas alegrias e todas as nossas dores. Tocará por você, pelo príncipe, pela boa Mme. Marmet, pelo sr. Choulette, por todos os nossos amigos.

— Minha querida, os sinos nunca tocam pelas alegrias e pelas dores verdadeiras. São honestos funcionários, que apenas conhecem os sentimentos oficiais.

— Oh! Darling, engana-se imenso. Os sinos estão no segredo das almas — sabem tudo. Mas estou muito contente por encontrá-la. Oh! eu sei, my love, porque veio à estação. A sua criada traiu-a. Disse-me que estava à espera de um vestido cor-de-rosa que não vinha e que morria de impaciência. Mas não se impaciente. É sempre a mais linda, my love.

Mandou subir Mme. Martin para a charrete.

— Venha depressa, darling, o senhor Jacques Dechartre janta hoje em minha casa e não queria fazê-lo esperar.

E, enquanto avançavam no silêncio do crepúsculo, pelos caminhos cheios de perfumes silvestres:

— Vê lá em baixo, darling, as pedras negras das Parcas, os ciprestes do cemitério? É ali que quero dormir.

Mas Teresa pensava, inquieta. "Viram-no. Tê-lo-ia ela reconhecido? Não creio. A praça já estava toda coberta de sombra e crivada de luzes cegantes. Conhecê-lo-ia ela ao menos? Não me lembro se o viu em minha casa no ano passado."

O que a inquietava, era a alegria dissimulada do príncipe.

— Darling, quer um lugar ao meu lado, neste Cemitério rústico, para que repousemos uma junto da outra debaixo de um pouco de terra e da imensidade do céu? Mas não devo lhe fazer um convite que não pode aceitar. Não lhe é permitido dormir o seu sono eterno ao pé das colinas de Fiesole, my love. Terá de repousar em Paris, num monumento, ao lado do conde Martin-Bellème.

— Porque? Pensa então, minha querida, que a mulher deve estar unida ao marido, mesmo depois de morta?

— De certo que deve, darling. O casamento é para a vida e para a eternidade. Não conhece a história dos dois esposos que se amavam, na província de Auvergne? Morreram quase ao mesmo tempo e foram enterrados em dois túmulos separados por um caminho. Mas cada noite uma roseira brava alongava de um túmulo para o outro uma haste em flor. Foi preciso reunir as duas sepulturas.

Um pouco para além de Badia, viram uma procissão que subia a encosta da colina. O vento da tarde fazia bruxolear as últimas chamas dos círios, nos candelabros de madeira dourada. As filas brancas e azuis das confrarias acompanhavam os estandartes pintados. Depois vinham um pequeno São João, louro, frisado, todo nu sob a pele de cordeiro que lhe descobria os braços e os ombros, e uma Santa Maria Madalena, de sete anos, sob o manto de ouro dos cabelos crespos. O povo de Fiesole seguia em massa. A condessa Martin descobriu Choulette no meio. Com uma vela em uma das mãos e o livro na outra, os óculos azuis na ponta do nariz, cantava: reflexos fulvos tremiam nos ângulos da sua face achatada e nas bossas do crânio acidentado. A sua barba silvestre subia e descia ao ritmo do cântico. Sob a dureza das sombras e das luzes que burilavam o rosto, tinha o ar velho e forte dos solitários capazes de suportar um século de penitência.

— Como ele é belo assim! disse Teresa. Dá um espetáculo a si mesmo. É um grande artista.

— Oh! Darling, porque não acredita que o senhor Choulette seja um crente? Porque? Há tanta beleza e alegria em crer. Os poetas sabem-no bem. Se o senhor Choulette não tivesse fé, não poderia fazer os admiráveis versos que faz.

— E a minha querida é crente?

— Oh! sim, creio em Deus e na palavra de Cristo.

O pálio, os estandartes, os véus brancos tinham desaparecido em ziguezagues do caminho montanhoso, mas via-se ainda, sobre o crânio calvo de Choulette, a chama do círio irradiando ouro.

Dechartre, entretanto, esperava sozinho no jardim. Teresa foi encontrá-lo encostado ao balcão do terraço onde tinha sentido as primeiras dores de amar. Enquanto miss Bell procurava com o príncipe o lugar para o campanário em que havia de mandar suspender o sino que ia chegar, conversou com ele um instante, sob os cítisos.

— Tinha-me prometido que estaria no jardim quando eu chegasse. Espero-a já há uma hora, que me tem parecido mortal. Não tinha vontade de sair. A sua ausência surpreendeu-me e torturou-me.

Ela respondeu vagamente que tinha sido obrigada a ir à estação e que miss Bell a tinha trazido na sua carruagem.

Ele pediu-lhe que perdoasse aparecer-lhe com aquele ar tão inquieto. Mas tudo o atemorizava. A sua felicidade lhe fazia medo.

Estavam já à mesa quando Choulette apareceu, mostrando o rosto de um sátiro antigo; uma alegria terrível brilhava nos seus olhos cor de fósforo. Desde o seu regresso de Assis, não convivia senão com gente do povo, bebia todo o dia vinho Chianti com mulheres perdidas e operários, a quem pregava a alegria e a inocência, o advento de Jesus Cristo e a próxima abolição dos impostos e do serviço militar. Ao terminar a procissão, tinha reunido um bando de vagabundos nas ruínas do teatro romano, e tinha-lhes feito, em linguagem macarrônica, mesclada de francês e de toscano, um sermão que condescendeu em repetir.

— Os reis, os senadores e juizes disseram: "A vida dos povos está em nós." Ora, eles mentem, e é o esquife que diz: "Eu sou o berço." A vida dos povos está nas vinhas pendentes, nos olmos e no sorriso e nas lágrimas com que o céu banha os frutos das árvores, nos pomares.

"Não está nas leis que são feitas pelos ricos e pelos poderosos, para conservação do poder e da riqueza.

"Os chefes dos reinos e das repúblicas escreveram nos livros que o direito das gentes é o direito da guerra. E glorificaram a violência. E prestam honras aos conquistadores e erguem nas praças públicas estátuas ao homem e ao cavalo vitoriosos. Mas não há o direito de matar: eis porque o justo não deve esperar da sorte o seu número para soldado. Não é um direito alimentar a loucura e os crimes do príncipe eleito pelo reino ou pela república; e eis porque o justo não pagará impostos e não dará dinheiro aos republicanos. Gozará em paz o fruto do seu trabalho, e fará pão com o trigo que semeou, e comerá os frutos das árvores que plantou.

— Ah! senhor Choulette, disse gravemente o príncipe Albertinelli, tem razão em se interessar pelo estado dos nossos malfadados campos, definhados pelo fisco. Que fruto pode dar um solo com o imposto de trinta e três, por cento sobre o rendimento líquido? O senhor e o servo são igualmente a presa dos cobradores de impostos.

Dechartre e Mme. Martin ficaram surpreendidos com aquela inesperada sinceridade.

— Estimo o rei, acrescentou. Ninguém pode pôr em dúvida a minha lealdade. Mas os males da gente do campo me sensibilizam.

A verdade é que visava com astuta obstinação este objetivo único: restaurar o domínio rural de Casentino, que seu pai, o príncipe Carlos, ajudante de ordens de Vitor Manuel, tinha deixado quase inteiramente devorado pelos usuários. A sua moleza afetada mascarava a sua tenacidade. Não tinha senão vícios úteis e inclinados para o interesse da sua vida. Fora para se tornar um grande proprietário toscano, que negociara em quadros, vendera em contrabando os famosos tetos do seu palácio, tivera amores com velhas, e pedira finalmente a mão de miss Bell, que sabia ter muita habilidade para ganhar dinheiro e para dirigir uma casa. Amava verdadeiramente a terra e os camponeses. As palavras ardentes de Choulette, que compreendera vagamente, tinham feito palpitar nele esse amor.

Não pudera ocultar o seu modo de pensar.

— Num país em que o senhor e os servos fazem apenas uma só família, a sorte de um depende da dos outros. O fisco despoja-nos. Que boa gente, os nossos lavradores! Para cultivar a terra, são os primeiros do mundo.

Mme. Martin confessou que não tinha pensado assim. A Toscana parecia-lhe um lindo e inculto pomar. O príncipe respondeu sorrindo, que talvez ela não falasse desse modo, se lhe tivesse feito a honra de visitar as suas propriedades de Casentino, que tinham, no entanto, sofrido os prejuízos de longos e ruinosos processos. Teria visto então o que é o lavrador italiano.

— Ocupei-me muito nas minhas terras. Vinha de lá esta noite, quando tive o duplo prazer de encontrar na estação miss Bell, que ia despachar o seu sino, e a si, minha senhora, que estava conversando com um parisiense.

Tinha tido idéia de que lhe seria desagradável falando-lhe daquele encontro. Ao deitar um olhar rápido em volta da mesa, viu o movimento de surpresa inquieta que Dechartre não tinha podido conter. Insistiu:

— Queira perdoar a um rústico, minha senhora, esta pretensão em conhecer as pessoas da sociedade: naquele cavalheiro que conversava consigo, reconheci um parisiense, por ter o ar inglês, por traduzir rigidez, e por mostrar uma naturalidade perfeita e uma vivacidade especial.

Olhou Dechartre, que fingia não ouvir.

— Mas eu conheço esse senhor, disse miss Bell. Chama-se Le Ménil. Jantei ao seu lado duas vezes, em casa de Mme. Martin, e conversou bastante comigo. Disse-me que gostava de futebol, que foi ele quem introduziu esse jogo em França, e que o futebol está agora muito em moda. Contou-me também as suas aventuras de caça. Gosta dos animais. Tenho notado que os caçadores gostam muito dos animais. Asseguro-lhe, darling, que o senhor Le Ménil fala admiravelmente das lebres. Conhece os seus hábitos. Disse-me que era delicioso vê-las ao luar, dançar nos montes, me garantiu que eram muito inteligentes, e que tinha visto uma lebre velha, perseguida pelos cães, obrigar às patadas, outra lebre a sair da toca, para os enganar. O senhor Le Ménil nunca lhe falou das lebres, darling?

Teresa respondeu que não sabia, que achava os caçadores enfadonhos.

Miss Bell contestou. Não podia crer que o Sr. Le Ménil fosse enfadonho falando das lebres que dançam ao luar, nas charnecas e nas vinhas. O seu desejo seria domesticar uma lebre, como fez Phanion.

— Não conhece Phanion, darling? Oh! Tenho certeza de que o Sr. Dechartre a conhece. Era bela e amada pelos poetas. Morava na ilha de Cós, numa casa no alto da colina, que coberta de limoeiros e terebintos, descia para o mar azul. E diz-se que olhava o azulado das ondas. Contei a história de Phanion ao Sr. Le Ménil, que a apreciou muito. Um caçador tinha-lhe dado uma pequena lebre de compridas orelhas, que roubara à mãe, quando era ainda de leite. Criou-a no regaço e alimentou-a com flores da primavera. A lebre amava Phanion e esqueceu a mãe. Morreu por ter comido flores demais. Phanion chorou muito. Enterrou-a no jardim dos limoeiros, num túmulo que podia ver da sua cama. E a sombra da pequena lebre foi suavizada com as canções dos poetas.

A boa Mme. Marmet disse que o Sr. Le Ménil era simpático por ter maneiras elegantes e polidas, que os moços de agora já não têm. Teria tido muito gosto em vê-lo. Tinha um favor a pedir-lhe.

— É para meu sobrinho, disse ela. É capitão de artilharia, muito bem visto e muito estimado pelos chefes. O seu coronel serviu muito tempo às ordens de um tio do Sr. Le Ménil, o general de La Bríche. Se o Sr. Le Ménil pedisse ao tio que recomendasse meu sobrinho ao coronel Faure, ficar-lhe-ia muito reconhecida.

— Aliás, meu sobrinho não é um estranho para o Sr. Le Ménil. Encontraram-se no ano passado, no baile à fantasia que o capitão de Lessay ofereceu, no hotel de Inglaterra, aos oficiais da guarnição de Caen e aos rapazes solteiros dos arredores.

Mme. Marmet ajuntou, abaixando os olhos:

— As convidadas, naturalmente, não eram senhoras da sociedade. Mas dizem que havia algumas muito bonitas. Tinham-nas mandado vir de Paris. Meu sobrinho, que me deu esses pormenores, estava vestido de postilhão; o Sr. Le Ménil estava fantasiado de hussardo da Morte, e fez um grande sucesso.

Miss Bell disse que sentia muita pena de não ter sabido que o Sr. Le Ménil estava em Florença. Tê-lo-ia certamente convidado para vir descansar em Fiesole.

Dechartre ficou alheado e distraído durante o resto do jantar; e, no momento de se separarem, quando Teresa lhe estendeu a mão, sentiu que ele evitava apertá-la.

CAPÍTULO XXIII

No dia seguinte, Teresa encontrou-o pensativo, no discreto pavilhão de Via Alfieri. Tentou a princípio distraí-lo com uma alegria ardente, com as doçuras de uma intimidade solícita e com a humildade altiva de uma amante que se oferece. Mas ele continuava triste. Durante toda a noite tinha meditado, trabalhado, aprofundado a sua tristeza. Descobrira razões para sofrer. O seu pensamento tinha ligado a mão que pusera uma carta na caixa postal, diante do S. Marcos de bronze, ao desconhecido banal e temível que vira na estação. Jacques Dechartre dava agora um rosto, um nome ao seu sofrimento. Na austera poltrona em que Teresa se sentara no dia da sua chegada e que ela lhe tinha desta vez oferecido, permanecia assediado por imagens penosas, enquanto ela, inclinada sobre um dos braços, o envolvia com a sua forma quente e a sua alma amorosa. Ela adivinhava muito bem o que o fazia sofrer, para lho perguntar.

Para inspirar idéias mais suaves, recordou-lhe os segredos do quarto onde se encontravam e os seus passeios através da cidade. Descobria familiaridades deliciosas:

— Todas as manhãs, sirvo-me da colher que me deu ao pé das Lanzi, a pequena colher, com o lírio vermelho, para tomar chá. E pelo prazer que sinto em vê-la, quando acordo, vejo bem quanto o amo.

Depois, como ele respondesse apenas com palavras tristes e veladas, ela disse:

— Estou aqui ao seu lado e não pensa em mim. Está preocupado por uma idéia que não sei qual seja. No entanto, eu existo, e uma idéia não é coisa alguma.

— Pensa que uma idéia não é coisa alguma? Uma idéia nos pode fazer felizes ou desgraçados; vive-se e morre-se por uma idéia. Pois bem, é verdade, penso...

— Em que?

— Porque pergunta? Sabe muito bem, penso no que soube ontem à noite e que me ocultou. Penso no encontro que teve ontem na estação e que não era devido ao acaso, mas que foi motivado por uma carta, por uma carta — recorda-se — posta na caixa de Or San Michele. Oh! não lhe faço acusações. Não tenho tal direito. Mas porque entregou-se a mim, se não era livre?

Ela cuidou que devia mentir:

— Quer falar de alguém que vi ontem na estação? Asseguro-lhe que foi o encontro mais banal deste mundo.

Ele sentiu-se dolorosamente impressionado, ao ver que ela não se atrevia a dizer o nome daquele de quem falava, e evitou também pronunciá-lo.

— Não foi por sua causa que ele veio, Teresa? Não sabia que ele estava em Florença? Não é para si mais do que um homem com quem se encontra na sociedade e que a visita? Não é o ausente que lhe fez dizer-me à margem do Arno: "Não posso!" Não representa nada para si?

Ela respondeu resolutamente:

— Vem às vezes à minha casa. Foi o general Larivière quem mo apresentou. Nada mais tenho a lhe dizer sobre ele. Creia que não me interessa e que não posso conceber o que pensa.

Sentia uma espécie de contentamento em renegar o homem que tinha sustentado contra ela com tanta dureza e violência os seus direitos de posse. Mas ansiava por sair daquela via tortuosa. Levantou-se e fitou no seu amigo os olhos ternos e graves:

— Ouça-me: desde o dia em que me entreguei a você, a minha vida pertence-lhe inteiramente. Se lhe surgir uma dúvida, uma inquietação, interrogue-me. O presente pertence-lhe e sabe bem que não há mais ninguém, você só. Quanto ao meu passado, se soubesse como foi vazio e nulo, ficaria contente. Não posso acreditar que outra mulher, feita como eu para amar, lhe oferecesse uma alma mais nova no amor do que a minha. Isso juro-lhe. Os anos que passei sem você, é como se não os tivesse vivido. Não falemos deles. Não há neles coisa alguma que me possa envergonhar. Ter pena é outra coisa — tenho pena de o ter conhecido tão tarde. Porque não veio mais cedo, meu amigo? Ter-me-ia dado, há cinco anos, tão voluntariamente como hoje. Mas creia-me, não nos cansemos em revolver o tempo que passou. Lembre-se de Lohengrin. Se me ama, sou para você o cavaleiro do cisne. Nada lhe pedi. Nada quis saber. Não lhe fiz referência alguma a respeito de Mlle. Joana Tancredo. Vi que me amava, que sofria, e isso bastou... porque o amava.

— Uma mulher não pode ser ciumenta da mesma maneira que um homem, nem sentir mais.

— Não sei porque.

— Por que? Porque não há no sangue, na carne da mulher, esse furor absurdo e generoso da posse, esse velho instinto que o homem transformou num direito. O homem é o deus que quer a sua criatura inteira. Desde séculos imemoriais a mulher acostumou-se à partilha. É o passado, o obscuro passado que determina as nossas paixões. Éramos já tão velhos quando nascemos! O ciúme não é para uma mulher senão a ferida do amor-próprio. Para o homem é uma tortura funda como o sofrimento moral, contínua como o sofrimento físico... Perguntas por que? Porque, apesar da minha submissão e do meu respeito, a despeito do temor que me inspiras, és a matéria e eu a idéia, és a coisa e eu a alma, és a argila e eu o artista. Oh! não te queixes por isso. Que é a ânfora arredondada e ornada de grinaldas, em confronto com o humilde e rude oleiro? Ela é serena e bela. Ele é um pobre homem que se atormenta, que sofre; porque querer é sofrer. Sim, sou ciumento. Eu sei bem o que existe no fundo do meu ciúme. Quando o analiso, encontro nele preconceitos hereditários, um orgulho selvagem, uma doentia sensibilidade, uma mistura de violência estúpida e de fraqueza cruel, uma revolta imbecil e má contra as leis da vida e do mundo. Mas, que importa conhecê-lo tal qual é se ele existe para me torturar? Sou como o químico que, ao estudar as propriedades do ácido que absorveu, sabe com que gases ele se combina e que sais forma. Entretanto, o ácido o vai queimando até os ossos.

— É absurdo!

— Sim, sou absurdo, sei-o melhor do que ninguém. Desejar uma mulher em todo o esplendor da beleza e do espírito, senhora de si, e que sabe, e que ousa, mais bela e desejável ainda por isso mesmo, e cuja escolha é livre, voluntária, sem segredos; desejá-la, amá-la pelo que é e sofrer porque não tem a candura pueril, nem a pálida inocência que seriam chocantes, se fosse possível descobri-las nela; pedir-lhe ao mesmo tempo que seja ela e que não o seja, adorá-la tal como a vida a fez, e lastimar amargamente que a vida, que tanto a embelezou, a tivesse sequer tocado, oh! é absurdo. Eu amo-te, ouves, amo-te com tudo o que vem das tuas experiências, com tudo o que vem dele, talvez deles, que sei eu?... São essas as minhas delícias e são essas as minhas torturas. Deve haver, na verdade, um sentido profundo nessa tolice pública que quer que os nossos amores sejam um pecado. A alegria é um pecado quando é imensa. Há tempos que eu sofro, minha bem amada.

Ela ajoelhou-se diante dele, pegou-lhe nas mãos e puxou-o contra si:

— Não quero que sofras, não quero. Mas seria uma loucura. Amo-te e nunca amei senão a ti. Podes crer-me: não minto.

Ele beijou-a na testa.

— Se me enganasses, minha querida, não te quereria mal por isso. Pelo contrário, ficar-te-ia reconhecido. Que há de mais legítimo, de mais humano, do que enganar a dor? Que seria de nós, meu Deus, se as mulheres não tivessem por nós a piedade de mentir? Mente, minha bem amada, mente por caridade. Dá-me o sonho que faz colorir as negras mágoas. Mente, não tenhas escrúpulo. Farias apenas acrescentar mais uma ilusão à ilusão do amor e da beleza.

E suspirou:

— Oh! o bom senso! a sabedoria comum!

Ela perguntou-lhe o que queria dizer e o que era essa sabedoria comum. Ele respondeu que era um provérbio sensato, mas brutal, e que era melhor não lho dizer.

— Diga, peço-lhe.

— Quer que lho diga: "Boca beijada não perde a doçura."

E ajuntou:

— É verdade que o amor conserva a beleza, e que a carne das mulheres se alimenta de carícias, como a abelha de flores.

Ela pôs-lhe na boca um juramento num beijo:

— Juro-te que nunca amei senão a ti. Oh! não, não são as carícias que conservam estes poucos encantos que sou tão feliz de possuir para te oferecer. Amo-te! amo-te!

Mas ele lembrava-se da carta de Or San Michele e do desconhecido da estação.

— Se me amasse verdadeiramente, não poderia amar ninguém mais.

Ela levantou-se, indignada:

— Então, acredita que amo outro? Mas é monstruoso o que acaba de dizer. Aí está o que pensa de mim! E diz que me ama... Ouça! Tenho piedade de você, porque está doido.

— Estou doido realmente? Diga-mo. Diga-mo outra vez.

Ajoelhada, envolvia-lhe as fontes e as faces com as palmas das mãos macias, e dizia-lhe como era insensato preocupar-se com um encontro vulgar e banal. Obrigou-o a acreditar, ou antes a esquecer. Não viu, não soube perceber mais nada do que aquelas mãos leves, aqueles lábios quentes, aqueles dentes ávidos, aquele seio harmonioso e toda aquela carne que se oferecia. Não teve outra idéia senão a de se aniquilar nela. Da amargura e da cólera desvanecidas só restava já agora o acre desejo de tudo esquecer, de lhe fazer esquecer tudo, e de rolar com ela numa voluptuosa vertigem. Excitada ela própria pela inquietação e pelo desejo, experimentando a ardente paixão que inspirava, sentindo ao mesmo tempo a sua onipotência e a sua fraqueza, pagou amor com amor, com um ardor nunca sentido ainda. E, numa raiva instintiva, numa surda vontade de se entregar melhor e mais que nunca, ousou o que nunca imaginara possível ousar. Uma sombra quente envolvia o quarto. Raios de ouro, atravessando os cortinados, iluminavam a cesta de morangos pousada sobre a mesa ao lado de um frasco de vinho de Asti. À cabeceira do leito, a sombra clara da dama veneziana sorria com os lábios descoloridos. As máscaras de Bergamo e de Verona desenrolavam a sua alegria silenciosa ao longo dos biombos. Uma rosa muito pesada, numa taça, desfolhava-se folha a folha. O silêncio estava impregnado de amor e ambos saboreavam o seu cansaço ardente.

Teresa adormeceu sobre o peito do amante. A voluptuosidade prolongou-se no seu sono ligeiro. Quando abriu os olhos, disse, feliz:

— Amo-te.

Encostado ao travesseiro, ele contemplava-a com uma angústia surda.

Ela perguntou-lhe porque estava triste:

— Estavas contente há pouco. Porque já não o estás?

E como ele balançasse a cabeça, sem responder:

— Fala. Antes quero as tuas queixas do que o teu silêncio.

Ele disse então:

— Queres saber? Não te zangues. Sofro mais do que nunca, porque sei agora tudo quanto podes dar.

Ela retraiu-se bruscamente, e com os olhos cheios de dor e de censura:

— Como pode pensar que fui com outro o que sou consigo?! Fere-me no que tenho de mais sensível, no meu amor por você. Não lho perdôo. Amo-o. Nunca havia amado antes de o conhecer. Nunca sofri senão por você. Pode estar satisfeito. Feriu-me muito... Não pensei que tivesse tanta maldade.

— Teresa, nunca se é bom quando se ama.

Sentada no leito, com as pernas nuas pendentes, ela ficou muito tempo imóvel e pensativa. O seu rosto, que o prazer tinha empalidecido, ruborizou-se e uma lágrima veio umedecer-lhe os cílios.

— Chora, Teresa?

— Perdoe-me, meu amigo. É a primeira vez que amo e que sou verdadeiramente amada. Tenho medo.

CAPÍTULO XXIV

Enquanto o ruído surdo das malas nas escadas enchia a vila dos Sinos, Paulina, carregada de embrulhos, descia rapidamente os degraus, Mme. Marmet inspecionava com calma vigilante a partida dos volumes e miss Bell acabava de se vestir no seu quarto. Teresa, vestida de cinzento para a viagem, apoiada sobre a balaustrada do terraço, olhava, uma vez mais ainda, a cidade da Flor.

Resolvera partir. O marido chamava-a em cada uma das suas cartas. Se, como insistentemente lhe pedia, ela voltasse a Paris nos primeiros dias de maio, poderiam dar dois ou três jantares, seguidos de recepções, antes do Grande Prêmio. O seu grupo era apoiado pela opinião. Impelia-o a moda, e Garain estava convencido de que o salão da condessa Martin podia exercer uma influência extraordinária sobre o futuro do país. Essas razões lhe eram quase indiferentes, mas sentia agora uma certa benevolência pelo marido e desejava mesmo lhe ser agradável. Tinha recebido na antevéspera uma carta do pai. Montessuy, sem entrar nos planos políticos do genro e sem dar conselhos à filha, dava-lhe a entender que começava a estranhar-se na sociedade a misteriosa ausência da condessa Martin em Florença, entre poetas e artistas, que a Vila dos Sinos tomava, de longe, um ar de fantasia sentimental. Ela mesma se sentia observada demasiadamente de perto, naquele pequeno mundo de Fiesole. Mme. Marmet aborrecia-a e o príncipe Albertinelli inquietava-a na sua nova existência. Os encontros no pavilhão da Via Alfieri tornavam-se difíceis e perigosos. O professor Arrighi, das relações do príncipe, encontrara-a uma noite em que ela ia pelo braço de Dechartre, pelas ruas desertas. O professor Arrighi, autor de um tratado de agricultura, era o mais gentil dos sábios. Voltara o belo rosto heróico, de bigode branco e apenas dissera a Teresa, no dia seguinte: "Noutro tempo, adivinhava de longe a aproximação de uma linda mulher. Agora que passei a idade de ser olhado favoravelmente pelas damas, o céu tem piedade de mim; poupa-me vê-las. Tenho a vista cansada. Não consigo reconhecer nem mesmo os rostos mais adoráveis." Ela compreendera e tomara o aviso em consideração. E aspirava agora esconder a sua alegria na imensidade de Paris.

Vivian, a quem tinha anunciado a sua próxima partida, pedira-lhe para ficar alguns dias mais. Teresa, porém, suspeitava que a sua amiga se chocara com o conselho que lhe pedira uma noite, no quarto dos limoeiros, junto de uma confidente que desaprovava a sua escolha, e que lhe fizera ver como leviana e talvez perigosa. A partida tinha sido marcada para o dia 5 de maio.

O dia brilhava puro, adorável, sobre o vale do Arno. Teresa, pensativa, via do terraço a imensa rosa da manhã desabrochando na taça azul de Florença. Curvou-se para descobrir, ao pé das encostas floridas o ponto imperceptível em que tinha conhecido os gozos infinitos. Lá em baixo, o jardim do cemitério era uma pequena mancha sombria, junto da qual adivinhava a Via Alfieri. Reviu-se no quarto tão querido, onde certamente nunca mais entraria. As horas passadas para sempre apareciam-lhe com a tristeza de um sonho. Sentiu velarem-se-lhe os olhos, dobrarem-se-lhe os joelhos e desfalecer-lhe a alma. Parecia-lhe que a sua vida já não lhe pertencia, e que a deixara nesse recanto em que se viam os pinheiros negros erigindo os seus topos imóveis. Acusava-se de se entristecer assim sem motivo, quando, ao contrário, deveria se regozijar. Sabia que encontraria Jacques Dechartre em Paris. Tanto um como o outro, teriam querido chegar ao mesmo tempo, ou melhor, ir juntos. Se tinham julgado necessário que ele ficasse ainda três ou quatro dias em Florença, sabiam que breve se tornariam a encontrar, e ela só vivia agora na previsão da próxima entrevista. O seu amor andava misturado à sua carne e correndo no seu sangue. No entanto, uma parte de si mesma ficava no pavilhão das ninfas e das cabras, uma parte de si mesma que jamais recuperaria. Em pleno ardor da vida, morria para coisas infinitamente delicadas e preciosas. Lembrava-se de que Dechartre lhe dissera: "O amor é fetichista. Colhi no terraço as bagas negras e ressequidas de um alfeneiro que tu olhaste." Porque não se lembrara ela de levar uma pequenina pedra do pavilhão onde tinha esquecido o mundo?

Um grito de Paulina despertou-a desses pensamentos. Choulette, saltando de uma moita de cítisos, beijara bruscamente a criada de quarto que levava os casacos e os sacos para o carro. E fugiu agora pela aléia, hilare, hirsuto, com as orelhas espetadas como chifres, de cada lado do crânio liso. Cumprimentou a condessa Martin:

— Devo então dizer-lhe adeus, minha senhora?

Ficava na Itália. Chamava-o uma Dama, dizia ele; era Roma. Queria ver os cardeais. Um deles, a quem elogiavam como um velho cheio de sabedoria, entraria, talvez, no plano da Igreja socialista e revolucionária. Choulette tinha um fim: plantar sobre as ruínas da civilização injusta e cruel a cruz do Calvário, não já morta e nua, mas viva e abrigando o mundo com os seus braços floridos. Nessa intenção, fundava uma ordem e um jornal. A ordem, Mme. Martin já a conhecia.

O jornal seria a um soldo e redigido em frases rítmicas em versos de canção popular. Podia, devia mesmo ser cantado. O verso, muito simples, violento ou jovial, era afinal a única linguagem que convém ao povo. A prosa agradava apenas a pessoas de uma inteligência mais sutil. Ligara-se com anarquistas, nas tavernas da rua São Jacques. Passara as noites dizendo e ouvindo romances.

E acrescentou:

— Um jornal que seja um folheto de canções falará à alma do povo. Concedem-me um pouco de gênio. Não sei se têm razão. Mas, no que devem concordar, é que tenho um espírito prático.

Miss Bell descia os degraus, calçando as luvas:

— Oh! Darling, a cidade, as montanhas e o céu querem ser chorados por você. Fizeram-se maravilhosos hoje para lhe dar a saudade de os deixar e o desejo de os tornar a ver.

Mas Choulette, a quem fatigava a elegante secura da natureza toscana, só tinha saudades da verde Umbria e do seu céu úmido. Recordava Assis, erguida em prece sobre a planície planturosa, no meio de uma terra mais emoliente e mais humilde.

— Há lá, disse ele, bosques e rochas, clareiras que descobrem um pouco de céu com nuvens brancas. Andei passeando sobre as pegadas do bom São Francisco, e pus o seu cântico do Sol em velhas rimas francesas, simples e pobres.

Mme. Martin disse que queria ouvi-lo. Miss Bell escutava já, e o seu rosto tomava a expressão de um anjo esculpido por Mino.

Choulette advertiu-as de que era uma obra rústica e sem arte. Os versos não procuravam ser belos. Eram simples, mas, no entanto ímpares para mais leveza. E, com uma voz lenta e monótona, recitou o cântico:

Je vous louerai, mon Dieu, d'avoir fait aimable et clair
Ce monde où vous voulez que nous attendions de vivre.
Vous l'avez semé d'or, d'émeraude et d'outremer,
Comme un peintre qui met des peintures dans un livre.

Je vous louerai d'avoir créé le seigneur Soleil,
Qui luit à tout le monde, et de l'avoir voulu faire
Aussi beau qu'il est bon, très digne de vous, vermeil,
Splendide et rayonnant, en forme exacte de sphére.

Je vous louerai, mon Dieu, pour notre frere le Vent,
Pour notre soeur la Lune et pour nos soeurs les Etoiles,
Et d'avoir au ciel bleu mis le nuage mouvant
Et tendu les vapeurs du matin comme des toiles.

Je vous louerai, Seigneur, je vous bénirai, mon Dieu,
Pour le brin de l'hysope et la cime de l'yeuse,
Pour mon frère terrible et plein de bonté, le Feu,
Et pour l'Eau, notre soeur humble, chaste et précieuse.

Pour la terre qui, forte, à son sein vêtu de fleurs
Nourrit la mère avec l'enfant riant dans les langes

Et l'homme qui vous aime, et le pauvre dont les pleurs
Au sortir de ses yeux vous sont portes par les anges,

Pour notre soeur la Vie et pour notre soeur la Mort,
Je vous louerai, Seigneur, d'ores à mon ultime heure,
Afin d'être en mourant lê nourrisson qui s'endort
Dans la belle vesprée et pour une aube meilleure.

— Oh! senhor Choulette, disse miss Bell, esse cântico sobe para o céu como o eremita que se vê no Campo Santo de Pisa subindo a montanha amada pelas cabras. Vou lhe dizer: o velho eremita sobe, apoiado ao bordão da fé, e o seu passo é desigual, porque, como a muleta vai só de um lado, faz-lhe avançar um pé mais depressa que o outro. É por isso que os seus versos são desiguais. Oh! compreendi logo isso muito bem.

O poeta aceitou aquele elogio, certo de o ter inconscientemente merecido.

— O senhor Choulette tem fé, disse Teresa. Para que lhe serve ela senão para fazer belos versos?

— Serve-me para pecar, minha senhora.

— Oh! para pecarmos não temos necessidade disso.

Mme. Marmet apareceu, preparada para a viagem, na serena alegria de reencontrar enfim, na sua pequena casa da rua La Chaise, o seu cãozinho Toby, o seu velho amigo Sr. Lagrange, e de tornar a ver, depois dos etruscos de Fiesole, o guerreiro doméstico que, entre as caixas de confeitos, fitava através da janela o quarteirão do Bon Marché.

Miss Bell conduziu as suas amigas à estação na sua carruagem.

CAPÍTULO XXV

Dechartre tinha vindo ao vagão cumprimentar as duas viajantes. Separada dele, Teresa sentiu o que ele era para ela; da vida tinha-lhe dado um gosto novo, delicioso e tão vivo, tão real, que o sentia nos lábios. Vivia como num sortilégio, no sonho de revê-lo; surpreendida e enternecida quando Mme. Marmet, durante a viagem, lhe dizia: "Acho que passamos a fronteira", ou: "As roseiras florescem à beira mar." Conservava aquela alegria interior, quando, depois de uma noite de hotel, em Marselha, viu as cinzentas oliveiras nos campos pedregosos, depois as amoreiras e o longínquo recorte do monte Pilatos e o Rodano e Sião, e em seguida, as paisagens familiares, as árvores erguendo em ramos as copas, antes escuras e violáceas, e agora revestidas de verde tenro, os pequenos tapetes pautados das terras de cultura nas encostas das colinas, e as filas dos olmos à beira dos rios. A viagem ia correndo para ela sem abalos; saboreava a plenitude das horas vividas e a surpresa das alegrias profundas. E foi com um sorriso de dormente que desperta que, ao parar o trem, sob a luz lívida da estação, acolheu o marido, todo contente por tornar a vê-la. Beijando a boa Mme. Marmet, disse-lhe que lhe agradecia de coração. E, na verdade, dava graças a todas as coisas, como o São Francisco de Choulette.

No fundo do coupê, que ia seguindo o cais na poeira luminosa do poente, ouviu sem impaciência o marido lhe confiar as suas vitórias na tribuna, as intenções do seu grupo parlamentar, os seus projetos, as suas esperanças e a necessidade de dar dois ou três grandes jantares políticos. Fechou os olhos para melhor meditar e disse consigo: "Amanhã, devo receber uma carta, e tornarei a vê-lo dentro de oito dias." Quando o coupê passou sobre a ponte, olhou aquela água que rolava chamas, aqueles arcos esfumaçados, aquelas fileiras de plátanos, as ramas floridas dos castanheiras nos quincôncios do Cours-la-Reine; e todos aqueles aspectos familiares se revestiam para ela de uma magnificência nova. Parecia-lhe que o seu amor pusera uma cor mais viva no mundo. E perguntava a si mesma se as árvores, as pedras a reconheciam. Pensava: "Como é que o meu silêncio, os meus olhos, toda a minha carne, e o céu e a terra não gritam o meu segredo?" O senhor Martin-Bellème, pensando que ela estivesse um pouco cansada, aconselhou-lhe o repouso. E à noite, fechada no seu quarto, no meio do grande silêncio em que ouvia as palpitações da sua alma, escreveu ao ausente uma carta cheia dessas palavras semelhantes às flores, pela sua perpétua frescura:

"Amo-te, espero-te. Sou feliz. Sinto-te perto de mim, só existe no mundo tu e eu. De minha janela vejo uma trêmula estrela um pouco azul. Contemplo-a, cuido que a estás vendo de Florença. Pus sobre a minha mesa a pequena colher com o lírio vermelho. Vem. De longe, queimas-me. Vem!" E tornava a achar assim, todas cheias de frescura, na sua alma, as sensações e as imagens eternas.

Durante uma semana, viveu uma vida toda interior, sentindo dentro do peito o doce calor que lhe restava dos dias da Via Alfieri, respirando em si os beijos recebidos, e amando-se por se sentir amada. Pôs um cuidado delicado, um gosto meticuloso em mandar fazer vestidos novos. Era a si mesma que agradava, que queria agradar. Loucamente inquieta, quando não havia nada para ela no correio, trêmula e alegre quando, através da grade, pelo pequeno postigo, recebia uma carta em que reconhecia a larga e floreada caligrafia do seu amigo, devorava as recordações, os desejos e as esperanças. Assim as horas despedaçadas, amarfanhaclas, queimadas, se foram extinguindo rapidamente.

Só a manhã do dia em que ele devia chegar lhe pareceu de uma duração odiosa. Estava na estação muito antes da chegada do trem. Houve o sinal de um atraso. Ficou acabrunhada. Otimista nos seus projetos, e pondo à força, como seu pai, a sorte do lado da sua vontade, aquele atraso que não previra, parecia-lhe uma traição. A luz cinzenta que, durante três quartos de hora, filtraram os vidros do saguão, caía sobre ela como as areias de uma imensa ampulheta que ia contando os minutos perdidos para a felicidade. Desolava-se, quando, na luz vermelha do sol já baixa, viu a máquina de um rápido parar, monstruosa e dócil, no cais da chegada e, entre a multidão dos viajantes saindo dos carros, Jacques, alto e esguio, avançar para ela, olhando-a com aquela alegria sombria e violenta que lhe conhecia.

— Ei-la enfim! Temia morrer antes de tornar a vê-la. Não sabe, nem eu mesmo sabia, que tortura é viver uma semana longe de você. Voltei ao pequeno pavilhão da Via Alfieri. No quarto, sabe, diante do velho retrato a pastel, gritei de amor e de raiva.

Ela olhou-o, satisfeita:

— E eu, não pensas como te chamava, como te queria, como estendia os braços, sozinha, para ti? Tinha escondido as tuas cartas no meu cofre de jóias. Relia-as à noite: era delicioso, mas era imprudente. As tuas cartas eram tu, mas não tanto como eu quisera.

Atravessaram o pátio onde rolavam os fiacres carregados de malas. Perguntou-lhe se não tomavam um carro.

Ele não respondeu. Parecia não a ouvir. Ela prosseguiu:

— Fui ver a tua casa, não me atrevi a entrar. Olhei pela grade, e vi janelas de colunas, através das roseiras, do fundo de um pátio, por trás de um plátano. E pensei: "É ali!" Nunca me senti tão comovida.

Ele não a escutava, não a olhava. Atravessou rapidamente com ela a calçada, e por uma estreita escadaria, chegou a uma rua deserta, que ladeava o pátio da estação. Entre estâncias de madeira e carvoarias, havia ali um hotel com restaurante no rés-do-chão, e mesas no passeio. Sob a tabuleta pintada, viam-se cortinas brancas nas janelas. Dechartre parou diante da pequena porta, e empurrou Teresa para o corredor escuro.

— Para onde me leva? perguntou ela. Que horas são? Tenho de estar em casa às sete e meia. É uma loucura.

E num quarto de ladrilhos vermelhos, mobiliado com uma cama de nogueira e um tapete representando um leão, gozara um instante de esquecimento divino.

Ao descer as escadas, ela disse:

— Jacques, meu querido, somos felizes de mais — roubamos a vida.

CAPÍTULO XXVI

No dia seguinte, um fiacre conduziu-a a uma rua populosa e no entanto deserta, meio triste, meio alegre, com paredes de jardins no intervalo das casas novas, e parou no ponto em que a calçada ia passar sob o arco abobadado de um palacete Regência, agora coberto de pó e de esquecimento, que, por capricho, se ergue ao través da rua. Aqui e ali, ramos verdes, alongando-se entre as pedras, alegram esse recanto da cidade. Teresa, batendo na pequena porta, viu, na perspectiva limitada das casas, uma roldana sobre uma lucarna e uma grande chave dourada, insígnia de um serralheiro. Regalava os olhos com aqueles aspectos novos para ela e já familiares. Voavam pombas por cima da sua cabeça; ouvia cacarejar galinhas. Um criado, de bigodes, de aspecto militar e rural, abriu a porta. Viu-se num pátio ensaibrado, que um plátano sombreava e à esquerda do qual, na beira da rua, havia a casa do guarda-portão, com gaiolas de canários nas janelas. Desse lado erguia-se a empena da casa vizinha, sob uma grade verde. Um ateliê de escultor apoiava contra ela o vigamento envidraçado, deixando entrever figuras de gesso adormecidas sob a poeira. À direita, a parede pouco elevada que fechava o pátio, mostrava engastados fragmentos preciosos de frisos e fustes partidos de colunatas. No fundo, o palacete, não muito grande, abria as seis janelas de colunelos da sua fachada meio escondida pela hera, e pelas roseiras.

Filipe Dechartre, apaixonado pela arquitetura francesa do século XV, tinha reproduzido ali, muito sabiamente, os caracteres de uma habitação privada, do tempo de Luiz XII. Essa casa, começada nos meados do segundo Império, não chegara a se concluir. O construtor de tantos castelos tinha morrido sem poder acabar a sua *casinha*.

E fora melhor assim. Concebida segundo uma moda que tinha então certa distinção e certo prestígio, mas que hoje parece banal e anacrônica, tendo perdido pouco a pouco a sua larga moldura de jardins, apertada entre as paredes das altas construções, o pequeno palacete de Filipe Dechartre, pela rudeza das pedras brutas à espera do pedreiro morto há vinte anos, pela desgraciosidade ingênua das três lucarnas inacabadas, pela simplicidade do teto que a viúva do arquiteto tinha mandado entelhar economicamente, como tudo o que é incompleto e involuntário, compensava a falta de graça da sua falsa antigüidade e do seu romantismo arqueológico, harmonizando-se com a humildade de um bairro vulgarizado pelo aumento da população.

Com o seu ar de ruína e a sua decoração de verdura, esse pequeno palacete tinha afinal o seu encanto. Com uma sutileza instintiva, Teresa depressa lhe descobriu outras harmonias. Naquela negligência elegante, que ia das paredes cobertas de hera aos vidros assombreados do ateliê e ao plátano curvado, cuja casca juncava de escamas as crescidas ervas do pátio, adivinhava a alma do dono, indolente, inábil em conservar, arrastando o longo cansaço das naturezas apaixonadas e concentradas. Na sua alegria teve um aperto de coração, ao reconhecer aquela indiferença em que o seu amado deixava as coisas que o cercavam. Achava nisso uma espécie de graça e de nobreza, mas também um espírito de desprendimento contrário à sua própria natureza, inteiramente oposto à alma interessada e diligente dos Montessuy.

Pensou logo que, sem alterar a meditativa doçura daquele rústico recanto, lhe imprimiria a sua atividade ordenada, mandando ensaibrar a aléia e pondo no ângulo onde chegava um pouco de sol, a alegria das flores. Olhou com simpatia uma estátua vinda para ali de algum parque devastado, uma Flora deitada no chão, toda roída por um musgo negro, com os dois braços caindo ao lado. Veio-lhe a idéia de a reerguer, fazendo dela um motivo, para a fonte cuja água via-se escoar tristemente no balde que lhe servia de taça.

Dechartre, que havia uma hora esperava a sua chegada, alegre, ainda inquieto, todo a tremer da sua felicidade agitada, desceu os degraus exteriores. Na sombra fresca do vestíbulo, onde se adivinhava confusamente o esplendor severo dos bronzes e dos mármores, ela parou, sufocada pelas palpitações do coração, que lhe batia violentamente no peito.

Ele abraçou-a fortemente e deu-lhe longos beijos. Através do zumbido das fontes, ouviu-o recordar as bruscas delícias da véspera. Reviu o leão de Atlas do tapete da cama e restituiu-lhe os beijos com uma lentidão deliciosa.

Ele guiou-a por uma angulosa escada de madeira para a vasta sala que outrora servia de gabinete de trabalho a seu pai, e onde ele agora desenhava, modelava e lia, sobretudo, amando a leitura como um ópio, que o fazia sonhar a cada página.

Tapeçarias góticas, muito desbotadas, deixando entrever numa floresta maravilhosa, uma dama de alta touca, com um licorne deitado aos pés sobre a erva florida, subiam por cima dos armários até às traves pintadas do teto.

Levou-a para um divã largo e baixo, cheio de almofadas, que cobriam com os seus farrapos suntuosos xales espanhóis e dalmáticas bizantinas; ela, porém, sentou-se numa poltrona.

— Aqui a tenho, finalmente. Agora o mundo pode acabar.

— Em tempo, respondeu ela, pensava no fim do mundo, mas sem o temer. O senhor Lagrange tinha-mo prometido, com a maior amabilidade, e eu o esperava. Antes de conhecê-lo, aborrecia-me tanto...

Contemplou em torno as mesas cobertas de vasos e estatuetas, as tapeçarias, a profusão confusa e esplêndida das armas, dos esmaltes, dos mármores, das pinturas, dos livros antigos.

— Quanta coisa bonita tem aqui!

— Na maioria, vem de meu pai, que vivia na idade de ouro das coleções. Estas histórias de licorne, cuja série completa está em Cluny, ele as descobriu em 1851, numa estalagem de Meung-sur-Yevre.

E ela, curiosa e desapontada, disse:

— Não vejo nada seu, nem uma estátua, nem um baixo-relevo, nem uma dessas ceras tão procuradas na Inglaterra, nem uma figurinha, nem uma placa, nem uma medalha.

— Se imagina que eu possa ter prazer em viver no meio das minhas obras!... Conheço-as demais, as minhas figuras... Cansam-me. O que não tem segredos, já não tem encantos.

Ela olhou-o com um despeito afetado:

— Não me tinha dito ainda que já não se tinha encantos para você quando já não se tinha segredos.

Ele tomou-a pela cintura:

— Ah! tudo o que vive é cheio de mistério. E tu és para mim, minha bem amada, um enigma cujo sentido desconhecido contém as delícias da vida e os tormentos da morte. Não temas oferecer-te. Hei de te desejar sempre, e ignorar-te-ei sempre. Podemos nós chegar a possuir o que amamos? Que são os beijos e as carícias senão o esforço de um desespero delicioso? Quando te aperto contra mim, procuro-te ainda; e não te tenho nunca, visto que te quero sempre e porque o que eu procuro em ti é o impossível, é o infinito. O que és, quem o pode saber? Vês, por ter modelado algumas pobres figuras, não sou um escultor. O que sou, antes, é uma espécie de poeta e de filósofo, que procura na natureza assuntos de inquietação e de angústia. O sentimento da forma não me basta. Os meus colegas riem-se de mim, porque eu não os igualo na simplicidade. Têm razão. E o animal do Choulette também tem razão, quando diz que devemos viver sem pensar nem desejar. O nosso amigo, o sapateiro de Santa-Maria-Nova, que ignora tudo o que poderia torná-lo injusto e infeliz, é um mestre na arte de viver. Eu devia amar-te ingenuamente, sem essa espécie de metafísica passional que me faz absurdo e mau. Nada há tão bom como ignorar e esquecer. Vem, vem, tenho pensado cruelmente em ti, nas torturas da ausência; vem, minha amada. Quero esquecer-te em ti mesma. É somente em ti que eu posso te esquecer e me perder.

Tomou-a nos braços, levantando o véu, beijou-a nos lábios.

Um pouco assustada naquela vasta sala desconhecida, como envergonhada pelo olhar das coisas estranhas, ela puxou o véu negro até o queixo.

— Aqui! nem pense nisso!

Ele lhe disse que estavam a sós.

— E o homem de bigodes terríveis que me abriu a porta?

— É Fusellier, o antigo criado de meu pai. Ele e a mulher constituem toda a minha criadagem. Pode estar sossegada. Estão metidos no seu cubículo, fiéis e rabugentos. Há de ver Mme. Fusellier, mas desde já a aviso que é muito familiar.

— Porque é que o senhor Fusellier, porteiro e mordomo, tem bigodes de tártaro?

— Assim a Natureza os fez e assim os deixo. Estou-lhe muito grato por ter o ar de um antigo sargento-mor que se fizesse jardineiro, e por me dar assim a ilusão de que é um vizinho de campo.

Sentado num canto do divã, e pondo-a nos joelhos, restituiu-lhe os beijos que ela lhe tinha dado.

Teresa ergueu-se logo, dizendo:

— Mostre-me as outras salas. Sou curiosa, e quero ver tudo.

Levou-a ao segundo andar. Aquarelas de Filipe Dechartre cobriam os muros do corredor. Abriu uma porta e fê-la entrar num quarto mobiliado de pau-santo.

Era o quarto de sua mãe. Conservava-o intacto, no seu passado recente, o único que verdadeiramente nos comove e entristece. Há nove anos desabitado, não tinha ainda o ar resignado à solidão. O armário de espelho espiava o olhar da velha senhora e, sobre o relógio de onix, uma Safo pensativa parecia relembrar com saudade o rumor do pêndulo.

Havia dois retratos pendurados nas paredes. Um de Ricard, representava Filipe Dechartre, muito pálido, de cabeleira revoltada, o olhar afogado num sonho romântico, a boca cheia de eloqüência e de bondade. O outro, pintado por mão menos inquieta, mostrava uma dama entre duas idades, quase bela na sua magreza ardente. Era Mme. Filipe Dechartre.

— O quarto de minha pobre mãe é como eu, disse Jacques: está cheio de recordações.

— Parece-se com sua mãe, disse Teresa. Tem os mesmos olhos. Paul Vence me disse que ela o adorava.

— Sim, respondeu ele, sorrindo, e era tão boa, a pobre mamãe, inteligente, encantadora, maravilhosamente absurda. Tinha a loucura do amor maternal, e não me deixava um minuto de descanso; atormentava-se e atormentava-me.

Teresa olhava um bronze de Carpeaux colocado sobre a cômoda.

— Reconhece o Príncipe Imperial, disse Dechartre, pelas suas orelhas em asas de Zéfiro que alegram um pouco o seu rosto frio? Este bronze é um presente de Napoleão III. Meus pais iam ao Compiègne. Durante a permanência da corte em Fontainebleau, meu pai fez o plano do castelo e desenhou a galeria. Cada manhã, o Imperador vinha, de sobrecasaca, com um cachimbo de espuma, pousar junto dele como um pingüim sobre um rochedo. Nesse tempo, eu era externo no colégio Bonaparte. Ouvia à mesa essas histórias, que nunca mais esqueci. O imperador se conservava assim plácido e doce, interrompendo o longo silêncio com algumas palavras abafadas sob o espesso bigode; depois, animava-se um pouco, explicava as suas idéias de máquinas. Era inventor e mecânico. Tirava um lápis do bolso e começava a fazer figuras demonstrativas sobre os desenhos de meu pai desolado. Estragava-lhe assim dois ou três planos por semana. Estimava muito meu pai e lhe prometia trabalhos e honras que nunca vinham. O imperador era bom, mas não tinha influência, como dizia mamãe. Nesse tempo, eu já era um rapazola. Ficou-me desde então uma vaga simpatia por esse homem que não era um gênio, mas que tinha uma alma afetuosa e excelente, e que punha nas grandes aventuras da vida uma coragem simples e um doce fatalismo. E, depois, o que o torna mais simpático para mim, é que foi combatido e injuriado por gente que lhe queria tomar o lugar e que não tinha sequer como ele, no fundo da alma, o amor do povo. Vimo-los depois, no poder. Oh! como são ordinários! O senador Loyer, por exemplo, que, em sua casa, enchia os bolsos de charutos, no *fumoir*, e me convidava para o imitar. "É para o caminho", dizia ele. Esse Loyer é um homem sem coração, duro para com os desgraçados, os fracos e os humildes. E Garain, não o acha também nojento? Lembra-se: a primeira vez que jantamos em sua casa, falou-se de Napoleão. Os seus cabelos, entrançados sobre a nuca e trespassados por uma flecha de diamantes, torciam-se com uma violência adorável. Paul Vence disse coisas sutis. Garain não compreendia patavina. E foi então que a minha querida perguntou a minha opinião.

— Era para o fazer brilhar. Começava já a sentir orgulho de você.

— Nunca seria capaz de articular uma só frase diante de pessoas tão consideráveis. No entanto, tinha vontade de dizer que Napoleão III me agradava mais do que o primeiro, que o achava mais tocante; mas essa idéia teria, talvez, produzido um péssimo efeito. Não sou, aliás, tão inteiramente falho de inteligência, até ao ponto de me ocupar de política.

Ia dando a volta ao quarto e contemplando os móveis com uma ternura familiar. Abriu uma gaveta da secretária:

— Veja os óculos da mamãe. Quantas vezes ela os procurou, os seus óculos! Agora, vou lhe mostrar o meu quarto. Se não o encontrar bem arrumado, peço-lhe que desculpe Mme. Fusellier, a quem recomendei que respeitasse a minha falta de ordem.

Os cortinados das janelas estavam descidos. Não lhes tocou.

Passada uma hora, ela mesma lhes entreabriu as pregas de cetim vermelho; os raios da claridade ofuscaram-lhe os olhos e se espalharam nos seus cabelos soltos. Procurou um espelho, e encontrou apenas um cristal de Veneza, embaciado na sua larga moldura de ébano. Erguendo-se nas pontas dos pés para se mirar perguntou:

— Sou eu este espectro sombrio e remoto? Todas as que se tem olhado neste espelho, não lhe devem ter feito grandes louvores.

Ao pegar nos grampos, viu sobre a mesa um pequeno bronze que ainda não tinha notado. Era uma obra italiana, de gosto flamengo: uma mulher nua, de pernas curtas, o ventre pendente e cheio de pregas, na atitude de correr, com o braço estendido.

Achou-lhe um ar canalha e equívoco. Perguntou-lhe o que fazia.

— Faz a mesma coisa que Mme. Mundanidade na fachada da catedral de Bâle.

Mas Teresa, que tinha ido à Bâle, não conhecia Mme. Mundanidade. Examinou novamente o pequeno bronze, não compreendeu, e perguntou:

— É então bem inconveniente? Como pode uma coisa que está na fachada de uma igreja ser difícil de explicar?

Teve uma hesitação súbita:

— Meu Deus! o que estarão pensando de mim M. e Mme. Fusellier?

E, descobrindo na parede um medalhão em que Dechartre tinha modelado um perfil de moça picante e vaidosa, perguntou:

— Que é isto?

— Isto é Clara, uma pequena vendedora de jornais da rua Demours. Trazia-me o *Figaro* todas as manhãs. Tinha covinhas nas faces como ninhos de beijos. Um dia lhe disse: "Vou fazer o teu retrato." Veio, uma manhã de verão, com brincos nas orelhas e os dedos cheios de anéis comprados na feira de Neuilly. E nunca mais tornou a aparecer. Não sei o que foi feito dela. É instintiva demais para ser uma grande cocote. Quer que a tire daqui?

— Não, fica muito bem neste canto. Não tenho ciúmes de Clara.

Era tempo de voltar para casa e não se decidia a partir. Enlaçou-lhe o pescoço nos braços:

— Oh! amo-te! E estiveste hoje tão alegre. Se soubesses como a alegria te fica bem! A tua alegria é fina e leve. Quem me dera fazer-te sempre alegre. Tenho necessidade de alegria, quase tanto como de amor; e quem há de me tornar alegre, senão tu?

CAPÍTULO XXVII

Desde que regressara a Paris, havia seis semanas, Teresa vivia no semi-adormecimento ardente da felicidade, deliciosamente imersa no seu sonho, sem pensar em mais nada. Via Jacques todos os dias, na pequena casa ensombrada pelo plátano; e quando por fim se arrancavam um do outro, ao cair da noite, tinha a alma cheia de recordações. O delicioso cansaço e o renascer dos desejos formavam a grinalda que entrelaçava as horas de amar. Ambos tinham os mesmos gostos — cediam juntos às mesmas fantasias. Os mesmos caprichos os conduziam um ao lado do outro. Uma das suas alegrias era errarem pela campina equívoca e linda que orla a cidade, pelas ruas onde as vendas cor de vinho são sombreadas por acácias, pelos caminhos pedregosos onde as urtigas crescem ao pé dos muros, pelos pequenos bosques e campos, sobre os quais desce um céu fino raiado pela fumaça das fábricas. O seu maior contentamento era sentir-se ao seu lado, naqueles lugares tão novos para ela, onde tinha a ilusão de se perder com ele.

Nesse dia, tinham tido a fantasia de embarcar no barco a vapor que tantas vezes vira passar debaixo das janelas. Não tinha medo de se encontrar com ninguém conhecido. O perigo não era grande. E, desde que amava, perdera a prudência. Viram as margens que pouco a pouco começavam a se tornar mais alegres, a partir da aridez poeirenta dos subúrbios; costearam ilhas com restaurantes à sombra das árvores e esquadrilhas de botes amarrados sob os salgueiros. Desembarcaram em Bas-Meudon. Como ela dissesse que sentia muito calor e tinha sede, fê-la entrar por uma porta de lado, numa taverna. Era uma casinhola com muitas varandas de madeira, que a solidão fazia parecer maior, dormitando numa paz rústica, à espera dos domingos para se encher de risos de moças, de remadores, do cheiro das frituras e das caldeiradas.

Subiram a escada de mão, que dava acesso ao primeiro andar, onde uma criada trouxe vinho e biscoitos. Cortinados de lã cobriam um leito de mogno. Sobre a chaminé, que cortava um dos ângulos, pendia um espelho oval num quadro com flores. Pela janela aberta se avistava o Sena, as margens verdes, as colinas ao longe, banhadas de ar quente, e o sol já quase a tocar o cimo dos choupas. Na beira do rio bailavam os mosquitos aos enxames. A paz fremente de uma tarde de verão enchia o céu, a terra e a água.

Teresa ficou muito tempo olhando o rio correr. Passou o barco a vapor moendo a água com a hélice; e nas ondulações do rastro que se desdobravam até a margem, parecia que a casa inclinada sobre o rio balançava como um navio.

— Adoro a água, disse Teresa, virando-se para ele. Como me sinto feliz, meu Deus!

Juntaram os lábios.

Abismados no desespero encantado do amor, tinham noção do tempo somente pelo fresco chapinhar da água que, de dez em dez minutos, depois da passagem do barco, vinha quebrar sob a janela entreaberta.

Soergueu-se nos travesseiros e, enquanto a roupa impacientemente atirada juncava o soalho, viu no espelho a sua nudez florida. E aos afagantes louvores que ele lhe fazia, respondeu:
— Não há dúvida que eu nasci para o amor.
Contemplava, com um delicado impudor, a sua imagem na claridade avermelhada, que avivava as rosas pálidas ou purpúreas das faces, dos lábios e dos seios.
— Amo-me, porque me amas.
Amava-a, certamente; e ser-lhe-ia impossível explicar a si mesmo porque a amava com uma piedade ardente, com uma espécie de furor sagrado. Não era por causa da sua beleza, no entanto tão rara e infinitamente preciosa. Tinha a forma, mas a forma segue o movimento e foge com ele incessantemente, perde-se e torna a encontrar-se, causa alegrias e desesperos estéticos. A bela forma é o relâmpago que fere deliciosamente os olhos. Inspira-nos admiração e espanto ao mesmo tempo. O que faz com que a desejemos e a amemos, é uma força doce e terrível, mais poderosa do que a beleza. Encontra-se uma mulher entre mil, e nunca mais a podemos deixar, desde que a possuímos, e a quem queremos ainda e sempre. É a flor da sua carne, que dá esse mal incurável de amar. É ainda outra coisa que não se pode definir, é a alma do seu corpo. Teresa era dessas mulheres que não se podem deixar nem enganar.
Exclamou, toda alegre:
— Não pode deixar-me, diga.
Perguntou-lhe porque não fazia o seu busto, se a achava tão bonita.
— Por que? Porque sou um escultor medíocre. Sei bem o que é um espírito medíocre. Mas, se queres absolutamente me considerar um grande artista, eu te darei outras razões. Para criar uma figura que viva, é preciso tomar o modelo como uma matéria vil, de onde se extrai a beleza, que se espreme, que se macera, para lhe tirar a essência. Mas tu, não há nada na tua forma, na tua carne, em ti toda, que não me seja precioso. Se eu fizesse o teu busto, prender-me-ia servilmente a todos esses nadas, que para mim são tudo, porque são um pequeno nada de ti. Demorar-me-ia estupidamente neles, sem chegar a dar uma idéia do conjunto.
Ela olhava-o pouco surpreendida.
— De memória, não digo que não, prosseguiu ele. Já esbocei um pequeno estudo que trago sempre comigo.
Como ela quisesse absolutamente vê-lo, mostrou-lho. Era um esboço vigoroso e simples. Não se reconheceu, achou-lhe durezas e uma alma que desconhecia.
— Ah! é assim que tu me vês, é assim que eu sou para ti?
Ele fechou o álbum:

— Não; é uma indicação, uma nota apenas. Mas creio que a nota é verdadeira. É provável que não te vejas completamente como eu te vejo. Toda criatura humana é um ser diferente para cada um dos que a olham.

E ajuntou, com uma espécie de alegria:

— Neste sentido pode-se até dizer que a mesma mulher não pertence nunca a dois homens. É uma idéia de Paul Vence.

— Acho que tem razão, disse Teresa.

E perguntou;

Que horas são?

Eram sete horas.

Preparou-se para partir. Cada dia chegava mais tarde em casa. O marido já o notara. Tinha-lhe dito: "Somos sempre os últimos convidados a chegar em todos os jantares; é uma fatalidade!" Mas, forçado todos os dias a se demorar no Palácio-Bourbon, onde se discutia o orçamento, absorvido pelos trabalhos da subcomissão que o tinha nomeado relator, ele mesmo se fazia esperar muitas vezes; e assim, a razão de Estado cobria as inexatidões de Teresa.

Ela recordou-lhe, sorrindo, a tarde em que chegara à casa de Mme. Garain, às oito e meia. Receava fazer um escândalo. Mas era o dia da grande interpelação. O marido só voltou da Câmara às nove horas, com Garain. Jantaram ambos de jaquetão. Tinham salvo o ministério.

Depois ficou pensativa:

— Quando começarem as férias na Câmara, já não terei pretexto para ficar em Paris. Meu pai não compreende esta dedicação conjugal que me retém aqui. Daqui a oito dias tenho de ir encontrá-lo em Dinard. Que vai ser de mim sem ti?

Juntou as mãos e olhou-o com uma tristeza infinitamente terna. Mas ele, mais sombrio, disse:

— Eu é que pergunto a mim mesmo com inquietação, o que vai ser de mim sem ti, Teresa. Quando me deixas só, assaltam-me os pensamentos mais dolorosos, as idéias negras vêm se sentar em volta de mim.

Ela perguntou que idéias eram essas.

— Já te disse quais eram, minha querida, respondeu, ele: devo esquecer-te em ti mesma. Quando partires, as saudades virão me atormentar. É forçoso pagar a felicidade que me dás.

CAPÍTULO XXVIII

O mar azul, semeado de escolhos róseos, lançava molemente a sua franja prateada sobre a areia fina da praia, ao longo do anfiteatro fechado por dois cornos de ouro. A beleza da luz punha um raio de sol da

Grécia sobre o túmulo de Chateaubriand. No quarto de ramagens, cujo balcão, para além dos mirtos e dos tamarindos do jardim, dominava a praia, o oceano, as ilhas e os promontórios, Teresa lia as cartas que fora buscar e que não pudera abrir no barco cheio de passageiros. Logo que acabara de almoçar, viera se fechar no quarto e ali, com as cartas abertas no regaço, lia avidamente, saboreando às pressas a sua alegria furtiva. Às duas horas, devia sair para um passeio em *mail,* com o pai, o marido, a princesa Seniavine, Mme. Berthier d'Eyzelles, a mulher do deputado e Mme. Raymond, a mulher do acadêmico. Recebera duas cartas nesse dia. A primeira que leu, exalava um fino e alegre perfume de amor. Nunca Jacques se mostrara mais risonho, mais simples, mais feliz, mais encantador.

Desde que a amava, dizia ele, sentia-se tão leve e transportado por uma tal alegria que os seus pés já não tocavam a terra. Não tinha senão um receio — o de sonhar e o de acordar sem que ela o conhecesse. Era sem dúvida um sonho. E que sonho! o pavilhão da Via Alfieri, o restaurante de Meudon, os beijos e aqueles ombros divinos, e toda aquela carne em que riam covinhas, aquele corpo galante, fresco e perfumado como um regato correndo entre flores. Se não era como o dormente acordado, era como o homem embriagado que canta. Não estava, felizmente, no seu juízo. Ausente, via-a sem cessar. "Sim, vejo-te junto de mim, vejo as tuas sobrancelhas sobre as pupilas de um cinzento mais delicioso que todo azul do céu e das flores, os teus lábios que têm a carne e o sabor dum fruto maravilhoso, as tuas faces onde o riso põe duas covas adoradas, vejo-te formosa e desejada, mas fugidia e deslizante; e, ao abrir os braços, desapareceste, e avisto-te ao longe, muito ao longe, na extensa praia dourada tão pequena, no teu vestido cor-de-rosa e sob a tua sombrinha, como uma haste florida de urze. Oh! tão pequena, como te vi um dia, do alto do Campanilho, na praça do Domo, em Florença. E me ponho a dizer, como dizia nesse dia: "Bastaria uma erva para ma esconder toda, e é para mim todo o infinito da alegria e da dor."

Queixava-se apenas dos tormentos da ausência, mas misturando às queixas os sorrisos do amor venturoso. Ameaçava-a gracejando, de a ir surpreender em Dinard. "Não tenhas receio. Ninguém me reconhecerá. Irei disfarçado em vendedor de gessos. Não será assim uma mentira. Vestido com uma blusa cinzenta e uma calça escura, a barba e o rosto enfarinhado de branco, irei bater na grade da vila Montessuy. Hás de me reconhecer, Teresa, pelas estatuetas que eu levar na prancha posta à cabeça. Serão todas amores. Haverá o Amor fiel, o Amor ciumento, o Amor terno, o Amor colérico; há de haver muitos Amores coléricos. E apregoarei na língua rude e sonora dos artistas de Pisa ou de Florença: *Tutti gli Amori per la signora Teresina!"*

A última página dessa carta era meiga e recolhida. Transbordava de efusões adoráveis, que recordavam a Teresa os livros de orações que lia em criança: "Amo-te, e amo tudo em ti: a terra que tu pisas, sem quase tocar e que tu embelezas; a luz que me permite ver-te, o ar que respiras. Amo o plátano curvo de meu pátio, porque o viste. Esta noite passei na avenida onde te encontrei numa tarde de inverno. Colhi um ramo de buxo que tinhas olhado. Nesta cidade onde não estás, não vejo senão a ti."

Dizia-lhe, ao terminar, que ia almoçar fora. Na ausência de Mme. Fusellier, que partira na véspera para Nevers, sua terra natal, tinha de ir a um restaurante da rua Royale. E ali, entre a multidão indiscreta, estaria ainda só com ela.

Teresa, enlanguescida pelo dulçor das carícias invisíveis, fechou os olhos e deixou recair a cabeça nas costas da poltrona. Ao ouvir o barulho do *mail* que acabava de parar diante da escada da entrada, abriu a segunda carta. Logo que viu a letra alterada, as linhas precipitadas e tortuosas, o aspecto triste e violento, ficou inquieta.

O começo obscuro deixava transparecer uma angústia súbita e suspeitas negras: "Teresa, Teresa, por que se entregou, se não o fazia inteiramente? De que serviu ter-me enganado agora que sei o que não queria saber?"

Suspendeu a leitura: velaram-se-lhe os olhos. E disse consigo: "Éramos tão felizes ainda há pouco! Que aconteceu, meu Deus? E eu que me sentia tão contente com a sua alegria, quando ela já não existia! Era melhor não escrever, pois as cartas só nos mostram sentimentos desvanecidos, idéias extintas."

Continuou a ler. E, ao ver o ciúme que o dilacerava, sentiu-se desanimada:

— Se não lhe tenho provado que o amo com toda a força do meu coração, que o amo de todo o meu ser, como poderei convencê-lo? E todo o seu desejo era descobrir quanto antes a causa daquele brusco ataque de loucura ciumenta. Jacques contava-a.

Quando almoçava num restaurante da rua Royale, encontrara um antigo camarada que nesse momento estava de passagem em Paris, a caminho da beira-mar.

Puseram-se a conversar; quisera o acaso que esse seu amigo, cheio de relações falasse da condessa Martin, a quem conhecia. E logo, interrompendo a narração, Jacques exclamava:

"Teresa, Teresa, por que me mentiu, se tinha de vir a saber um dia o que só eu ignorava? Mas a falta é maior ainda da minha parte que da sua. A sua carta, posta no correio de Or San-Michele, os seus encontros na estação de Florença, deviam ter-me deixado a par de tudo, se eu não teimasse em guardar as minhas ilusões, com desprezo da evidência. Não queria saber que pertencia a outro no mesmo momento em que se entregava a mim com aquela graça ousada, aquela volúpia adorável que me fará morrer. Ignorava-o e queria ignorá-lo. Nada mais lhe queria perguntar, com receio de que não pudesse continuar a mentir-me. Era prudente: e foi preciso que um idiota, de repente, brutalmente numa mesa de restaurante, me abrisse os olhos, me forçasse a saber. Oh! agora que sei, agora que já não posso ter mais dúvidas, como a dúvida me parece deliciosa! Ele me disse o nome que eu já tinha ouvido em Fiesole, na boca de miss Bell, e acrescentou: "Todo o mundo o sabe."

"Assim, amava-o, ama-o ainda! E quando, sozinho no meu quarto, mordo o travesseiro onde pousaste a cabeça, talvez ele esteja ao teu lado. Está certamente. Vai todos os anos às corridas de Dinard. Disseram-me. Vejo-o. Vejo tudo. Se soubesses as imagens que me ocorrem, dirias: "Está doido!" e terias pena de mim. Oh! quem me dera esquecer-te, a ti e a tudo. Sabes bem que não posso te esquecer senão em ti mesma. Vejo-te sem cessar com ele. É um martírio. Imaginava-me desgraçado, naquela noite, lembras-te, nas margens do Arno. Mas, naquele momento nem eu sequer sabia o que era sofrer. Hoje sei-o."

Ao acabar de ler essa carta, Teresa pensou: "Uma simples palavra, dita ao acaso, bastou para deixá-lo neste estado. Bastou uma palavra para o desesperar e enlouquecer." Procurou quem podia ter sido o miserável que tinha falado dela daquele modo. Suspeitou de dois ou três sujeitos que Le Ménil lhe tinha em tempos apresentado, avisando-a de que desconfiasse deles. E, com uma dessas cóleras brancas e frias, que tinha herdado do pai, disse consigo: "Hei de saber." Entretanto, que havia de fazer? Não podia correr para junto do seu desesperado amigo, desvairado, doente, para o beijar, para se atirar ao seu peito com tal abandono da carne e da alma que lhe fizesse sentir como lhe pertencia inteiramente, que o forçasse a acreditar nela. Escrever! Como valeria muito mais ir encontrá-lo, cair sem uma palavra sobre o seu coração e depois dizer: "Atreve-te agora a pensar ainda que não sou somente tua!" Mas não podia escrever. Mal começara a carta, ouvira logo vozes e risos no jardim. Já a princesa Seniavine se suspendia na escada do *mail-coach*.

Teresa desceu e mostrou-se no alto da escadaria do peristilo, serena, sorridente; o seu grande chapéu de palha, coroado de papoulas, projetava-lhe no rosto uma sombra transparente, onde luziam os olhos cinzentos.

— Meu Deus, como está linda! exclamou a princesa Seniavine. E que pena fazer-se tão rara! Pela manhã, mete-se na neblina e corre as ruas de São Malo; à tarde, fecha-se no quarto. Foge de nós.

O *mail* contornava o largo círculo da praia, junto das vilas e dos jardins escalonados no flanco da colina. E viam-se à esquerda as muralhas e o campanário de São Malo, emergindo do mar azul. Entrou, em seguida, numa estrada orlada de sebes vivas, ao longo das quais passavam mulheres de Dinard, altas sob a vasta touca de batista, de asas flutuantes.

— Infelizmente, vão se perdendo os antigos trajes, disse Mme. Raymond, sentada ao lado de Montessuy. É culpa das estradas de ferro.

— É verdade, disse Montessuy, sem estradas de ferro, a gente do campo usaria ainda os costumes pitorescos de antigamente. Mas nunca mais os tornaremos a ver.

— O que importa! replicou Mme. Raymond, se podemos imaginá-los!

— Mas acontece-lhes alguma vez ver qualquer coisa interessante? perguntou a princesa Seniavine. A mim, nunca.

Mme. Raymond, que tinha adquirido nos livros do marido umas vagas tintas de filosofia, declarou que as coisas nada significavam, e que a idéia era tudo.

Sem olhar Mme. Berthier d'Eyzelle, sentada à sua direita, na segunda banqueta, a condessa Martin murmurou:

— Oh! a gente apenas vê a sua idéia; e nunca compreende senão essa idéia. Assim vamos indo pela vida fora, cegos e surdos. E ninguém nos pode deter.

— Mas, minha querida, disse o conde Martin, sentado diante dela, ao lado da princesa, sem idéia diretriz, andaríamos ao acaso... Já leu, a propósito, Montessuy, o discurso pronunciado por Loyer, na inauguração da estátua de Carret-Gassicourt? O começo é realmente notável. Loyer tem muito senso político.

A carruagem, depois de atravessar os prados orlados de salgueiros, subiu uma encosta e avançou por uma larga planície arborizada. Seguiu, durante grande tempo, ao longo do muro de um parque. A estrada se estirava a perder de vista, em sua sombra úmida.

— É o Guerric? perguntou a princesa Seniavine.

De repente, entre os dois pilares de pedra coroados de leões, ergue-se sob a coroa de ferro de quatro florões, a grade fechada. Através dos varões, descobriam-se as pedras escuras do castelo, ao fundo de uma profunda aléia de tílias.

— Sim. É o Guerric, disse Montessuy. E dirigindo-se a Teresa:

— Conheceste bem o marquês de Ré... Aos sessenta e cinco anos, conservava ainda a força e a mocidade. Ditava a moda, era o árbitro da elegância e muito amado. Os novos lhe copiavam a sobrecasaca, o monóculo, os gestos, a gentil indolência, as maneiras encantadoras. De repente, abandonou o mundo, fechou o seu palácio, vendeu os seus cavalos, e não tornou a aparecer. Lembras-te da sua repentina desaparição, Teresa? Estavas casada há pouco. Ele ia te visitar constantemente. Um dia, soube-se que tinha deixado Paris. Foi aqui, no Guerric, que se recolheu em pleno inverno. Procuraram-se as razões dessa súbita retirada, pensou-se que fosse algum desgosto que assim o fazia desaparecer, humilhado pelo seu primeiro insucesso e receoso de que o vissem envelhecer. A velhice era, na verdade, o que ele mais temia. O certo é que já há seis anos que se retirou, nunca mais tornou a sair do seu parque. Recebe no Guerric dois ou três velhos, que foram os seus companheiros da mocidade. Esta grade não se abre senão para eles. Desde a sua volta, nunca mais ninguém o viu, nem o tornará a ver. Põe em se esconder a energia que antigamente punha em se mostrar. Não pôde suportar a idéia de que o vissem no seu declínio. É um morto vivo. Acho que isso tem certa graça.

E, recordando-se do amável velho que tinha querido acabar gloriosamente por ela a sua vida galante, Teresa voltou a cabeça e contemplou o Guerric, que sobre os topos cinzentos dos carvalhos elevava as suas quatro torres.

De volta do passeio, disse que estava com dor de cabeça e que não podia jantar. Trancou-se no quarto e tirou, do cofre das jóias a dolorosa carta. Releu a última página.

"A idéia de que pertences a outro, tortura-me e dilacera-me. E, depois, não queria que fosse esse!"

Era uma idéia fixa. Tinha escrito três vezes na mesma página estas palavras:

"Não queria que fosse esse!"

Também ela não tinha senão uma idéia: não perdê-lo. Para não perdê-lo, teria dito e feito tudo. Sentou-se à mesa e escreveu, no ímpeto de uma terna e queixosa violência, uma carta em que repetia com um gemido: "Amo-te, nunca amei a outra pessoa. Só tu, só tu, ouve bem. Vives na minha alma, em mim toda. Não acredites num miserável. Ouve-me. Nunca amei ninguém, juro-te, ninguém antes de ti."

Enquanto ia escrevendo, o suspiro imenso e ligeiro do mar acompanhava o suspiro do seu peito. Queria e pensava dizer palavras verdadeiras; e em tudo quanto dizia, havia a verdade do seu amor. Ouviu o passo pesado e seguro do pai nas escadas. Escondeu a carta e abriu a porta. Montessuy perguntou-lhe, na sua voz acariciante, se estava melhor:

— Vinha te dar as boas noites e te pedir uma coisa.

É provável que encontres Le Ménil amanhã nas corridas. Vai lá todos os anos. É um homem de hábitos certos. Se o encontrares, vês algum inconveniente, minha filha, em convidá-lo para passar aqui alguns dias? Teu marido acha que isso será para ti uma agradável distração. Podíamos hospedá-lo no quarto azul.

— Como quiseres. Mas gostaria mais de que guardasses o quarto azul para Paul Vence, que deseja muito vir. É possível também que Choulette chegue, sem nos avisar. É o seu costume. Uma destas manhãs vamos ouvi-lo tocar a campainha do portão como um pobre. Sabes que meu marido se engana imaginando que Le Ménil me é agradável? E além de tudo tenho de passar, na próxima semana, dois ou três dias em Paris.

CAPÍTULO XXIX

Vinte e quatro horas depois da sua carta, vindo de Dinard, Teresa chegava à pequena casa do bairro dos Ternes. Não lhe fora difícil encontrar um pretexto em Paris. Tinha feito a viagem com o marido, que queria passar mais uma vez em revista os seus eleitores do Aisne, minado pelos socialistas. Surprendeu Jacques, de manhã, no ateliê, quando esboçava uma figura de Florença, chorando, nas margens do Arno, a sua glória passada.

O modelo, sentado num banco muito alto, estava posando. Era uma moça delgada e trigueira. A luz crua, que caía do vitral, acentuando as linhas puras do quadril e das coxas, acusava o rosto duro, o pescoço escuro, o peito marmoreado, o ventre amarelo, os joelhos careteantes e os pés de artelhos acavalados. Teresa observou-a, curiosa, discernindo a forma delicada sob as misérias da carne mal alimentada e mal cuidada.

Dechartre, com o cinzel e a bola de massa, veio ao encontro de Teresa, com um ar de dolorosa ternura que a comoveu. Depois, pousando a massa e o cinzel no rebordo do cavalete, e cobrindo a figura com um pano molhado, disse ao modelo:

— Por hoje basta, minha filha.

Ela se levantou logo, apanhou desajeitadamente os vestidos, uma trouxa de lãs escuras e de roupas sujas, e foi se vestir por trás do biombo.

Entretanto, o escultor, tendo mergulhado na água de uma terrina verde as mãos em tenaz, saiu do ateliê com Teresa.

Passaram debaixo do plátano, que juncava com as escamas do tronco descascado a areia do pátio.

— Mudou de pensamento, não é verdade? perguntou ela.

Dechartre conduziu-a para o seu quarto.

A carta enviada de Dinard tinha adoçado já as impressões mais penosas. Chegava no momento em que, cansado de sofrer, tinha necessidade de calma e de carinho. Algumas das suas linhas tinham-lhe serenado a alma, cheia de imagens, menos sensível às coisas do que aos sinais das coisas. Mas ficara-lhe no coração um vago cansaço.

No quarto, onde tudo falava para ela, onde os móveis, as cortinas, os tapetes diziam o seu amor, ela murmurou palavras repletas de doçura:

— Como pode acreditar... Não sabe então quem é? Era uma loucura!... Como poderia uma mulher que o conheceu, suportar outro depois de si?

— Mas antes?

— Antes esperava-o.

— E ele não estava nas corridas de Dinard?

Teresa não sabia; mas o que era certo, é que ela não estava lá. Os cavalos e os donos de cavalos aborreciam-na.

— Jacques, não receie ninguém, porque não há ninguém que possa se comparar consigo.

Ele sabia, ao contrário, o pouco que era, e o pouco que se é neste mundo, onde os seres, agitados, como o grão na peneira, são misturados e separados pelo movimento do rústico ou do deus. E ainda essa idéia da peneira agrícola ou mística representava muito bem o equilíbrio e a ordem para poder se aplicar com exatidão à vida. Parecia-lhe que os homens eram grãos num moinho de café.

Teresa perguntou:

— Por que é assim, sem orgulho?

Ajuntava poucas palavras, mas falava com os olhos, com os braços, com a respiração que lhe erguia e abaixava o seio.

Na surpresa feliz de vê-la e ouvi-la, Dechartre deixou-se convencer. Ela perguntou quem lhe tinha dito as palavras odiosas.

Ele não tinha motivo para esconder — fora Daniel Salomon.

Teresa não se mostrou surpreendida. Daniel Salomon, que passava por não poder ser o amante de nenhuma mulher, queria ao menos viver na intimidade de todas e conhecer os seus segredos. Adivinhava a razão por que ele tinha falado:

— Jacques, não se zangue com o que vou lhe dizer. Não tem grande jeito para ocultar o seu modo de pensar. Suspeitou de que me tinha amor, e quis certificar-se disso. Estou certa de que agora já não lhe restam dúvidas sobre as nossas relações, mas isso pouco me importa. Ao contrário, se soubesse dissimular melhor, dar-me-ia mais receios. Imaginaria que não me amaria bastante.

Temendo inquietá-lo, ela mudou logo de conversa:

— Ainda não lhe disse como gostei do seu esboço. É Florença, à beira do Arno. Somos nós?

— Somos, sim. Quis pôr nesse grupo a emoção do meu amor. Essa emoção é triste, e desejaria que fosse bela. Veja como essa beleza é dolorosa, Teresa. É porque, desde que a minha vida é bela, sofro.

Procurou no bolso do seu jaquetão de flanela e tirou a cigarreira. Mas ela pediu-lhe que se vestisse depressa. Queria que jantasse com ela em sua casa. Não se separariam todo o dia. Seria delicioso.

Olhou-o com uma alegria infantil. Depois ficou tristonha, à idéia de que, no fim da semana, teria de voltar para Dinard, em seguida partir para Joinville, e que, durante todo esse tempo, estariam separados.

Em Joinville, em casa de seu pai, fá-lo-ia convidar por alguns dias. Mas não poderiam estar livres e sós como em Paris.

— É verdade, disse ele, que Paris é bom para nós, na sua confusa imensidade.

E ajuntou:

— Mesmo na tua ausência, já não posso me decidir a deixar Paris. Ser-me-ia odioso viver em países que não te conhecessem. Um céu, montanhas, árvores, fontes, estátuas, que não me falassem de ti, nada me diriam.

Enquanto ele se vestia, ela folheava um livro que tinha encontrado em cima da mesa. Eram as *Mil e uma Noites*. Gravuras românticas ostentavam, aqui e ali, no texto, vizires, sultanas, eunucos negros, bazares, caravanas.

— Achas interesse nas *Mil e uma Noites?*

— Muito, respondeu ele, dando o nó na gravata.

Quando quero, creio na existência desses príncipes árabes, cujas pernas se tornavam de mármore negro e dessas mulheres de harém que vagueiam à noite pelos cemitérios. Esses contos me dão sonhos fáceis que fazem esquecer a vida. Ontem à noite, me deitei muito triste, e comecei a ler a história dos três Calenders zarolhos.

— Procuras o esquecimento, disse ela, com certa amargura. E eu por coisa alguma desejaria perder a lembrança mesmo de um sofrimento causado por ti.

Desceram juntos para a rua. Ela devia tomar um carro um pouco mais longe e precedê-lo em casa, alguns minutos.

— Meu marido espera-o para almoçar.

Falavam pelo caminho de pequenas coisas, que o seu amor tornava grandes e adoráveis. Dispunham da tarde para encher com o infinito da alegria profunda e do prazer engenhoso. Consultava-o sobre as suas toaletes. Não se decidia a deixá-lo, imensamente feliz por o acompanhar pelas ruas batidas do sol e da alegria do meio-dia. Chegando à avenida das Ternes, descobriram, em frente, as lojas que ostentam, lado a lado, uma abundância magnífica de víveres. Eram rosários de aves à porta dos forneiros e, em casa dos fruteiros, caixas de alperces e de pêssegos, cestos de uvas, montes de pêras. Carros de frutas e flores orlavam a calçada. Sob o alpendre envidraçado de um restaurante, homens e mulheres almoçavam. Teresa reconheceu, entre eles, sozinho numa pequena mesa, contra um loureiro plantado num caixote, Choulette, que acendia o seu cachimbo.

Ao vê-la, atirou soberbamente uma placa de cinco francos para cima da mesa, levantou-se e cumprimentou. Estava soleníssimo — a longa sobrecasaca dava-lhe um ar de circunspecção e de austeridade.

Disse que desejaria muito ir ver Mme. Martin em Dinard. Mas tinha sido retido na Vendéa pela marquesa de Rieu. Entretanto, tinha publicado uma nova edição do *Jardim fechado*, ampliada com o *Pomar de Santa Clara*. Tinha tocado almas que imaginava insensíveis, e feito rebentar nascentes dos rochedos.

— De sorte, disse ele, que fui uma espécie de Moisés. Procurou na algibeira e tirou da carteira uma carta poída e enodoada.

— Aqui está o que me escreveu Mme. Raymond a acadêmica. Faço públicas as suas palavras, porque são em seu louvor.

E, desdobrando as folhas, leu:

— "Dei a conhecer o seu livro ao meu marido, que exclamou: "É espiritualismo do mais puro! Eis aí um jardim fechado que, ao lado dos lírios e das rosas brancas, pode muito bem ter, a meu pensar, uma portinha que abre para o caminho da Academia."

Choulette saboreou aquelas palavras, misturadas na sua boca ao cheiro da aguardente, e tornou a meter cuidadosamente a carta na carteira. Mme. Martin felicitou o poeta por ser o candidato de Mme. Raymond.

— Também seria o meu, senhor Choulette, se eu me ocupasse de eleições acadêmicas. Mas tem vontade de entrar na Academia?

Conservou alguns instantes um silêncio solene, e disse em seguida:

— Vou daqui conferenciar com diversas notabilidades do mundo político e religioso, que moram em Neuilly. A marquesa de Rieu insiste para que eu apresente a minha candidatura, na sua terra, para uma cadeira senatorial, vaga por morte de um velho que foi, dizem, general durante a sua vida ilusória. Vou consultar a tal respeito sacerdotes, mulheres, crianças — a eterna sabedoria! — no boulevar Bineau. O colega cujos sufrágios vou disputar, encontra-se numa região ondulada e arborizada, onde os salgueiros espontados orlam os campos. E não é raro encontrar na cavidade de um desses velhos salgueiros o esqueleto de um *chouan* agarrando ainda nos dedos descarnados a espingarda e o rosário. Mandarei afixar a minha profissão de fé na casca dos carvalhos; nela se lerá: "Paz aos presbitérios! O dia virá em que os bispos, com o báculo de pau nas mãos, se farão iguais ao mais pobre ecônomo da mais pobre paróquia! Foram os bispos que crucificaram Jesus Cristo. Chamavam-se Ana e Caifás. Conservam ainda esses nomes perante o Filho de Deus. Ora, enquanto o pregavam na cruz, eu era o bom ladrão crucificado ao seu lado.

Apontou o bordão para os lados de Neuilly:

— Dechartre, meu amigo, é o boulevar Bineau que se descobre lá no fundo, à direita, na poeira?

— Adeus, senhor Choulette, disse Teresa. Não se esqueça de mim quando for senador.

— Nunca a esqueço, minha senhora, em nenhuma das minhas orações, tanto matutinas como vespertinas. E o que digo a Deus é isso: "Já que na vossa cólera, lhe destes a riqueza e a beleza, olhai-a, Senhor, com ternura e tomai-a sob a vossa imensa misericórdia."

E partiu, empertigado e arrastando da perna, pela avenida populosa.

CAPÍTULO XXX

Envolta numa capa cor-de-rosa, Teresa desceu com Dechartre os degraus da escadaria externa. Chegara nessa manhã a Joinville. Tinha-o convidado para fazer parte da pequena roda dos íntimos, antes das caçadas a cavalo, e temia que Le Ménil, de quem não tinha notícias, fosse convidado naquele ano como de costume. O ar muito vivo de setembro agitava-lhe os anéis dos cabelos, e o sol poente fazia-lhe brilhar pontos de ouro no cinzento profundo das pupilas. Por trás deles, a fachada do castelo mostrava, por cima das três arcadas do rés-do-chão, nos intervalos das janelas sobre esguios pedestais, bustos de imperadores romanos. O corpo principal da casa, ladeado por dois altos pavilhões, realçava ainda, sob o grande telhado de ardósias, uma ordem desmesurada de pilares jônicos. Nesse arranjo reconhecia-se a arte do arquiteto Leveau, que havia construído, em 1650, o castelo de Joinville-sobre-Oise para aquele rico Mareuilles, pessoa de Mazzarino e cúmplice afortunado do superintendente Fouquet.

Teresa e Jacques viam na sua frente os canteiros que formavam grandes curvas desenhadas por Le Nôtre, o tapete verde, o tanque; depois, a gruta com as suas cinco arcadas rústicas e as suas hermas de gigantes, coroadas pelas grandes árvores, sobre as quais o outono já tinha começado a espargir a sua púrpura e o seu ouro.

— Essa geometria verdejante, tem afinal a sua beleza, disse Dechartre.

— Realmente tem. Mas vem-me à idéia o plátano curvado do pátio onde cresce a erva entre as pedras. Havemos de mandar fazer lá uma bonita fonte, cheia de flores.

Encostada a um dos leões de pedra, de cabeça quase humana, que guardavam os fossos entulhados no fundo dos degraus, voltou-se para o castelo e, olhando uma das duas lucarnas com fauce de dragão escancarada sobre a cornija, disse:

— É ali que fica o seu quarto; subi lá ontem. No mesmo andar, do outro lado ao fundo, é o escritório do papai. Uma mesa de pinho, um armário de mogno, uma garrafa de cristal em cima da chaminé — o seu gabinete de solteiro. Toda a nossa fortuna veio de lá.

Pelos caminhos ensaibrados do jardim, chegaram à muralha dos buxos recortados que fechava o parque do lado do sul. Passaram diante do pomar de laranjeiras, cuja porta monumental era sobreposta pela cruz lorena de Mareuilles, e seguiram depois pela aléia de tílias, ao longo do imenso gramado. Sob as árvores meio desfolhadas, estátuas de ninfas arrepiavam na sombra úmida, salpicada de reflexos pálidos. Um pombo, pousado no ombro de uma das mulheres brancas, levantou o vôo. De tempos a tempos um sopro de vento desprendia uma folha seca, que caía — concha de ouro vermelho onde restava uma gota de chuva. Teresa mostrou a ninfa e disse:

— Viu-me, quando em criança eu tinha vontade de morrer. Sofria de desejo e de receio. Esperava-o. Mas estava tão longe!

A aléia das tílias interrompia-se ao nível da rotunda ocupada pelo grande tanque no meio do qual se elevava um grupo de tritões e de nereidas soprando nas buzinas, para formar, quando a água irrompia, um diadema líquido com flores de espuma.

— É a Coroa de Joinville, disse ela.

Mostrou um caminho que, partindo do tanque, ia se perder no campo, do lado do levante.

— Aqui tem o meu caminho. Quantas vezes aqui passei tristemente! Era triste, quando ainda não o conhecia.

Encontraram a aléia que, com outras tílias e outras ninfas, se prolongava para além da rotunda. E seguiram-na até às grutas. Eram, no fundo do parque, um hemiciclo de cinco grandes nichos de conchas coroadas de balaustres, separadas por hermas gigantes. Um deles, à esquina do monumento, dominava-os com a sua nudez monstruosa e baixava sobre eles o doce olhar de pedra.

— Quando meu pai comprou Joinville, disse ela, as grutas eram apenas um montão de escombros cheio de ervas e de víboras. Havia lá milhares de tocas de coelhos. Meu pai restaurou as estátuas e as arcadas, segundo as estampas de Perrelle, conservadas na Biblioteca. Foi o seu próprio arquiteto.

Um desejo de sombra e de mistério conduziu-os ao caramanchão que cobre o flanco das grutas. Mas um rumor de passos, vindo da aléia coberta, fê-los parar um momento. E viram, através da folhagem, Montessuy cingindo com o braço a cintura da princesa Seniavine. Muito tranquilamente, iam caminhando em direção do castelo. Jacques e Teresa, escondidos pelo gigante, esperaram que eles passassem. Depois, ela disse a Dechartre, que a olhava, calado:

— Esta é muito boa! Agora compreendo porque neste inverno a princesa Seniavine pedia a meu pai que a aconselhasse na compra dos cavalos.

Enquanto Teresa admirava seu pai, por ter conquistado aquela lindíssima mulher, que passava por difícil e que todos sabiam rica, apesar dos embaraços oriundos da sua falta de ordem, perguntou a Jacques se não achava a princesa muito bonita. Ele reconhecia que tinha imponência, com um sabor de carne demasiado forte para o seu gosto. Era bela sem dúvida. Mas sob aquelas formas de morena, adivinhava a medalha negra. Teresa ajuntou que era possível e que, no entanto, a princesa Seniavine, à noite, fazia apagar as outras mulheres.

Levou Jacques às escadas que, subindo por trás das grutas, conduziam ao Feixe do Oise, formado por um tufo, de canas de chumbo, no meio de um tanque de mármore róseo. Ali se erguiam as grandes árvores que fechavam a perspectiva do parque e começavam os bosques. Avançaram sob o alto arvoredo. Tinham emudecido, ao tênue gemido das folhagens. Para além do cortinado soberbo dos olmos, estendiam-se as balsas, entrecortadas de feixes de faias e bétulas, em cujas cascas pálidas se acendia um derradeiro raio de sol.

Apertou-a nos braços e cobriu-lhe as pálpebras de beijos. A noite já descia do céu e as primeiras estrelas tremiam entre os ramos. Na erva molhada suspirava a flauta dos sapos. E não foram mais adiante.

Quando voltou com ele, já noite, a caminho do castelo, restava-lhe nos lábios um gosto de beijos e de hortelã, e nos olhos a imagem do seu amado que, encostado ao tronco de uma árvore, parecia um fauno, enquanto, erguida nos seus braços, com as mãos enlaçadas sob a nuca, ela desfalecia de volúpia. Sorriu sob as tílias para as ninfas que tinham visto as lágrimas da sua infância. O Cisne elevava no céu a sua cruz de estrelas e a lua mirava no tanque da Coroa o seu chavelho fino. Os insetos na erva faziam apelos de amor. Na última curva do renque de buxos, Teresa e Jacques descobriram a tríplice massa tenebrosa do castelo, e pelas grandes janelas do rés-do-chão, distinguiram, na luz vermelha, formas que se moviam. Já a sineta repicava:

Teresa exclamou:

— Mal tenho tempo de me vestir para jantar.

Escapuliu-se diante dos leões de pedra, deixando o seu amado como uma visão de contos de fadas.

* * *

No salão depois do jantar, enquanto o Sr. Berthier d'Eyzelles lia o jornal e a princesa Seniavine, diante da mesa de jogo, fazia uma paciência, Teresa, de olhos semi-cerrados sobre um livro e sentindo nas pernas a picada dos espinhos do mato que atravessara, por trás do Feixe do Oise, recordava, palpitando ainda, aquele que a tinha possuído entre as folhagens como um fauno a uma ninfa.

A princesa perguntou-lhe se era divertido o que lia.

Através das tapeçarias vinham da sala de bilhar as vozes breves dos jogadores e o bater seco das carambolas.

— Acabei! exclamou a princesa, abandonando as cartas.

Tinha apostado uma grande soma sobre um cavalo que corria nesse dia, nas corridas de Chantilly.

Teresa disse que recebera uma carta de Fiesole: Miss Bell anunciava-lhe o seu próximo casamento com o príncipe Eusebio Albertinelli della Spina.

A princesa riu:

— Aí está um homem que vai lhe prestar um grande serviço.

— Qual? perguntou Teresa.

— O de a enojar dos homens!

Montessuy entrou no salão, muito sorridente. Tinha ganho a partida.

Sentou-se ao lado de Berthier d'Eyzelles, e pegando num jornal aberto sobre o camapé, disse:

— O ministro das finanças anuncia que na próxima reabertura apresentará o seu projeto de lei sobre as caixas econômicas.

Tratava-se de autorizar as caixas econômicas a fazer empréstimos monetários às comunas, o que tiraria a melhor clientela aos estabelecimentos dirigidos por Montessuy.

— Berthier, perguntou o financeiro, és decididamente contrário a esse projeto?

Berthier curvou a cabeça.

Montessuy, levantando-se, pôs a mão no ombro do deputado:

— Meu caro Berthier, tenho a idéia de que o ministro vai cair no começo da sessão.

Aproximou-se da filha:

— Recebi uma estranha carta de Le Ménil.

Teresa foi fechar a porta que separava o salão do bilhar. Temia, afirmava ela, as correntes de ar.

— Uma carta singular, continuou Montessuy. Le Ménil não vem caçar em Joinville. Comprou um iate de oitenta toneladas, o *Rosebud*. Navega no Mediterrâneo e só quer viver na água. É pena. Não há outro como ele para saber dirigir uma caçada.

Nesse momento, Dechartre entrou no salão com o conde Martin que, depois de o ter vencido no bilhar, num generoso movimento de simpatia, lhe expunha os perigos de um imposto baseado sobre o pé de vida e o número de criados.

CAPÍTULO XXXI

Um fraco sol de inverno, filtrando as névoas do Sena, iluminava sobre as portas da sala de jantar os cães de Oudry.

Mme. Martin tinha à direita o deputado Garain, antigo guarda dos selos, antigo presidente do Conselho, e à sua esquerda o senador Loyer. A direita do conde Martin-Bellème, o Sr. Berthier d'Eyzelles. Íntimo e sóbrio almoço de negócios. Conforme as previsões de Montessuy, o ministério caíra quatro dias antes. Chamado nessa mesma manhã ao Eliseu, Garain aceitara a missão de formar o gabinete. Estava preparando durante o almoço a combinação que devia submeter nessa noite ao Presidente. E enquanto iam tenteando nomes, Teresa revia interiormente as imagens da sua vida íntima.

Regressara a Paris com o conde Martin ao reabrirem as Câmaras, e levava desde então uma vida maravilhosa.

Jacques amava-a; com um delicioso misto de paixão e de ternura, de experiência sábia e de curiosa ingenuidade. Era nervoso, irritável, inquieto. Mas esse gênio desigual valorizava mais ainda a sua alegria — essa alegria artista, que rompendo de súbito como uma chama, afagava o amor sem o ofender. Era o encanto de Teresa esse riso espiritual do seu amado. Nunca lhe teria imaginado aquele gosto seguro, que tão naturalmente punha no capricho risonho e na fantasia familiar. Nos primeiros tempos, apenas lhe mostrara um ardor monótono e sombrio. E isso só bastara para a prender. Mas depois, desvendara-lhe uma alma alegre, rica e diversa, uma graça única na sensibilidade, o dom de lisonjear, de contentar a alma toda com a carne.

— Um ministério homogêneo, exclamou Garain, é fácil de dizer. E, no entanto, não podemos deixar de nos inspirar nas tendências próprias às diferentes frações da Câmara.

Estava inquieto. Via-se cercado de todas as ciladas que ele próprio armara. Os seus próprios colaboradores se haviam tornado hostis.

O conde Martin queria que o novo ministério correspondesse às aspirações do espírito novo.

— A sua lista é composta de personalidades que divergem essencialmente de origem e de tendências, disse ele. Ora, é talvez, o fato mais considerável da história política destes últimos anos, a possibilidade, direi mesmo a necessidade, de introduzir a comunhão de vistas no governo da República. São idéias que o meu caro Garain já exprimiu com rara eloqüência.

O Sr. Berthier d'Eyzelles emudecera.

O senador Loyer enrolava nos dedos bolinhas de miolo de pão. Antigo freqüentador das cervejarias, era a amassar migalhas ou a recortar rolhas que achava as idéias. Levantou a face arroxeada, donde pendia uma barba suja. E, fitando Garain com os olhos oblíquos, em que brilhava uma chamazinha vermelha, disse:

— Afirmei-o já, e não quiseram me acreditar. O aniquilamento da direita monárquica foi uma desgraça irreparável para os chefes do partido republicano. Governava-se contra ela. O verdadeiro apoio de um governo é a oposição. O Império governou contra os orleanistas e contra nós; o Dezesseis de Maio governou contra os republicanos. Mais felizes governamos contra a direita. Que boa oposição que ela era, a direita, ameaçadora, cândida, impotente, imensa, honesta, impopular! Era preciso conservá-la. Não souberam. E depois, digamo-lo, tudo se gasta. Entretanto, é preciso governar sempre contra alguma coisa. Já não nos restam hoje senão os socialistas, para nos darem o apoio que a direita nos prestou durante quinze anos, com tão constante generosidade. Mas são muito fracos. Seria preciso aumentá-los, ampliá-los, fazer deles um partido político. Na hora atual é esse o primeiro dever de um ministro do interior.

Garain, que não era cínico, não respondeu.

— Garain ainda não sabe, perguntou o conde Martin, se a presidência fica com a Justiça ou com o Interior?

Garain respondeu que a sua decisão dependia da escolha que fizesse M..., cuja presença era necessária no gabinete e que hesitava ainda entre as duas pastas. Ele, Garain, sacrificava as suas conveniências pessoais aos interesses superiores.

O senador Layer fez uma careta, sob a sua grande barba. Pretendia a pasta da Justiça. Esse desejo vinha de longe. Repetidor de direito sob o Império dava, nas mesas dos cafés, lições apreciadas. Tinha o instinto da chicana. Tendo iniciado a sua fortuna política com artigos habilmente feitos para provocar processos e algumas semanas de prisão, considerara desde logo a imprensa como uma arma de oposição, que todo o bom governo devia quebrar. Desde 4 de setembro de 1870, aspirava a ser o guarda dos selos, para que vissem como o velho boêmio, o *habitué* de Pelágia nos tempos de Badinguet, o repetidor de direito, que antigamente, explicava o código ceando, uma *choucroute garnie,* saberia se mostrar o chefe supremo da magistratura.

Imbecis, às centenas tinham-lhe passado por cima das costas. Envelhecido nas honras medíocres do Senado, mal ajeitado, vivendo de casa e pucarinho, com uma criada de cervejaria, pobre, preguiçoso, desabusado, o seu velho espírito jacobino e o seu desprezo sincero pelo povo, sobrevivendo às ambições, faziam dele ainda um homem de governo. Desta vez, ao entrar na combinação de Garain, esperava ocupar a pasta da Justiça. E o seu protetor, que não lha dava, tornava-se um rival importuno. Casquinou, ocupado em modelar um cãozinho com miolo de pão.

O Sr. Berthier d'Eyzelles, muito calmo, muito grave, muito taciturno, cofiou as suas esplêndidas suíças brancas.

— Não acha também, senhor Garain, que seria mais conveniente dar um lugar no gabinete aos homens que seguiram, desde o começo, a política que hoje nos orienta?

— Perderam-se nela, replicou Garain, impaciente. Um homem político não deve antecipar as circunstâncias. Ter razão muito depressa é um erro. Não se fazem negócios com pensadores. Depois, sejamos francos — se quiser um ministério centro esquerda, diga-o: retiro-me. Mas aviso-o de que nem a Câmara nem o país o acompanharão.

— É evidente, disse o conde Martin, que é preciso garantir uma maioria.

— Com a minha lista, a nossa maioria está assegurada, disse Garain. Foi a minoria que sustentou o ministério contra nós, com as vozes que obtivemos. Faço apelo à sua dedicação, meus senhores.

E a laboriosa distribuição das pastas recomeçou. O conde Martin recebeu primeiro as Obras Públicas, que recusou, por falta de competência, e em seguida os Negócios Estrangeiros, que aceitou sem objeção.

Mas o Sr. Berthier d'Eyzelles, a quem Garain oferecia o Comércio e a Agricultura retraiu-se.

Loyer foi posto nas Colônias. Parecia muito ocupado em pôr de pé sobre a toalha o seu cãozinho de miolo de pão. Entretanto, mirava com o canto do olho oblíquo a condessa Martin, e a achava tentadora. Entreviu vagamente o prazer de tornar magnífico para o futuro, com um pouco mais de intimidade.

Deixando Garain se debater, ocupava-se daquela linda mulher, procurava adivinhar-lhe os gostos e os hábitos, perguntava-lhe se apreciava o teatro, se ia algumas vezes à noite, ao café, com o marido. E Teresa começava a achá-lo mais interessante que os outros, sob a sua espessa camada de sujo, a sua ignorância da sociedade, e o seu magnífico cinismo.

Garain levantou-se. Precisava ver ainda M... M... e M... antes de levar a sua lista ao Presidente da República. O conde Martin ofereceu-lhe a carruagem, mas Garain tinha a sua.

— Não pensa, perguntou o conde Martin, que o Presidente poderá fazer objeções sobre alguns nomes?

— O Presidente, respondeu Garain, há de se inspirar nas necessidades da situação.

Tinha já transposto a porta quando voltou e, batendo na testa, exclamou:

— Esquecemos o ministro da Guerra!

— Encontrará facilmente um general, disse o conde Martin.

— Ah! volveu Garain, pensa que a escolha de um ministro da Guerra é muito fácil? Bem se vê que não fez parte, como eu, de três gabinetes e nunca presidiu o conselho. Nos meus ministérios, e durante a minha presidência, as mais espinhosas dificuldades vieram sempre do ministro da Guerra. Os generais são todos iguais. Conhece aquele que escolhi no gabinete que eu tinha formado. Escolhemo-lo por sabê-lo alheio à política. Sabia apenas que houve duas Câmaras. Foi preciso explicar-lhe todas as molas do mecanismo particular; ensinar-lhe que havia uma comissão do exército, uma comissão das finanças, sub-comissões, relatores, uma discussão do orçamento. Pediu que lhe pusessem todos esses esclarecimentos num pedacinho de papel. A sua ignorância dos homens e das coisas assustava-nos... Quinze dias depois, sabia os estratagemas mais sutis do seu encargo, conhecia pessoalmente todos os senadores e todos os deputados, e intrigava com eles contra nós. Sem o auxílio do presidente Grévy, que desconfiava de militares, tinha-nos atirado no chão. E era um general muito sem importância, um general como os outros. Ah! não pense que a pasta da Guerra possa ser dada às pressas, sem reflexão...

E Garain, recordando o antigo colega do bulevar Saint-Germain, sentia ainda um arrepio. Saiu.

Teresa levantou-se. O senador Loyer lhe ofereceu o braço, com as boas maneiras que aprendera há quarenta anos no Bullier. Ela deixou os políticos no salão. Estava impaciente por se encontrar com Dechartre.

* * *

Sombras ruivas cobriam o Sena, os cais de pedra e os plátanos dourados. O sol escarlate punha no céu nebuloso as últimas glórias do ano. Ao sair de casa, Teresa saboreou consoladamente a deliciosa acidez do ar e o esplendor moribundo da luz. Desde o seu regresso a Paris, plena de felicidade, alegrava-se cada manhã com a novidade do tempo. No seu generoso egoísmo, parecia-lhe que era para ela que o vento soprava nas árvores desgrenhadas, que a fina peneira da chuva molhava o horizonte das avenidas, que o sol arrastava no céu friorento o seu bloco resfriado; para ela, e só para que ela pudesse dizer ao entrar na pequena casa dos Ternes: "Faz vento, chove, o tempo está agradável", pondo assim o oceano das coisas na intimidade de seu amor. E cada dia nascia para ela mais bonito, pois, cada um lhe abria os braços do seu amado.

Enquanto se dirigia, nesse dia como em tantos outros, para a pequena casa dos Ternes, ia pensando na sua felicidade inesperada, tão completa e de que se sentia enfim segura. Caminhava no esplendor derradeiro do sol já tocado pelo inverno, e dizia consigo:

"Ele me ama, creio que me ama absolutamente. Amar é-lhe mais fácil e mais natural que aos outros homens. Eles têm na vida idéias superiores a si mesmo, uma fé, hábitos, interesses. Crêem em Deus, ou em certos deveres, ou em si próprios. Ele apenas crê em mim. Sou eu o seu deus, o seu dever e a sua vida."

Depois, pensou:

"Tambem é verdade que não precisa de ninguém, nem mesmo de mim. O seu pensamento é um mundo magnífico onde poderia viver facilmente. Mas eu, eu é que não posso viver sem ele. Que seria de mim, se ele me faltasse?"

Tranqüilizava-se com aquele gosto violento, aquele hábito encantado, que a prendia a ele. Lembrava-se de lhe ter dito um dia: "Não tens por mim senão um amor sensual. Não me queixo, é talvez o único verdadeiro." E ele tinha respondido: "É também o maior e o mais forte. Tem a sua medida e as suas armas. É cheio de sensações e de imagens, violento e misterioso. Liga-se à carne e à alma da carne. O resto é somente ilusão e mentira." Sentia-se quase calma na sua alegria. As suspeitas, as inquietações tinham desaparecido como as de uma tempestade de verão. O pior tempo do seu amor fora quando estavam distantes. Nunca devemos nos separar quando amamos.

Na esquina da avenida Marceau e da rua Galileu, adivinhou, mais do que reconheceu, uma sombra que a tinha aflorado, uma forma esquecida. Pensou, quis pensar que se enganara. Aquele que tinha imaginado ver já não existia, nunca existira. Era um fantasma visto nos limbos de um mundo anterior, nas trevas de uma semi-vida. E caminhava, conservando daquele encontro indeciso uma impressão de frio, de vago cansaço, um constrangimento.

Ao subir a avenida, viu precipitarem-se na sua direção os pequenos jornaleiros, segurando nos braços estendidos as folhas da noite, anunciando em grossos caracteres o novo ministério.

Atravessou a praça da Estrela; os seus passos seguiam a impaciência feliz do seu desejo. Via Jacques esperando-a junto da escada, entre as figuras nuas e violentas de mármore e de bronze, tomando-a nos braços e levando-a já enlanguescida e fremente de beijos, até aquele quarto de sombra e de delícias, onde a graça de viver lhe fazia esquecer a vida.

Mas, na solidão da avenida de Mac-Mahon, a sombra já entrevista à esquina da rua Galileu aproximou-se, ergueu-se ao seu lado com uma precisão banal e difícil.

Reconheceu Roberto Le Ménil que, tendo-a seguido desde o cais de Billy, dirigia-se a ela no lugar mais tranqüilo e seguro.

O seu aspecto e a sua atitude mostravam aquela limpidez da alma que outrora agradara a Teresa. O seu rosto, naturalmente duro, cortado pelo vento e pela bruma do mar, um pouco mais magro, muito calmo, ocultava e deixava entrever um profundo sofrimento.

— Preciso lhe falar.

Ela afrouxou o passo. Ele pôs-se a caminhar ao seu lado.

— Procurei esquecê-la. Depois do que se passou, era bem natural, não é mesmo? Fiz tudo o que pude para isso. Seria melhor que a esquecesse. Mas foi impossível. Então, comprei um barco. Naveguei durante seis meses. Sabe, talvez?

Ela fez sinal que sabia.

Ele prosseguiu:

— *Rosebud,* um lindo iate de oitenta toneladas. Tinha seis homens de equipagem. Punha-me a manobrar com eles. Era uma distração.

Calou-se. Ela caminhava devagar, entristecida, sobretudo constrangida. Era uma coisa absurda e insuportavelmente dolorosa ter de ouvir aquelas palavras alheias.

Ele continuou:

— O que eu sofri nesse barco, teria até vergonha de lhe contar.

Teresa sentiu que ele falava a verdade e virou a cabeça.

— Oh! eu lhe perdôo. Refleti muito, a sós comigo. Passei dias e noites estendido no divã do deck-house, agitando constantemente as mesmas idéias na cabeça.

Durante esses seis meses refleti mais do que durante toda a minha vida. Não se ria. Não há nada como a dor para alargar o espírito. Compreendi que se a tinha perdido, fora por culpa minha. Devia ter sabido guardá-la. E, deitado no convés, enquanto o *Rosebud* ia deslizando dizia comigo: "Não soube. Oh! se tudo recomeçasse!" De tanto pensar e sofrer compreendi que não tinha procurado me inteirar convenientemente dos seus gostos e das suas idéias. É uma mulher superior. Não tinha me compenetrado disso, porque não era por isso que a amava. Sem querer, enervava-a e irritava-a.

Ela balançou a cabeça, mas ele insistiu:

— Eu sei! eu sei! Irritei-a muitas vezes. Feria as suas delicadezas. Houve mal entendidos entre nós. Tudo pelo fato de não termos a mesma natureza. E, depois, não soube distrai-la. Não lhe proporcionei as distrações de que precisava, nem os prazeres que convém a uma mulher inteligente como é.

Vendo-o tão simples e tão na sua dor, achava-o afinal simpático. Disse-lhe com doçura:

— Meu amigo, não tenho nenhuma razão de queixa contra você.

Ele ajuntou:

— Tudo o que lhe disse, é verdade. Compreendi-o, na solidão do mar alto, no meu barco. Passei horas que não desejaria ao homem que me causou o pior dos males. Muitas vezes, tive vontade de me jogar ao mar. Não o fiz. Por causa dos meus princípios religiosos e dos meus sentimentos de família, ou por não ter coragem? Não sei. Era talvez porque, de longe, você estava me prendendo à existência. Era atraído por você, e é por isso que aqui estou. Há dois dias que a sigo. Não quis tornar a aparecer em sua casa. Não a encontraria só e não poderia lhe falar. E depois, se me recebesse, seria contra a vontade. Achei melhor falar-lhe na rua. Foi ainda uma idéia que me veio no barco. Disse comigo: "Na rua, poderá me escutar, se quiser, como há quatro anos no parque de Joinville, sabe, junto das estátuas, perto da Coroa.

E acrescentou com um suspiro rude:

— Sim, como em Joinville, uma vez que tenho de recomeçar tudo desde o princípio. Há dois dias que ando à sua espreita. Ontem chovia, saiu de carro. Poderia segui-la, saber onde ia. Bem vontade tive de fazê-lo. Não quero fazer nada que lhe possa desagradar.

Ela lhe estendeu a mão:

— Agradeço-lhe. Sabia bem que não teria de me arrepender da minha confiança.

Alarmada, impaciente, enervada, com medo do que ele ia dizer, tentou romper e fugir:

— Adeus! Tem a vida inteira diante de si. É feliz. Saiba-o, e não se atormente mais com o que não vale a pena.

Mas ele deteve-a com um olhar. O rosto tinha tomado a expressão violenta e resoluta que ela tanto conhecia.

— Disse que tinha de lhe falar. Ouça-me um minuto.

Ela pensava em Jacques, que já a esperava.

As raras pessoas que passavam, olhavam-na e seguiam o seu caminho. Parou debaixo dos ramos negros de uma árvore da Judéia, e esperou com a alma cheia de piedade e temor.

Ele disse:

— Aqui está: perdôo-lhe e esqueço tudo. Continuemos como antigamente. Prometo-lhe que nunca mais pronunciarei uma palavra sobre o passado.

Ela estremeceu e teve um movimento tão natural de surpresa e desolação que ele parou. Depois, passado um momento de reflexão, disse:

— O que lhe proponho não é comum: sei-o muito bem. Mas, refleti, pensei em tudo. É a única coisa possível. Pense nisso, Teresa, e não me responda já.

— Faria mal enganando-o. Não posso e não quero fazer o que diz; e sabe porque.

Um fiacre passava lentamente. Ela fez sinal ao cocheiro, que parou. Ele reteve-a ainda um instante.

— Já esperava que me dissesse isso. E aí está porque eu lhe digo: não me responda já.

Com a mão no fecho da portinhola, ela voltou para ele o olhar das pupilas cinzentas.

Foi para ele o momento doloroso. Lembrou-se do tempo em que aquelas pupilas adoravelmente cinzentas desmaiavam sob as pálpebras. Reteve um soluço no peito, murmurou com voz estrangulada:

— Ouça, não posso viver sem você, amo-a. É agora que a amo. Antes, não o sabia.

E, enquanto ela dava ao acaso o endereço de uma modista, afastou-se no seu passo ágil e vivo, um pouco sacudido.

Ela guardava daquele encontro um mal-estar e uma inquietação. Visto ter de tornar a vê-lo, preferia encontrá-lo violento e brutal como em Florença.

Na esquina da avenida, gritou vivamente ao cocheiro:

— Rua Demours, nos Ternes.

CAPÍTULO XXXII

Era uma sexta-feira, na Ópera. O pano acabava de descer sobre o laboratório de *Fausto*. Das profundidades agitadas da orquestra, erguiam-se os binóculos, e sob as luzes perdidas no imenso vazio, os olhares esquadrinhavam a sala de púrpura e ouro. Nos escrínios sombrios dos camarotes se engastavam as cabeças cintilantes e as espáduas nuas das mulheres. O balcão recurvava longamente por cima da platéia a sua grinalda de diamantes, de flores, de cabeleiras, de carnes, de gaze e de cetim. Reconhecia-se nas primeiras frisas a embaixatriz da Áustria a duqueza de Gladwin; no balcão, Berthe d'Isigny e Jane Tulle, ilustrada, na véspera, pelo suicídio de um amante; nos camarotes, Mme. Bernard de La Malle, com os olhos baixos, os longos cílios lhe sombreando as faces cândidas; a princesa Seniavine, soberba, escondendo sob o leque bocejos de pantera; Mme. de Morlaine, entre duas senhoras novas, que educava para as elegâncias do espírito; Mme. Meillan, consagrada por trinta anos de beleza altiva; Mme. Berthier d'Eyzelles, rígida sob os bandós cor de ferrugem, carregados de diamantes. A capa rosa do rosto realçava-lhe a austera dignidade da atitude. Era muito olhada. Tinha-se sabido, nessa manhã, que depois do insucesso da combinação Garain, o Sr. Berthier d'Eyzelles aceitara o encargo de organizar um ministério. Os jornais publicavam a lista com o nome de Martin-Bellème na pasta das Finanças. E os binóculos dirigiam-se inutilmente para o camarote ainda vazio da condessa Martin.

Um imenso murmúrio de vozes dominava a sala. Na terceira fila da orquestra, o general Larivière, de pé, no seu lugar habitual, conversava com o general La Briche.

— Em breve farei como tu meu velho camarada, irei plantar couves na Touraine.

Estava numa das suas horas de melancolia, em que o nada lhe aparecia no termo próximo da vida. Tinha lisonjeado Garain, mas este, achando-o esperto demais, tinha preferido, para ministro da Guerra, um general de artilharia, míope e quimérico. Ao menos Larivière saboreava a satisfação de ver Garain abandonado, traído pelos seus amigos Berthier d'Eyzelles e Martin-Bellème. Ria por todas as rugas dos seus olhinhos vivaces. Apenas o pé de galinha se alegrava no seu rosto carrancudo.

Ria de perfil. Cansado de uma longa vida de dissimulação, entregou-se de súbito à alegria e à beleza de confessar o seu pensamento.

— Vês tu, meu bom La Briche, aborreceu-nos com o seu exército civil, que nos custa tão caro e que não vale nada. Os exércitos pequenos são os únicos que valem. Era opinião de Napoleão que era bom entendedor.

— É verdade, é bem verdade, suspirou o general La Briche, comovido, com lágrimas nos olhos. Montessuy, que se dirigia para a sua poltrona passara diante deles, Larivière estendeu-lhe a mão.

— Diz-se que foi o senhor quem deu o cheque em Garain. Todos os meus cumprimentos.

Montessuy protestou que nunca exercera pressão alguma na política. Não era senador, nem deputado, nem mesmo conselheiro geral no Oise.

E, binoculando a sala, disse:

— Veja, Larivière, na frisa da direita, há uma linda mulher, de cabelos pretos em bandós chatos sobre as faces.

E tomou o seu lugar, tranqüilo, gozando as realidades do poder.

Entretanto, no *hall,* nos corredores, na sala, os nomes dos novos ministros passavam de boca em boca, no meio duma indiferença mole: Presidência do Conselho e Interior, Berthier d'Eyzelles; Justiça e Cultos, Loyer; Finanças, Martin-Bellème. Eram todos conhecidos, exceto os do Comércio, da Guerra e da Marinha, que não tinham sido ainda indicados.

O pano subira sobre a taberna do *Deus Bacchus.* Os estudantes entoavam o último coro, quando Mme. Martin apareceu no camarote, com os cabelos entrançados no alto da cabeça; o seu vestido branco tinha mangas semelhantes a asas, e, nas pregas do corpete, sobre o seio esquerdo, luzia um grande lírio de rubis.

Miss Bell sentou-se ao seu lado com um vestido *Queen Ann*, de veludo verde. Noiva do príncipe Eusebio Albertinelli della Spina, viera a Paris encomendar o enxoval.

Através do movimento e no rumor da quermesse, Miss Bell disse:

— Darling deixou em Florença um amigo que conserva preciosamente o encanto da sua recordação. É o professor Arrighi. Reserva-lhe o louvor que se dá à mais bela: diz que é uma criatura musical. Mas como não havia o professor Arrighi de se lembrar de você, darling, quando os cítisos do jardim não a esqueceram? Os seus ramos sem flores choram a sua ausência. Oh! sentem saudades de você, darling.

— Diga-lhes que eu trouxe de Florença uma recordação deliciosa, de que quero viver, respondeu Teresa.

No fundo do camarote, Martin-Bellème exprimia em voz baixa as suas idéias a José Springer e a Duvicquet. Dizia: "A firma da França é a primeira do mundo." Dizia ainda: "Amortizar com os excedentes e não com impostos." Em matéria financeira era pela prudência.

E miss Bell:

— Oh! Darling, eu direi aos cítisos de Fiesole que se lembra deles com saudades e que breve voltará a visitá-los na sua colina. Mas, deixe-me fazer-lhe uma pergunta: continua a ver em Paris o Sr. Dechartre? Eu desejava muito vê-lo. Gosto dele, porque tem uma alma elegante. Oh! Darling, a alma do Sr. Dechartre é cheia de graça e de elegância.

Teresa respondeu que o Sr. Dechartre sem dúvida estava na sala e que não deixaria de vir cumprimentar miss Bell.

O pano caiu sobre o turbilhão colorido da valsa. As visitas apinhavam-se no corredor: financeiros, artistas, deputados, num momento, aglomeraram-se no pequeno salão contíguo ao camarote. Cercavam o Sr. Martin-Bellème murmuravam felicitações, faziam-lhe por cima das cabeças gestos graciosos, e empurravam-se uns aos outros para lhe apertarem a mão. José Schmoll, tossindo e gemendo cego e surdo, abriu caminho através da massa desdenhada e chegou até junto de Mme. Martin. Tomou-lhe a mão e cobriu-a de sopros e de beijos sonoros:

— Dizem que seu marido foi nomeado ministro. É verdade?

Ela sabia que se dizia isso, mas julgava que não havia nada ainda de definitivo. Aliás, seu marido estava ali. Podiam se informar com ele.

Sensível às verdades literais, ele disse:

Ah! seu marido, ainda não é ministro? Quando estiver nomeado hei de lhe pedir um instante de conversa. Trata-se de um negócio da mais alta importância.

E calou-se, relanceando sob as lunetas de ouro olhares de cego e visionário que o mantinham, apesar da exatidão brutal da natureza, numa espécie de misticismo.

Perguntou à queima roupa:

— Foi à Itália este ano?

E sem dar tempo para resposta:

— Eu sei, eu sei, Foi a Roma. Contemplou o arco do infame Titus, esse mármore execrando onde se vê o candelabro de sete ramos entre os despojos dos judeus. Pois bem! afirmo-lhe que é a vergonha do universo que um tal monumento esteja ainda de pé na cidade de Roma, onde os papas somente subsistiram pela arte dos judeus, corretores e cambistas. Os judeus levaram para a Itália a ciência da Grécia e do Oriente. A Renascença, minha senhora, é obra de Israel. Eis a verdade ignorada e evidente.

E saiu, por entre a multidão dos visitantes, entre o surdo crepitar dos chapéus que ia esmagando.

Entretanto, a princesa Seniavine, debruçada no camarote, com o binóculo, procurou a sua amiga com a curiosidade que lhe dava por instantes a beleza das mulheres. Fez sinal a Paul Vence que estava perto:

— Não acha que Mme. Martin este ano está extraordinariamente bonita?

No *hall,* vibrante de luz e ouro, o general La Briche perguntava a Larivière:

— Viu meu sobrinho?

— Seu sobrinho Le Ménil?

— Sim, o Roberto. Estava na sala, ainda há instantes. La Briche ficou um momento pensativo. Depois disse:

— Veio este verão a Sémanville. Achei-o esquisito, concentrado. Um rapaz simpático, franco como a água e inteligente. Mas precisava de uma ocupação; de um fim na vida.

A campainha que anunciava o fim do intervalo emudeceu. Os dois velhos atravessaram o *hall* vazio.

— Um fim na vida, repetia La Briche, esguio, magro e corcovado, enquanto o seu camarada, corado, rejuvenescido, se apressava para não perder o começo da cena.

Margarida, no jardim, fiava e cantava. Quando acabou, miss Bell disse a Mme. Martin:

— Oh! Darling, o Sr. Choulette me fez uma carta perfeitamente adorável. Disse-me que era muito célebre. E eu fiquei muito contente por o saber. E disse também: "A glória dos outros poetas repousa na mirra e nos aromas. A minha sangra e geme sob uma chuva de pedras e de cascas de ostras." É realmente verdade, my love, que os franceses lapidam o bom Choulette?

Enquanto Teresa serenava miss Bell, Loyer, imperioso e um pouco excitado, abriu a porta do camarote.

Apareceu todo molhado e enlameado:

— Venho do Eliseu.

Teve a galanteria de anunciar primeiro a boa notícia a Mme. Martin:

— Os decretos estão assinados. Seu marido fica com a pasta das Finanças. É uma bela pasta.

— O Presidente da República, perguntou o Sr. Martin Bellème, não fez nenhuma objeção, quando o meu nome foi pronunciado diante dele?

— Nenhuma. Berthier fez ver ao Presidente a hereditária probidade dos Martin, a sua situação de fortuna e principalmente os laços que o ligam a certas personalidades do mundo financeiro, cujo concurso pode ser útil ao Governo. E o Presidente, segundo a feliz expressão de Garain, inspirou-se nas necessidades da situação. Assinou.

— O decreto, ajuntou Loyer, sai amanhã no *Oficial.* Acompanhei eu mesmo num carro o adido do gabinete que o levou para imprimir. Era mais seguro. No tempo de Grévy, que, aliás, não era nenhum imbecil, interceptavam-se os decretos no trajeto do Eliseu ao cais Voltaire.

Na face citrina do conde Martin passaram duas ou três rugas. Sorria.

Loyer desabou sobre uma cadeira. E saboreando com os olhos e as narinas as espáduas de Mme. Martin, disse:

— Já não se poderá dizer, como no tempo do meu pobre amigo Gambetta, que a República não tem mulheres. Dê-nos belas festas, minha senhora, nos salões do ministério.

Margarida, mirando-se no espelho, com o colar e os brincos, cantava a ária das jóias.

— É preciso redigir a declaração, disse o conde Martin. Já pensei nisso. No que me diz respeito, penso ter encontrado a fórmula: "Amortizar com os excedentes, não com impostos."

Loyer encolheu os ombros:

— Meu caro Martin, nada de essencial temos que modificar na declaração do gabinete precedente: a situação mantém-se sensivelmente a mesma.

De repente, deu uma palmada na testa:

— Com mil diabos! ia-me esquecendo. Pusemos na guerra o seu amigo, o velho Larivière, sem o consultar. Estou encarregado de avisá-lo.

— Pensava encontrá-lo no café do bulevar onde vão os militares. Mas o conde Martin sabia que o general estava no teatro.

É preciso achá-lo, disse Loyer.

E despedindo-se:

— Permite-me, condessa, que leve seu marido comigo?

Acabavam de sair, quando Jacques Dechartre e Paul Vence entraram no camarote.

— Felicito-a, minha senhora, disse Paul Vence.

Ela, porém, voltou-se para Dechartre:

— Espero que não venha também para me felicitar...

Paul Vence perguntou se ela ia se instalar nos aposentos do ministério.

— Ah, isso é que não! protestou Teresa.

— Mas, ao menos, não deixará de ir aos bailes do Eliseu e dos ministérios, minha senhora; e lá poderemos admirar a arte com que saberá manter o seu encanto misterioso, e como, mesmo lá, continuará a ser aquela com quem se sonha.

— As mudanças de ministérios inspiram-lhe, senhor Vence, reflexões bem frívolas.

— Minha senhora, respondeu Paul Vence, não lhe direi, como Renan, meu mestre muito amado: "Que pode isso importar a Sirius?" porque me poderiam responder com toda a razão: "E pode importar ao grande Siriusa pequena terra?" Mas me surpreende sempre ver como os adultos e mesmo os velhos se deixam embair pela ilusão do poder, como se a fome, o amor e a morte, as necessidades ignóbeis ou sublimes da vida, não exercessem sobre a multidão dos homens um império tão soberano que nada mais resta aos dominadores de carne e osso, além de um poder de papel e de um império de palavras. E o mais fabuloso ainda, é que os povos crêem também que têm outros chefe de Estado e outros ministros além das suas misérias, dos seus desejos e da sua estupidez. Era um sábio aquele que escreveu: "Demos aos homens por testemunhas e por juízes a Ironia e a Piedade."

— Mas, senhor Vence, disse Mme. Martin rindo, quem escreveu isso foi o senhor mesmo. Pensa que não o leio?...

Entretanto, os dois ministros em vão procuravam o general na platéia e nos corredores. A conselho das *ouvreuses,* passaram ao palco e, através dos cenários que se suspendiam ou baixavam, entre a multidão das jovens alemãs de saia vermelha, das bruxas, dos demônios, das cortesãs da antiguidade chegaram ao *hall* da dança. A vasta sala decorada com pinturas alegóricas, quase deserta, tinha o ar de gravidade que imprimem às suas instituições o Estado e a Fortuna.

Duas bailarinas conservavam-se taciturnas, com um pé sobre a barra que guarnece as paredes. Aqui e ali, homens de casaca e mulheres de saia curta e entufada formavam grupos quase silenciosos.

Loyer e Martin-Bellème, à entrada tiraram o chapéu. E logo avistaram, ao fundo da sala, Larivière, com uma bonita pequena, cuja túnica cor-de-rosa, presa por um cinto de ouro, se entreabria no quadril sobre o maiô.

Empunhava uma taça de cartão dourado. Ao aproximar-se, ouviram-na dizer ao general:

— O senhor já não é criança, mas tenho a certeza que ainda faz pelo menos tanto como ele.

E apontava desdenhosamente um rapaz novo que, perto deles, com uma gardênia na lapela, chacoteava.

Loyer fez sinal ao general de que lhe queria falar, e, impelindo-o contra a barra, disse:

— Tenho o prazer de lhe anunciar que está nomeado ministro da Guerra.

Larivière, desconfiado não respondeu. Aquele homem mal ajambrado, de cabelos compridos que, sob a casaca flutuante e empoeirada, lembrava um prestidigitador, de circo, inspirava-lhe tão pouca confiança que receava uma cilada, ou talvez mesmo uma brincadeira de mau gosto.

— O Sr. Loyer, ministro da Justiça, disse o conde Martin.

Loyer manifestou a maior solicitude:

— O general não pode recusar. Respondi pelo seu assentimento. Se hesitasse, favoreceria um novo ataque de Garain. Ele é muito esperto.

— O meu caro colega exagera, disse o conde Martin. Garain é talvez pouco franco. A adesão do general é urgente.

— A pátria antes de tudo, respondeu Larivière, gaguejando de emoção.

— O meu caro general sabe, prosseguiu Loyer, as leis existentes serão aplicadas com uma moderação inflexível. Não saia disto.

E seguia com os olhos as duas dançarinas que estendiam sobre a barra as pernas curtas e musculosas.

Larivière murmurava:

— A moral do exército é estupenda... A boa vontade dos chefes à altura das circunstâncias mais críticas...

Loyer bateu-lhe no ombro:

— Meu prezado colega, os grandes exércitos são indispensáveis.

— Sou da sua opinião, respondeu Larivière, o exército atual corresponde às superiores necessidades da defesa nacional.

— Os grandes exércitos têm isto de bom, ajuntou Loyer, tornam a guerra impossível. Seria preciso ser doido varrido para empenhar numa guerra essas forças desmedidas, cuja direção excede as faculdades humanas. Não é esse o seu modo de ver, general?

O general piscou o olho:

— A situação exige uma grande circunspecção. Estamos em face de um desconhecido temeroso.

Então Loyer, olhando o seu colega da guerra, com um desprezo cínico e doce, disse:

— No caso muito improvável de uma guerra, não pensa o meu caro colega que os verdadeiros generais seriam os chefes de trem?

Os três ministros saíram pelas escadas da administração. O Presidente do Conselho esperava-os em sua casa.

Começava o último ato: Mme. Martin ficara só no camarote, com Dechartre e com miss Bell, que dizia:

— Sinto-me regozijada, darling, — como hei de dizer na sua língua? — sinto-me exaltada por ver que traz sobre o coração o lírio vermelho de Florença. E o Sr. Dechartre, que tem uma alma de artista, deve se sentir também muito satisfeito, por lhe ver no peito essa maravilhosa jóia. Oh! eu desejaria conhecer o joalheiro que a fez, darling. Este lírio é esbelto e fino como a flor do íris. Oh! é elegante, magnífico e cruel. Já notou, my love, como as belas jóias têm um ar de crueldade magnífica?

— O meu joalheiro, disse Teresa, está aqui ao nosso lado, e acaba de lhe dizer o nome: foi o Sr. Dechartre quem fez o desenho desta jóia.

A porta do camarote abriu-se. Teresa voltou a cabeça e viu na sombra Le Ménil, que a cumprimentava, com sua brusca agilidade:

— Peço-lhe, minha senhora, que transmita as minhas felicitações a seu marido.

Referiu-se um tanto secamente, à sua esplêndida aparência, teve para miss Bell algumas palavras obsequiosas e distintas.

Teresa escutava-o ansiosa, com a boca entreaberta, no esforço doloroso de responder coisas insignificantes. Perguntou-lhe se tinha passado bem em Joinville. Tinha tido muita vontade de ir lá durante às caçadas. Mas fora impossível. Tinha navegado no Mediterrâneo; em seguida, caçara em Semanville.

— Oh! senhor Le Ménil, disse miss Bell, andou errando sobre o mar azul. Viu sereias?
Não, não tinha encontrado sereias; mas, durante três dias, um golfinho tinha nadado nas águas do iate.
Miss Bell perguntou se esse golfinho gostava de música.
Não acreditava.
— Os golfinhos, disse ele, são simplesmente pequenos baleotes que os marítimos chamam patos do mar, por causa de uma certa semelhança na forma da cabeça.
Mas Miss Bell não queria acreditar que o monstro que levou o poeta Arion ao promontório de Tenare, tivesse uma cabeça de pato.
— Senhor Le Ménil, se, no ano que vem, algum golfinho vier de novo nadar em volta do seu barco, peço-lhe que toque para ele numa flauta, o hino a Apolo délfico. Gosta do mar, senhor Le Ménil?
— Prefiro a floresta.
Senhor de si, muito simples, falava com serenidade.
— Oh! senhor Le Ménil, eu sei que gostava muito dos bosques e das clareiras onde as lebres dançam ao luar.
Dechartre, muito pálido, levantou-se e saiu.
Era a cena da igreja. Margarida, ajoelhada, estorcia as mãos, com a cabeça caída ao peso das compridas tranças louras. E as vozes do órgão e do coro fizeram ressoar o responso dos mortos:

Quand du Seigneur le jour luira,
Sa croix au ciel resplendira,
Et l'univers s'écroulera.

— Oh! Darling, sabe que esse responso dos mortos que se canta nas igrejas católicas, vem de um eremitério franciscano? Conserva ainda o rumor do vento que sopra, no inverno, sobre as larizes, no alto do Alverno.
Teresa não ouvia. A sua alma precipitara-se pela pequena porta do camarote.
Ouviu-se no salão um barulho de cadeiras derrubadas. Schmoll regressava. Tinha sabido que o Sr. Martin-Bellème fora nomeado ministro. Vinha reclamar imediatamente a cruz da Legião de Honra e um aposento mais espaçoso do Instituto. Aquele em que morava era sombrio, pequeno, insuficiente para sua mulher e para as cinco filhas. Tinha sido obrigado a instalar o seu gabinete de trabalho numa água-furtada.
Arrastou os seus longos queixumes, e não consentiu em partir senão depois de Mme. Martin lhe ter garantido que falaria sobre ele.
— Senhor Le Ménil, perguntou miss Bell, pretende navegar no próximo ano?

Le Ménil pensava que não. Não tinha a intenção de conservar o "Rosebud". O mar era triste.

E calmo, enérgico, tenaz, fixou Teresa.

Em cena, na prisão de Margarida, Mefistófeles cantava: "Rompeu o dia", e a orquestra imitava o galope terrível dos cavalos. Teresa murmurou:

— Sinto dor de cabeça, abafa-se aqui.

Le Ménil foi entreabrir a porta.

A frase clara de Margarida, invocando os anjos, subia em brancas centelhas no ar.

— Darling, vou lhe dizer uma coisa: esta pobre Margarida não quer ser salva pela carne e, por isso, é salva em espírito e em verdade. Eu creio, darling, eu creio firmemente que seremos todos salvos. Oh! sim, eu creio na purificação final dos pecadores.

Teresa levantou-se, alta e branca, com a flor de sangue sobre o coração. Miss Bell, imóvel, ouvia a música. Le Ménil, no salão, segurava o manto de Mme. Martin. E, com ele suspenso, atravessou o camarote, o salão, e deteve-se diante do espelho junto da porta entreaberta. Pousou sobre as espáduas nuas, tocando-as com os dedos, a grande capa de veludo vermelho bordado a ouro e forrada de arminhos, e disse baixo, numa voz breve, muito nítida:

— Teresa, amo-a. Lembre-se do que lhe pedi anteontem. Estarei todos os dias, todos os dias a partir das três horas, na nossa casa, na rua Spontini.

Nesse momento, ao fazer um movimento com a cabeça para que ele lhe pusesse o manto, viu Dechartre, com a mão no fecho da porta. Ouvira tudo.

Olhava-a com tudo quanto olhos humanos podem conter de queixa e de dor. Depois, desapareceu na onda do corredor. Ela sentiu martelos de fogo bateram-lhe no peito e ficou imóvel no limiar da porta.

— Esperavas-me? perguntou Montessuy, que vinha buscá-la. Estás hoje muito abandonada. Vou levá-las em casa, a ti e a miss Bell.

CAPÍTULO XXXIII

No carro, no quarto, revia o olhar do seu amigo, aquele olhar cruel e doloroso. Conhecia a sua facilidade para o desespero, a sua vontade tão pronta em não querer. Tinha-o visto fugir assim no cais do Arno. Mais feliz então, na sua tristeza e na sua angústia, tinha podido correr atrás dele e gritar-lhe: "Venha!" Desta vez ainda, rodeada, vigiada, devia ter encontrado, dito qualquer coisa para não o deixar partir mudo e desolado. Ficara surpreendida, acabrunhada. O acidente fora tão absurdo e tão rápido! Sentia contra Le Ménil a cólera simples que ocasionam as coisas maléficas, a pedra contra a qual partimos a cabeça. Era a si mesma que fazia acres censuras por ter deixado partir, sem uma palavra, sem um olhar, aquele a quem daria toda a sua alma.

Enquanto Paulina a esperava, para a despir, passeava de um lado para outro, impaciente. Depois, parou de súbito. Nos espelhos obscurecidos em que se afogavam os reflexos das velas via o corredor do teatro e o seu amigo fugindo para sempre.

Onde estaria ele agora? Que diria ele consigo?

Era para ela um suplício não poder ir procurá-lo, tornar a vê-lo já.

Encostou largo tempo as mãos sobre o coração: abafava.

Paulina deu um grito. Viu sobre o corpete branco da sua patroa gotas de sangue. Teresa, sem o saber, tinha ferido a mão nos estames do lírio vermelho.

Desprendeu a jóia emblemática, que usara diante de todos como o segredo estridente do seu coração e, com ela nos dedos, contemplou-a muito tempo. Reviu então os dias de Florença, a célula de S. Marcos, onde o beijo do amigo lhe passara suavemente na boca, enquanto distinguia ainda vagamente, através dos cílios descidos, os anjos e o céu azul pintados na parede, as Lanzi, e a fonte cintilante do sorveteiro sobre a toalha de algodão vermelho; o pavilhão da via Alfieri, as suas ninfas e as suas cabras e o quarto onde os pastores e as máscaras dos biombos ouviram os seus gritos e os seus longos silêncios.

Não, tudo isso não eram sombras do passado, fantasmas das horas extintas. Era a realidade presente do seu amor. E uma palavra atirada estupidamente por um estranho poderia destruir essas coisas maravilhosas?! Felizmente isso era impossível. O seu amor, o seu amado, não dependiam de tal miséria. Se ao menos pudesse correr à sua casa, como estava, meio despida, através da noite, entrar no seu quarto... Encontrá-lo-ia diante do fogo, com os cotovelos nos joelhos, a cabeça entre as mãos, imensamente triste. Então com os dedos nos seus cabelos, forçá-lo-ia a levantar a cabeça, para ver como o amava, como era uma coisa sua, o seu tesouro vivo de alegria e de amor.

Tinha dispensado a criada de quarto. No leito, com a lâmpada acesa, um pensamento único se agitava no espírito.

Era um acidente, um acidente absurdo. Ele havia de compreendê-lo e que o seu amor nada tinha que ver com aquela estupidez. Que loucura! ele se inquietar por causa de outro! Como se houvesse outros homens no mundo.

O Sr. Martin-Bellème entreabriu a porta do quarto. Vendo a luz acesa, entrou:

— Não está dormindo, Teresa?

Acabara de conferenciar em casa de Berthier d'Eyzelles com os seus colegas. Desejava conhecer sobre dados pontos a opinião de sua mulher, que sabia inteligente. O que precisava sobretudo, era de ouvir palavras sinceras.

— Está tudo feito, disse. Estou certo de que a querida amiga me prestará o seu auxílio numa situação muito invejada, mas muito difícil e mesmo perigosa, que devo em parte a si, pois que se a alcancei, foi principalmente pela poderosa influência de seu pai.

Consultou-a sobre a escolha de um chefe de gabinete. Ela aconselhou-o o melhor que pôde. Achava-o sensato e tão banalmente inteligente como qualquer outro.

O ministro abismou-se nas suas reflexões:

— Preciso defender perante o Senado o orçamento tal qual foi votado pela Câmara. Esse orçamento traz inovações que eu não aprovava. Combati-as como deputado. Como ministro, apoiá-las-ei. Considerava as coisas de fora. Vistas de dentro, mudam de aspecto. E depois, já não sou livre.

Suspirou:

— Ah! se se soubesse o pouco que podemos, quando estamos no poder!

E comunicou-lhe as suas impressões. Berthier parecia reservado. Os outros permaneciam impenetráveis. Só Loyer se mostrava demasiadamente autoritário.

Ela ouvia-o sem atenção e sem impaciência.

Aquela face e aquela voz sem cor marcavam-lhe, como um relógio, os minutos que iam passando um a um, lentamente. Loyer tivera saídas curiosas. No momento em que se declarava estritamente concordatário, dissera: "Os bispos são prefeitos espirituais. Protegê-los-ei, visto que me pertencem. E, por meio deles, segurarei os guardas campestres das almas, os abades."

Lembrou-lhe que teria de freqüentar uma sociedade que não era a sua e que por certo a chocaria pela sua vulgaridade. Mas a sua situação exigia que não desdenhassem ninguém. Contava, aliás, com o seu tato e a sua dedicação.

Ela olhou-o, um pouco aterrada:

— Não tenha pressa, meu amigo. Depois veremos...

Ele estava cansado, esgotado. Desejou-lhe boa noite, aconselhou-o que dormisse. Dava cabo da saúde lendo assim toda a noite. E deixou-a.

Ela ouviu os seus passos, um pouco mais pesados que de costume, ao atravessar o gabinete de trabalho atulhado de volumes azuis e de jornais, em direção ao seu quarto, onde ia talvez dormir. Depois sentiu cair sobre si o silêncio da noite. Olhou o relógio — uma hora e meia.

Disse consigo: "Ele também sofre... Olhou-me com tanto desespero e cólera!"

Conservava toda a sua coragem e todo o seu ardor. O que a impacientava era se ver ali presa como numa solitária. Livre, logo que rompesse o dia, iria ver, explicaria tudo. Era tão claro! Na dolorosa monotonia do seu pensamento, ouvia o rolar das carroças que, a espaços, passavam no cais. Aquele ruído, que intervalava as suas horas ocupava-a, interessava-a quase. Aplicava o ouvido ao rumor, a princípio tênue e distante, depois ampliado, e em que distinguia o atrito das rodas, o ranger dos eixos, o choque das patas ferradas, e que, ao enfraquecer pouco a pouco, se extinguia num murmúrio imperceptível.

E quando o silêncio recomeçava, voltava à sua idéia fixa.

Ele havia de compreender como ela o amava, que jamais amara outro. O maior suplício era a noite passando tão lentamente. Não se atrevia a olhar para o relógio, com medo de ver a esmagadora imobilidade do tempo.

Levantou-se, foi à janela e suspendeu os cortinados. Um pálido clarão errava no céu enevoado. Julgou que era o dia que começava a despontar. Olhou o relógio — eram três horas e meia.

Voltou à janela. O infinito sombrio do espaço atraia-a. Olhou. O passeio molhado refletia os bicos de gás. Uma chuva invisível e muda caía do céu escuro. De repente, uma voz subiu no silêncio; aguda e depois grave, parecia feita de múltiplas vozes que respondessem umas às outras. Era um bêbado que, batendo as solas contra o passeio e cambaleando contra as árvores, se entretinha numa longa discussão com os seres do seu sonho, a que dava generosamente a palavra e que a seguir increpava com largos gestos e discursos imperiosos. Teresa via o pobre homem flutuar ao longo do parapeito, na sua blusa branca, como um trapo ao vento da noite, e ouvia aqui e ali estas palavras que voltavam constantemente: "Aqui está o que eu digo ao Governo!"

Arrepiada de frio, tornou a voltar para a cama. Veio-lhe uma angústia. Pensou: "É ciumento até à loucura. É uma questão de nervos e de sangue. Mas o seu amor é também uma questão de sangue e de nervos. O amor e o ciúme são nele a mesma coisa. Outro qualquer compreenderia. Bastar-lhe-ia satisfazer o seu amor-próprio." Mas ele era ciumento até às profundezas mais íntimas da sua carne. Ela sabia bem como o ciúme nele era uma tortura física, uma chaga aberta, alargada por todas as tenazes ardentes da imaginação. Sabia como esse mal era profundo nele. Tinha-o visto empalidecer diante do São Marcos de bronze, ao vê-la pôr uma carta na caixa, junto da parede da velha casa florentina, quando apenas a possuía em desejo e em sonho.

Relembrava as suas queixas abafadas, as suas bruscas tristezas, mais tarde, depois dos longos beijos e o doloroso mistério das palavras que repetia sem cessar: "Preciso esquecer-te em ti mesma." Revia a carta de Dinard, e o seu feroz desespero por uma palavra ouvida na mesa de um restaurante. Sentia que aquele golpe o ferira, por acaso, no lugar sensível, na chaga sangrenta. Mas não perdia a coragem. Diria tudo, confessaria tudo, e todas as suas confissões clamariam: "Amo-te, nunca amei senão a ti!" Não o traíra. Nada lhe poderia anunciar que ele já não tivesse adivinhado. Tinha mentido tão pouco, o menos possível, e apenas para não magoá-lo, como não o compreendera? Mas seria melhor que soubesse tudo, visto que esse tudo não era nada. Revolvia constantemente as mesmas idéias e repetia as mesmas palavras.

A lâmpada já não dava senão uma luz empalidecida. Acendeu as velas. Eram seis horas e meia. Viu que tinha dormitado. Correu à janela. O céu se mostrava escuro e confundia-se com a terra num caos de trevas espessas. Veio-lhe então a curiosidade de saber exatamente a que hora romperia o sol. Não fazia a menor idéia. Pensava somente que as noites eram terrivelmente compridas em dezembro. Procurou recordar-se, mas não se lembrou. Nem sequer pensou em consultar o calendário esquecido sobre a mesa. Os passos pesados dos operários que passavam em bandos, o barulho das carroças dos leiteiros e dos vendedores de hortaliças, impressionaram-na como sons de bom agouro. Estremeceu naquele primeiro despertar da cidade.

CAPÍTULO XXXIV

Às nove horas, no pátio da pequena casa dos Ternes, Teresa encontrou M. Fusellier que varria debaixo da chuva, fumando o seu cachimbo. Mme. Fusellier veio recebê-la. Mostravam ambos um ar embaraçado. Foi Mme. Fusellier a primeira a falar:

— O senhor Jacques não está em casa.

E, como Teresa ficasse silenciosa, imóvel, Fusellier aproximou-se, com a sua vassoura, escondendo com a mão esquerda o cachimbo atrás das costas.

— O senhor Jacques ainda não chegou.

— Esperarei, disse Tereza.

Mme. Fusellier conduziu-a ao salão, onde acendeu o fogo.

E como as achas fumegassem sem arder, permanecia acocorada, com as duas mãos sobre as coxas.

— É a chuva, disse ela, que faz descer a fumaça.

Mme. Martin murmurou que não valia a pena acender o fogo, que não sentia frio.

Olhou-se no espelho.

Estava lívida, com placas vermelhas nas faces. Só então sentiu que tinha os pés gelados. Chegou-se mais para a lareira. Mme. Fusellier, ao vê-la inquieta, procurou acalmá-la:

— O senhor Jacques não deve demorar. A madame pode aquecer-se enquanto espera.

Uma luz triste descia com a chuva sobre o teto envidraçado. Ao longo das paredes, a Dama do licorne, de gestos duros e a carne lassa, já não parecia bela entre os cavaleiros, na floresta cheia de flores e de pássaros. Teresa repetia estas palavras: "Não entrou em casa." E, à força de as repetir, perdia-lhes o sentido. Com os olhos queimando, continuava a fixar a porta.

Ficou assim, sem movimento, sem idéias, um tempo de que não sabia a duração: talvez meia hora. Ouviu-se um rumor de passos, e abriu-se a porta. Dechartre entrou. Ela viu logo como ele estava molhado de chuva e de lama, ardendo de febre.

Fitou-o com um olhar tão sincero e tão franco que o impressionou. Mas, quase a seguir, todo o seu sofrimento refletiu-lhe o íntimo. Disse-lhe:

— Que quer ainda de mim? Fez-me todo o mal que podia me fazer.

O cansaço dava-lhe um ar de doçura, que a assustou.

— Jacques, ouça-me...

Fez-lhe sinal que nada tinha a ouvir.

— Jacques, ouça-me. Não o enganei. Oh! não, nunca o enganei. Como podia fazê-lo? É que...

Ele interrompeu-a:

— Tenha piedade de mim. Não me faça mais sofrer. Deixe-me, suplico-lhe. Se soubesse a noite que passei, não teria a coragem de me atormentar ainda.

Deixou-se cair no divã onde, seis meses antes, a tinha beijado sob o véu.

Andara toda a noite, ao acaso, subira o Sena, até o achar ladeado de salgueiros e de olmos. Para não sofrer tanto, tinha inventado distrações. No cais de Bercy, vira correr a lua através das nuvens. Durante uma hora tinha-a visto ocultar-se e reaparecer. Depois pusera-se a contar as janelas das casas, com um cuidado minucioso. A chuva começara a cair. Fora ao Mercado, bebera aguardente numa taberna. Uma criatura gorducha, vesga, dissera-lhe: "Trazes um ar de pouca sorte." Deixara-se adormecer sobre o banco de couro. Tinha sido um bom instante.

As imagens daquela noite dolorosa repassavam-lhe nos olhos. Disse-lhe:

Lembrei-me da noite do Arno. Aniquilou-me toda a alegria e toda a beleza do mundo.

Suplicou que o deixasse só. Na sua prostração tinha uma grande piedade de si mesmo. Quisera dormir; morrer, não — a morte metia-lhe horror. Mas dormir e não tornar a acordar. Entretanto, via-a diante de si, tão desejada e tão desejável como dantes, apesar da sua lividez e da penosa firmeza dos seus olhos secos. E, cheia agora de dúvida, mais misteriosa que nunca. Via-a. O ódio reanimava-se-lhe com o sofrimento. Com um olhar mau, procurava nela a recordação das carícias que não lhe tinha dado...

Ela estendeu os braços para ele:

— Ouça-me, Jacques.

Ele fez-lhe sinal de que era inútil falar. No entanto, tinha vontade de a ouvir e escutava-a já avidamente. O que ia dizer-lhe, já de antemão o detestava e repelia, mas era tudo o que o interessava no mundo.

— Podes acreditar que eu te traía, perguntou ela, que não viva só em ti e só de ti? Mas não compreendes, então, nada? Então não vês que, se esse homem fosse meu amante, não teria necessidade de me falar no teatro, no camarote? Teria mil outras maneiras de me marcar uma entrevista. Oh! não, meu querido, asseguro-te que desde que tive a felicidade — mesmo hoje ainda, sucumbida e torturada, posso chamar felicidade — de te conhecer, tenho-te pertencido inteiramente. Podia eu ser de outro? É monstruoso o que supões. Mas eu te amo muito! Não amo senão a ti. Nunca amei senão a ti.

Ele respondeu lentamente, com uma calma cruel:

— "Estarei todos os dias, a partir das três horas, na nossa casa, na rua Spontini." Não é um amante, o seu amante que lhe dizia isso? Era um estranho, um desconhecido.

Ela ergueu-se e, com uma gravidade dolorosa, disse:

— Sim, fui amante dele. Bem o sabia. Neguei, menti para não o afligir, para não o irritar. Via-o inquieto, taciturno. Mas tinha mentido tão pouco e tão mal! Tu o sabias. Não me censures. Sabias, pois muitas vezes me falaste do passado, e depois, contaram-te um dia num restaurante... E tu imaginavas mais do que nunca houve. Mentindo-te não te enganava. Se soubesses o pouco que isso era na minha vida! É que não te conhecia. Não sabia que devias vir. Aborrecia-me.

Ajoelhou-se diante dele:

— Fiz mal. Devia ter-te esperado. Mas se soubesses a que ponto isso não existe, nunca existiu...

E a sua voz modulando uma queixa doce e constante, disse:

— Por que não vieste mais cedo? Por que?

Arrastou-se até ele, quis segurar-lhe as mãos, os joelhos. Ele repeliu-a.

— Era uma ignorante. Não pensava, não sabia. Não queria saber nada.

Ele levantou-se e, num acesso de ódio, disse:

— Não queria, não queria que fosse aquele.

Ela sentou-se no lugar que ele tinha deixado, e gemendo, em voz baixa, explicou-lhe o passado. Nesse tempo, sentia-se sozinha, abandonada num mundo terrivelmente banal. Tinha de acontecer aquilo, cedera. Mas logo depois se arrependera. Oh! se ele conhecesse a insípida tristeza da sua vida, decerto não seria ciumento e teria compaixão dela.

Balançou a cabeça e, olhando-o através das madeixas despenteadas dos cabelos, disse:

— Mas é como se te falasse de outra mulher. Nada tenho de comum com ela. Eu só existo desde que te conheci, desde que te pertenci.

Ele começara a andar pelo quarto, com os passos de doido, como o fizera há pouco ao longo da margem do Sena. E numa incerteza dolorosa:

— Sim, mas enquanto me amavas, a outra mulher, aquela que nada tinha contigo...

Ela olhou-o, indignada:

— Como podes crer...

— Não o tornou a ver em Florença, não o tornou a acompanhar à estação?

Contou-lhe como ele fora procurá-la na Itália, como o tinha visto, como tinha rompido, como ele partira irritado, e como depois, procurara reatar, sem que ela lhe prestasse a mínima atenção.

— Eu não vejo, não sei senão de ti no mundo.

Ele sacudiu a cabeça.

— Não acredito em ti.

— Contei-lhe tudo, gritou ela numa revolta. Acuse-me, condene-me, mas não me ofenda no meu amor por você. Isso, proíbo-lho.

— Deixe-me, continuou ele, num movimento brusco. Fez-me sofrer demais. Amei-a tanto que todas as dores que pudesse me dar poderia até desejá-las e amá-las; mas esta é abominável. Odeio-a. Deixe-me, sofro horrivelmente. Adeus.

Imóvel, hirta, ela disse apenas:

— Vim procurá-lo. É a minha felicidade e a minha vida que disputo. Sou teimosa, sabe-o bem. Não irei embora.

E tornou a repetir tudo o que dissera. Violenta e sincera, segura de si, explicou como tinha desfeito os laços já tão frágeis que a impacientavam, como, desde o dia em que se entregara no pavilhão da Via Alfieri, que não fora senão dele, sem remorso, sem um olhar, sem um pensamento alheio. Ela ao falar-lhe do outro, irritava-o. E ele gritava:

— Não acredito em ti!

Recomeçou então a dizer-lhe o que já lhe tinha dito. E de súbito, por instinto, olhou o relógio.

— Meu Deus! é meio-dia.

Tantas vezes já tinha soltado o mesmo grito de alarme, quando a hora dos adeuses vinha surpreendê-los. E Jacques estremeceu, ao ouvir aquelas palavras familiares tão dolorosas, desta vez, tão cheias de desespero. Durante alguns minutos ainda derramou palavras ardentes impregnadas de lágrimas. Mas não tinha remédio senão partir, e sem alcançar coisa alguma.

* * *

Ao chegar em casa, encontrou na antecâmara as Damas do Mercado que esperavam para lhe oferecer um ramo de flores. Lembrou-se que seu marido era ministro. Havia para ela pacotes de telegramas, de cartões de visita e de cartas, felicitações, pedidos. Mme. Marmet escrevia, pedindo-lhe que recomendasse o seu sobrinho ao general Larivière.

Entrou na sala de jantar, deixou-se cair aniquilada numa cadeira. O Sr. Martin-Bellème acabava de almoçar. Era esperado ao mesmo tempo no conselho de gabinete e em casa do ministro demissionário das finanças, a quem devia uma visita. Já a prudente obsequiosidade do pessoal o tinha lisonjeado, inquietado, enchido de cansaço.

— Não se esqueça, minha querida amiga, disse ele, de ir ver Mme. Berthier d'Eyzelles. Sabe como ela é susceptível.

Não lhe respondeu. Enquanto mergulhava os dedos amarelados na taça de vidro, ele levantou a cabeça e viu-a tão prostrada, tão acabrunhada, que não se atreveu a dizer mais nada.

Achava-se diante de um segredo que não queria conhecer, diante de uma dor íntima que uma só palavra podia fazer rebentar. Sentiu inquietação, medo e uma espécie de respeito.

Depôs o guardanapo:

— Desculpe-me, querida amiga.

E saiu.

Ela tentou comer. Não pôde. Tudo lhe dava náuseas.

Pelas duas horas, voltou à pequena casa dos Ternes. Encontrou Jacques no quarto, fumando um cachimbo de pau. Uma xícara de café estava quase vazia, sobre a mesa. Fixou-a com uma dureza que a gelou. Não se atrevia a falar, sentindo que tudo quanto pudesse dizer o ofenderia e irritaria, e que somente mostrando-se discreta e calada lhe diminuiria a cólera.

Ele sabia que ela voltaria: tinha-a esperado com impaciência e ódio, com o coração tão ansioso como quando a esperava outrora no pavilhão da Via Alfieri. Ela viu logo num relance luminoso que fizera mal em vir; que, ausente, a teria desejado, querido e chamado, talvez. Mas, era tarde; e, aliás, não queria ser para ele uma astuciosa.

— Vês, disse-lhe ela. Voltei, não pude proceder de outra maneira. E depois era perfeitamente natural, porque te amo. Bem sabes.

Sentira bem que tudo quanto pudesse dizer, não faria senão irritá-lo. Perguntou-lhe se ela dizia o mesmo na rua Spontini.

Olhou-o com uma profunda tristeza.

— Disse-me algumas vezes, Jacques, que tinha por mim um fundo de ódio e de cólera. Gosta de me fazer sofrer. Estou vendo.

Com uma paciência ardente, longamente, revelou-lhe a sua vida inteira, tudo o que nela sentira, as tristezas do passado, e como desde que ele a amara, apenas vivia para ele e nele.

As palavras eram límpidas como o seu olhar. Sentara-se ao seu lado. Por momentos afagava-o com os dedos intimidados e com o hálito de febre. Ele ouvia-a com uma avidez má.

Cruel para consigo mesmo, quis saber tudo: as últimas entrevistas com o outro, o rompimento. Contou-lhe fielmente o que se passara no hotel de Inglaterra; mas transportou a cena para fora, numa aléia das Cascine, temendo que a imagem de sua triste conversa num quarto fechado não tornasse a irritá-lo. Explicou-lhe depois a despedida na estação. Não tinha querido fazer desesperar um homem violento que sofria. Depois, não tivera mais notícias dele até o dia em que lhe tinha falado na avenida Mac-Mahon. Repetiu-lhe o que ele dissera sob a árvore da Judéia. No dia seguinte vira-o na Ópera, no seu camarote. Podia acreditar que nada fizera para animá-lo a que viesse. Era a pura verdade.

Era a pura verdade. Mas o veneno antigo, lentamente acumulado nele, queimava-o. O passado, o irreparável passado, tornava-se quase o presente pelas suas confissões. Contemplava as imagens que o torturavam. Disse:

— Não acredito em ti.

E ajuntou:

— Se acreditasse, nunca mais poderia tornar a vê-la, só à idéia que pertenceu a esse homem. Disse-lhe, escrevi-lhe, — lembra-se, para Dinard. — Não queria que fosse esse. E depois...

Calou-se. Ela disse:

— Sabe bem que, depois, nunca mais houve nada.

Ele prosseguiu com uma surda violência:

— Depois, vi-o.

Ficaram muito tempo silenciosos. Por fim, ela disse, espantada e gemente:

— Mas devia ter pensado, meu querido, que tal como sou, casada como eu era... Todos os dias se vêem mulheres entregar-se a um amante com um passado bem mais carregado que o meu, e serem contudo bem amadas por eles. Ah! o meu passado, se pudesse saber o pouco que era!

— Sei. Não se pode perdoar a você o que se perdoa a outra.

— Mas meu amigo, eu sou como as outras.

— A você, não se pode perdoar.

Falava com a boca cerrada, os dentes enraivecidos. Os olhos, aqueles olhos que vira tão grandes, carregados de doces brilhos, secos agora, endurecidos entre as pálpebras enrugadas, lançavam-lhe um olhar que não reconhecia. Causou-lhe medo.

Foi sentar-se, no fundo do quarto, numa cadeira, com o coração oprimido, as pupilas espantadas; ali se deixou ficar muito tempo como uma criança, tremendo, sufocada de soluços.
Depois desatou a chorar.
— Por que a conheci? suspirou ele.
— Por mim, não tenho pesar de o ter conhecido, respondeu ela, através das lágrimas. Morro disso, e não me queixo. Amei-o.
Ele teimou, cheio de maldade, em fazê-la sofrer. Sentia-se odioso, mas não podia fazer o contrário.
— É possível, afinal, que também me tivesse amado.
— Só amei a você, continuou ela com doce amargura. Amei-o demais. E é disso que está me punindo... Oh! como pode pensar que fui para outro o mesmo que fui para você?!
— Por que não?
Ela olhou-o sem força, sem coragem:
— É verdade mesmo que não acredita em mim, diga!?
E acrescentou muito ternamente:
— E se eu me matasse, acreditava-me?
— Não, não a acreditava.
Ela enxugou as faces com o lenço; depois, levantando os olhos que brilhavam através das lágrimas, disse:
— Então, está tudo acabado!
Levantou-se, tornou a ver no quarto as mil coisas com que tinha vivido numa intimidade risonha e voluptuosa, que fizera suas, e que de repente deixavam de o ser, e que a olhavam como a uma estranha e como a uma inimiga; tornou a ver a mulher nua, que, correndo, fazia o gesto que não lhe tinha sido explicado; as medalhas florentinas, que lhe recordavam Fiesole e as horas encantadas da Itália; o perfil esboçado por Dechartre, aquela cabeça de garota, que sorria na sua linda magreza sofredora. Deteve-se um instante, com simpatia, diante daquela pequena vendedora de jornais que viera também ali e que tinha desaparecido, arrastada na apavorante imensidade da vida e das coisas.
— Então, tudo está acabado?
Ele se calou.
O crepúsculo já esfumava as formas.
— Que vai ser de mim? falou ela.
— E que vai ser de mim? respondeu ele.
Olharam-se com piedade, porque cada um tinha piedade de si mesmo.
Teresa disse ainda:
— E eu que tinha medo de envelhecer, por você, por mim, para que o nosso belo amor nunca acabasse! Era melhor não ter nascido. Sim, seria melhor não ter nascido. Que pressentimento tinha quando, em

criança, debaixo das tílias de Joinville, ao pé da coroa, diante das ninfas de mármore, queria morrer?

Com os braços caídos e as mãos juntas ergueu os olhos; o seu olhar umedecido projetou um clarão na sombra.

— E não haver um meic de lhe fazer compreender que aquilo que lhe disse é verdade, que nunca, depois que lhe pertenci, nunca mais... Mas como o poderia eu? Só essa idéia me parece horrível, absurda. Será que não me conhece?

Ele balançou a cabeça tristemente.

— Não! não a conheço.

Ela interrogou com o olhar, ainda uma vez, todas as coisas que, naquele quarto, tinham-nos visto amar-se.

— Mas, então, o que tivemos um pelo outro... era vão, era inútil. Quebramo-nos um contra o outro, sem nos unirmos nunca!

Revoltou-se. Não! Era impossível que não sentisse o que ele fora para ela.

E, no ardor do seu amor despedaçado, abraçou-o fortemente, cobriu-o de beijos, de lágrimas, de gritos, de mordeduras.

Ele esqueceu tudo, tomou-a dolorida, quebrada, feliz, apertou-a nos braços com a raiva taciturna do desejo. Já com a cabeça caída na beira do travesseiro ela sorria através das lágrimas. Bruscamente ele soltou-se dela.

— Não a vejo só. Vejo sempre o outro consigo.

Ela olhou-o, muda, indignada, desesperada.

Levantou-se, ajeitou o vestido e os cabelos, com um desconhecido sentimento de vergonha. Depois, sentindo que tudo estava acabado, passou em volta o espantado olhar dos seus olhos que já não viam, e saiu lentamente.

FIM

A presente edição de O LÍRIO VERMELHO de Anatole France é o Volume de número 4 das Obras de Anatole France. Impresso na Sografe Editora e Gráfica Ltda., à rua Alcobaça, 745 - Belo Horizonte, para a Editora Itatiaia, à Rua São Geraldo, 67 - Belo Horizonte - MG. No catálogo geral leva o número 03148/8B. ISBN-978-85-319-0784-5.